chang ye ban sheng

长篇小说

长夜半生

吴正 著

浙江文艺出版社

天黑寂寞路，孤身上。

——题记

（小说虚构，如有雷同，纯属巧合）

内容梗概

1949年，被誉为“东方巴黎”的中国大都市上海关闭了她通往世界的所有门户，直至1979年再度打开，其间整整三十年……

1979年，上海重新融入了国际社会，尔后，经历的是另一个天翻地覆的二十年，社会的一切生态都已发生了根本意义上的变异……

与此同时，香港，这座“东方伦敦”，一百五十四年的殖民长河也终于流尽，流到了1997年7月1日，这个大限的悬端崖沿，日子开始飞瀑而下……

这是中华民族史上的一个非常时期，谜一般的时代，谜一般的城市，谜一般的整整一代人。一切无可奈何，一切总也可以奈何；而不可理喻的结局永远是终能理喻。

有这么四个人物两对夫妇，已龄届中年。每一个时代都在他们心灵的深处刻下了不同形态的、难以磨灭的刀创斧痕。小说以其为承重梁柱，支撑起了这么个特色时代的整座舞台，然后再让一幕幕的人间悲喜剧在此上演。背景人物不停地变幻，梦境现实时刻在交替，理念与意识反复重叠。在这个价值观、生命观、理想观都严重错位了的时代，人们的肉体和感官都在享受，在醉生梦死，精神却在挣扎；而精神所付出的代价正是肉体所耗去的……

精致的思维，精致的心理，精致的刻画，精致的语言，精致的细节，构筑成了当代中国社会最精致的一个阶层的日常点滴与其丰富多彩的精神图貌。犹若一只明清朝代的精瓷花瓶，珍贵却十分脆弱、易碎；她在半明半晦的光线中闪烁着一种诱人的幽光。这是当代中国文学与世界文学相切面上的某个最短兵相接的触点，与众多的以“黄土地”为题材的文学作品，互相对峙，然而又不对立，它们共同构筑起了立体中国形象的双重个性。

真相，就离他一步之遥。

他站立在原地犹豫了两三分钟。……但他平静，平静得出奇；也很理智，理智得出奇；就像一个第三者在观看一幕与己完全无关的电视连续剧中的高潮戏一般。他想，他也没什么，他不就是将一件他在三十多年前偷抢来的物品归还了原主？……

他打开了大门的保险掣，打算从正门离去。离去，然后回到他的太湖度假村继续他的写作。……但就在此时，房中传出来的呻吟声突然响亮了起来，这是她的声音，他太熟悉这种声音了。他把刚打算跨出门槛去的一只脚又收了回来。……但他告诉自己说，快走，你要赶快走！……他在客厅里左右环顾地寻找了一番，发现了一份挂历。他掏出笔来，他要在上边做个记号，一个很明显的，只有他兆正才有可能留下的记号。在那一天的那一个时刻……

就这么个亮点，或者说是黑洞，构成了他对于事件的全部反应与报复……

有时，“人生的缘分有点像七巧拼板，盈缺凹凸，这一个人此一刻的镶入处正是那一个人那一刻的凹缺处”。

就这么样的一部强烈着中国特色的“新双城记”，在大文豪狄更斯离世一百三十多年后的今天再度问世……

时代是平面的，生命是纵直的，一线生命洞穿过多少面缤纷而又奇异的时代，而一片时代又切断了无数条伟大或者可怜的生命。

命运很无情，但很公正……

2004 年 7 月 12 日

于上海西康公寓

Intersection -A Synopsis

In 1949, China's cosmopolitan Shanghai, "the Paris of the East", closed all her gates to the outside world, until 1979. It was a lapse of thirty years.

1979 saw Shanghai re-immerse herself into the international community, followed by another earthshaking twenty-year, when the entire social eco-system went through fundamental changes.

Meanwhile, Hong Kong ,"the London of the East"witnessed the 154-year old colonial river to have flowed to its end at the year 1997, to the edge of steep cliffs where things started to swirl downward like a huge cascade.

This was a critical moment in Chinese history, an era of mystery, mysterious cities and mysterious generations. Everything leaves no choice, but everything is tolerated one way or another. All the inexplicable endings will always be elucidated eventually.

There are four characters-two couples, all in their mid ages, in the story. Each era has inflicted in the depth of their soul different shapes of, and ineradicable wounds. The story takes this theme as its pillar that lifts up the whole stage of that distinctive era, where scene after scene of human comedy and tragedy is being played. Background and characters keep revolving; fantasy and reality keep interchanging, and ration and consciousness keep overlapping; it is going over and over again. In this era, when perspectives on value, life and ideal are gravely dislocated, human flesh and sense organs are seeking pleasures whereas their spirit is struggling. It is the sensual pleasures that wear away the spirit.

Refined thoughts, vibrant psychological flow, vivid depiction, cultivated language and sophisticated details, all carve out the most exquisite social class of contemporary China, their bits of daily life and its rich spiritual world. It is just like a delicate ancient china vase, precious but very fragile, glimmering an alluring gleam in the dim light. This represents a cross point where the contemporary Chinese literature and the world literature meet and combat face to face. Compared with all other Chinese literary works that takes "yellow earth" as their theme, this novel stands out in stark contrast, but not in conflict with each other; both themes together build up the two sides of the personality of a multi-dimensional China .

The truth is nothing but one step away.

He stood there, hesitating for a few minutes... But he was so calm, surprisingly calm; and he was also very rational, amazingly rational, as if he were just a spectator watching a climax scene in a TV series, completely irrelevant with him. He thought it's OK, and that he was, after all, only returning the thing to the owner that he stole or robbed some thirty years ago?

He opened the security lock, trying to leave through the front door. He was going to leave this place to return to the Lake Resort to continue his writing. But exactly at this moment, the moan in the room was becoming louder. It was her sound of moan. He was too familiar with that sound. He pulled back his foot in the air half way over the threshold. But he was telling himself: get out, and get out as fast as possible!... He now was in the living room, looking around for something, and he found a wall calendar. He took out a pen, and he wanted to make a mark on it, a mark so noticeable that only he could have possibly left: at this moment on this day...

It is a spotlight as well as a black hole that constituted his complete response to and total revenge on this event...

Sometimes the fate of human relationship is just like a chessboard, or a jigsaw puzzle. Each piece has something more that another has less.

This *A New Tale of Two Cities* with glaring Chinese characteristics comes into the world 130 years after the decease of the English literature giant Charles Dickens...

Eras are horizontal planes whereas lives are vertical threads. A thread of life pierces through many dazzling but bizarre eras while a slice of era cuts off numerous lives, noble or miserable.

Fate is merciless but very fair...

一代人精神的风向标

——《长夜半生》小序

这部书稿唤醒了我最近一直深藏于心底的感慨，那就是，我们这一代人的时代已经过去了。尽管我们被推崇被讴歌的假象仍时不时闪现，比如传媒上爆炒的什么“老三届”话题之类。或许我们自己还觉得历历如昨，其实对年青一代来说，那实在是很遥远很遥远的过去了。

是的，时代前进的步履甚至超过了生理年龄的催逼。当年风华正茂、叱咤风云的一代人，眨眼间便流水落花春去也。淘汰了我们的，不仅仅是年华，更多的，是巨变的时代。仿佛就在突然之间，我们，无论是下岗的工人还是殷实的中产者，一下子发现，青春时代从心灵深处放飞的理想之鸽，在新时代的地平线上，徘徊、眺望，竟无枝可依了。

有的人惘然若失，听命于风的波流。

有的人慌不择路，寻找新的人生栖息地。

也有的人却依然坚忍，心无旁骛，一如既往地飞翔。

这或许可以概括这部作品的题材和题旨吧？

从这个意义上说，这是一部题材宏阔且题旨深远的作品。我深知这一判断有些吓人，甚至会被认为和本书的主人公兆正那般落伍，因为这是一个“宏阔”和“深远”也都“流水落花春去也”的时代——人们沉湎于庸常生活的琐屑，风靡于轻松的搞笑和隐私的窥望，这种沉湎和风靡，甚至包含了对中国文坛上曾经的某些“宏阔”和“深远”的惩罚。然而时髦和坚守究竟谁能行之久远？对中国的当代作家来说，文学的选择和人生的抉择一样严峻。从本书中，我们读出了作家的清醒和坚守，他在当下那些“沉湎和风靡”的诱惑中，坚定地认为“信念是优秀小说作品的一根无形的精神擎柱”。正是因为这根“精神擎柱”,使这部作品在纷繁众多的作品中凸显了其思索时代考问人生的力度。作家在时代变迁的大背景下追索不同性格发展的踪迹,展现了变迁的时代,也展现了渐渐淡出生活主潮的一代人面对迷乱缤纷的时代所做出的人生取舍和价值追求,使作品由此而成为了一个时代的缩影,也成为了一代人精神的风向标。

坚守文学的精神擎柱而收获到深刻和宏阔,和中国文坛上曾经时髦甚至至今尚未绝迹的虚张声势的“假、大、空”文学大异其趣。后者是迎合与图解,而前者则是经历了时代与人生的陵谷之变后,作家的“主体性的觉醒”。后者每每借重于题材的“重大”,前者,则仰赖于心灵的深邃与博大。正是这种深邃与博大,使作家既获得了坚守文学的精神擎柱的自觉,也赢得了捕捉既具独特性又能引发时代共鸣的人生感喟的敏锐,还获得了用这感喟为读者重新铸造一个世界的激情。于是,我们从吴正这部作品所读出的,就是这样一个世界……“一片时代,几个角色”,它们似乎“都基于一个小小的支点,那便是作者自己”,然而作者却“用他长长的精神力臂,轻轻地抬起了一个大时代”。这描述转引自作家的创作随笔,我以为似可视为这位作家的文学宣言,也可作为感受和读解这部作品的钥匙。

是的,如我开篇所说,我们这一代人的时代已经过去了。乐观一点说,我们这一代人的时代马上就要过去了。然而,有这样一部作品,凝重从容地记述了一个时代的结束和一个时代的开始,记述了这一代人的心灵轨迹,特别是这一代人精神的坚守与挣扎,记述了他们面对熙熙攘攘的现实时心灵深处的潜烛幽光,这样的作品会过去吗?

为此,不能不感激这部作品给悲怆与失落的一代人所带来的巨大的温暖与慰藉。是为序。

陈建功

(中国作家协会副主席、著名作家、评论家)

目 录

壹

兆正离家走上街去的时候，两旁的街灯恰好在那一刻开始熠熠放亮

Exactly at the moment when Zhao Zheng left home and set his foot on the street, the lights on both sides of the street started glowing

兆正离家走上街去的时候，两旁的街灯恰好在那一刻开始熠熠放亮。

这种青铜质的巴黎式路灯是近几年来上海市政改造的特色之一，尤其在这个地区。人们竭尽全力地从已发了黄的史料与图片之中，也从老一代人的记忆的底层，挖掘出百多年前租界时代的点点细节来装饰来复旧这个改革开放后的上海，上海的这片“上只角”地区。

路灯所发出的光芒显得极其柔和，衬托在这一片青白未退的天空光的明亮背景上，你只知道，路灯已全被点亮，却还远没能发挥出它们的夜间照明功能。9月底的仲秋季节，气候爽净，街道两边的梧桐树叶仍很茂密，深绿色之中夹带着一斑一块的金黄。人行道是在新近才完成陶花街砖的铺设的，树叶丛自青铜路灯的尖帽顶上层层密密地覆盖下来，街道两边洋味儿十足的餐厅酒吧的霓虹光管也开始苍白地闪烁了起来。

兆正逆着人流向前走去，正是下班时分。过两条横街便是淮海路，现一刻，从那主干道上分流出来的归家的人潮在这横街之上突然泛滥起来：满目的黑与白，这是今秋国际服饰的流行色。单个的，三二并行的，有说有笑，闲雅沉思。但也有面红耳赤、嗓门儿特别响亮的那一类，他们挥动着的手臂一闪而过，像是在形容白日里的某个激动时刻。有人在街边截停的士，车门打开后，人先钻进车去，最后，一条穿着丝袜的玉腿一缩，门便关上，车也跟着启动了。也有人推门进咖啡店里去。其实，只要见有人

在门口一站，咖啡店的落地大玻璃门便会被率先拉开，穿红白蓝黄各色制服的带位小姐身影一闪："欢迎光临！"让你本来还有些犹豫的脚步也不由得踩进了门去。

兆正突然觉得自己好寂寞，好孤独，也好可怜。他感到有一股寒意由内至外地透出来，他不由得把外套向自己紧了紧。

他开始沿着墙边走。咖啡店开启的门缝中有奶油的香味飘出来，好几家咖啡店的活动长玻璃窗都打开了，一扇扇地朝着人行道开启。铺草绿方格台布的咖啡小桌一直摆放到街心中来，一幅十足的巴黎街畔景致。店堂深入一点的地方，光线已呈幽暗，朵朵烛光在那暗处跃动；只是近街的部位光线依旧充沛，一对青年男女相对而坐，男的面前摆着一支清啤，女孩正低着头，用小汤匙在咖啡瓷杯中慢慢搅动，她高梳起的发髻之下露出半截长长的白色的颈脖，与她那乌黑的套装衣领形成了一种强烈的色调比差。

立刻，他的感觉便潮涌了起来。女性的玉颈，尤其是十八、二十几岁少女的玉颈，是令他感性以及感性器官们骤然升温的身体部位之一。他幻想着那种将他湿濡濡的嘴唇按上去，然后再慢慢磨蹭时的感觉。他喜欢半闭着眼地来享受这种感觉的一寸寸的延伸，同时也耐心地等待着那张面孔缓缓地拧转过来——他幻觉有两片玫瑰花瓣样的朱唇向他迎送过来。

兆正擅长于这种介乎于性爱与情爱之间的幻想是与他从事的职业有关。他已是个出版有多部小说、散文和诗歌集，很享有些名气以及声望的作家了，在上海、全国乃至海外。应该说，他是个才华横溢之人，不仅是文学，音乐、绘画、建筑、摄影乃至政治、经济、历史、宗教和心理学的领域上，他都常会有出其不意的想象和思考。只是他都将它们逐点逐滴地凝结成了方块文字，文字被印刷在书页上，于是，他便没成为音乐家、画家、摄影家、建筑师，而成了作家。

对于女人白颈脖特别敏感的另一大原因是因为他和湛玉。那时的他老喜欢，她也老喜欢他在她的后颈脖的部位上软软柔柔地亲吻，那种痒痒的感觉，从他的嘴唇传递到她脖子细嫩的皮肤上，于是便再往各自的心中去了。

那时，他俩爱得如胶似漆。

兆正在一家服装店的橱窗跟前放慢了脚步。这是家西服店，在背景布置成了十分高雅的深棕色格调的橱窗里立着一尊没有脑袋也没有下半肢的模特儿。它宽厚的胸脯雄健，将那件乌黑笔挺的西服上装支撑出一种气势一种魅力一种可供依靠的安全感来。而米黄色的射灯光从顶棚上的某个角落投射下来，暖融融的，照耀在那朵内衬的领结上以及从西服斜插袋里抽拔出来的半截白丝质的餐巾上，又增添了几分柔情与抚贴。

一切都是完美的，对于女人也对于男人。

但他联想到的却是湛玉的那副犹若冷霜打过的面孔，她面部的一切器官的轮廓都显得异常分明，刀子一般锋利的目光从她那对曾温柔、美丽，即使到了今天，仍不失几分妩媚的眼睛中辐射出来。她那两片相讥相斥的嘴唇一样鲜红一样润泽，一如昔时。她说：“你难道就没见过世界上有这么一种男人吗？其实，根本就不能算是个真正的男人。男人只有当他在女人的眼中成为一个男人时，才是个真男人。”她说话时的语调显得轻松、淡定、若无其事，仿佛她只是在提及一个与她和他都毫不相干的谁一样。

那女人呢？——女人应该是男人眼中的女人呢，还是女人自己眼中的女人？

兆正很想反问一句，应该说，他真的也很想知道这个问题的对应答案究竟是什么，但他却永远也不会真正如此这般地说出口来——或者，这仅是他的小说人物间的某句对白罢了。通常在这一类的场合，他只会保持沉默；好像他根本没有听见什么，又好像，听见了也没往心中去。

于是，他又觉得自己很萎缩，很卑微，很无能，很……甚至连自己是个作家的他也很难找到某个狠狠却又贴切的词汇来打击自己来挖苦自己从而自反面来激励自己。他面对着橱窗里的那个没有脑袋的模特儿模仿着也挺起了胸脯来，但他立即感到有一股强制性的反张力自他的后脊梁骨间产生，令他随时准备回复到原来的形态中去。

一对情侣从西服店里挽着膀子走出来，女的靠在男的肩头上，她的粉拳细雨点般地敲打着男人的那块胸膛：“侬——老坏喔！……”兆正望着他俩，目不转睛地，甚至相当有些不礼貌地用目光追随着他们的身影，转过脸去之后再转过身去，直至他们完全融入了人流之中无法辨认为止。

他不知道，如果让他可以选择用他以半生努力换来的那十多部著作以及人生成熟再去换回一段青涩而又火热的生命，他会不会愿意？他不知道，假如能让他从头来过，重经一次生命历程的话，他会不会再去爱？又会去爱谁？

贰

回去少年时

Back to his teenager

上课铃声骤然响起的一刻，兆正刚好气急败坏地奔到校门口。他右手提着书包，红领巾的结头都已飞歪去了脖子的一边。大冬天，滴水成冰。呼呼的西北风中，他的鼻尖与耳根都给冻成了通红。老校工胡伯从传达室里走出来，他戴一顶泥黄色的“罗松帽”，帽檐宽厚的折叠部分全都垂放了下来，只露出两只滴溜溜的眼睛，在洞开的帽面之后转动。“怎么，又迟到?”他藏在呢绒料背后的嘴发出一种模糊的音调。

兆正站在校门口，还在大口大口地喘气。他不敢正面对视蒙面露眼的胡伯，垂下了头去。他只见到那顶“罗松帽”的绒顶球在风中抖抖颤颤的，绒顶球的背后是一幅白地黑漆字的竖牌：东虹中学，在这冬晨八点的阳光里裸露着一种青白色的寒意。

他向校门口摆放着的那张值日台走去，佩戴值日带的同学在台后站成了一排。这都是些高年班的学生，此刻都用一种带点儿鄙夷的目光注视着这个不守纪律的低班生。兆正默默地摘下红领巾和校徽，一一交上。然后，提起书包，撒腿跑过操场，跑进了教学大楼。

他从宽大、冰冷、寂静无人的水磨石扶梯上一路奔跑上去，教室里已响起了此起彼伏的朗读声，也有老师在高声发问时的音调。他在三楼拐上了另一条小扶梯，然后，在一条窄木地板叽嘎作响的走廊里，他飞跑着的脚步突然一环更一环地缓慢了下来，一块写着初一(×)班的短短横牌在视野里向他逼近过来。他在灰黑色的、油腻腻的棉布大帘前收住了脚步。第一堂是地理课，那位教地理的乐老师，光秃秃的前额，白皙的面孔上架着一副没有边框的细腿金丝镜。据高班生说，乐老师以前是高年级的语文老师，后来反上了右派，下放去总务处刻蜡纸，直到最近才恢复教职，派来低年级班教地理课。

兆正听见乐老师那带点儿女尖音的声调在课堂里回荡："……地中海气候是一种特殊的气候模式，温暖，潮湿，四周陆岸风景如画……"他掀开了一角门帘，那副在晨光之中闪闪发亮的金丝镜转过来望着他，望着他的那个已被解除了红领巾与校徽的学生，他讲课的手势还停顿在半空，没来得及放下。在他背后，全班同学的目光齐刷刷地射向兆正。乐老师略为皱了皱眉，便用嘴角向他做出了个回座位去的示意动作。他像耗子般地低着头，迅速地从众人交错的目光之中溜过，溜回自己的座位上去。他的脸蛋热乎乎的，脑子里一片混乱，久久不能凝神。他只听得地理老师的女尖声还在课堂里回响："……地中海的沿岸国家有法国、希腊、土耳其……这些国家一般都土地肥沃，物产富饶，文明发达……"半晌，他才敢偷偷地抬起眼皮来。坐在他前排位斜对面的她的半片腮颊落入了他的视线范围内：雪白之中渗透着一种隐隐约约的粉红色，一绺鬓发垂下来，绕过她的耳畔，越过她的耳垂，因此也就超越出了他的视野的疆界。

这是他在偷偷看湛玉时的习惯。那些年来，他从没敢全身地，整个儿地，哪怕只是侧面或背影地望过她一眼。他总爱将自己观察她的目光严格地断分为两截：第一截是从她的眼眸之下到她的颈脖之上，第二截则是从她的小腿的下端到她摆动的双脚。如此观察角度的裁剪法既令他能在感觉上得到满足，又可以避免了万一两人目光相遇时可能产生的尴尬与慌乱。于是乎，他便对她在那个时期的辫式与发卡，鞋袜与裙边的款式和颜色的记忆特别深刻。等到他俩结成了夫妻的多少年之后，他还都能连粗带细地，绘声绘色地，且严格区分了季节与年代地一一报上。最初，这种特殊的示爱方式曾令她高兴、感动，某只遥远发卡的款式和卡普龙丝袜的图案也可以让她从自己的记忆深处勾起一连串早已模糊了的往事。但渐渐地，她变得冷淡、麻木，甚至有些不耐烦起来，到了再后来，他的这些性格的怪诞细节竟也都归纳进了她讥嘲他的庞大而丰富的理据库之中；她不直接说谁，而是瞅东打西，借题发挥。她说，不是吗？——有些人从小就有心理麻烦。看人，尤其看女人，从来便是偷偷摸摸，不敢正面瞧一眼。让他听得心里明白，但又无言以对。

其实，他只是对她才如此的。他生性敏感，敏感到常会站到他人的位置上来敏感自己。他的生性也很脆弱，脆弱到自己还没伤害别人时就怕别人已感到了伤害。然而，他还不至于敏感脆弱到对任何人都不敢正面瞧一眼。从一开始，她便是他的偶像；他不能肯定自己是否在暗恋她——这种中学生萌生的爱情，在那个时代是犯大忌的——但他只敢用这种摄影上的取景法来观察她，来观察他的一个美的偶像。他觉得，这里还包含有一种对美不敢也不愿用俗化了的目光去亵渎的意思。再说，这也是一门艺术，他后来将此法用于他小说和诗歌素材的剪裁上，果然也很有效。再后来他疯狂地沉湎在了文学创作中，就像当年他疯狂地迷恋她一样。她冷冷地对他说过不止一次了：难道，这也不算是另一种移情别恋？他想，她的话说得多少也是有点道理的。当然，那些都是后话了。

第一眼见到湛玉是在小学升入初中的第一天的新生会上。那时他只有十四岁，还是情恋观混沌未开的大男孩，只是经常在为自己喉音与体毛的悄悄变化而暗暗羞涩和担忧。于是，他便突然见到了她。她比他可要成熟多了，少女的花骨朵儿开始绽放出了一个含苞待放的形态来了。就从这一刻开始，他便整个儿被摄魂了过去。他时时刻刻留意着她每一个举动的每一个细节，尽管她毫无察觉。她怎么会察觉呢？他望她的目光是经过精确剪裁的，而他接触她的气息是当她在某处待了一会儿离去之后很久，他才替自己找一个借口去到那里，然后再张开肺叶来尽情呼吸。至于触感，那就只能全部依赖幻想了——他从小便有一种特殊的幻想天分，裙边的飘动，发梢的掠过，甚至当她那双黑布面的方口鞋在操场上奔跑而过后，那些泥尘纷纷落地时的质感与慢动作的呈现他都能幻想得异常真切，真切得就像这些泥尘是直接飘落到他脸上来一般。但他的幻想仅限于此，领口之里裙边之上，他那即使是再蓬勃的想象力也是从不敢越雷池一步的。然而，即使如此，他都已经有了一种强烈的犯罪感，在那一个时代，每个人都用不着别人来向你指出，便能够自然而然地生长出一种悟力来，它能让你知道罪恶究竟藏在何处。

许多年后，正是凭了这份禀异的幻想力，兆正才成为了一个才华出众的作家。

而多少年后，当他将真相毫不保留地向湛玉全盘袒露时，湛玉告诉他说，当时，她的确对此毫无察觉，不过她是一直敏感到有人在暗中留意她的——当然，她是指留意她的远远不止他一个——女人的身后都是长有眼睛的，她嘻嘻地笑着说，这，就叫女人！

那时，他俩的感情十分融洽。

每个星期六的晚上，不管工作再忙，家务再多，他们也会不顾一切地放下一切，去淮海路找一家咖啡馆过上几个钟头两人世界的生活。那是在20世纪80年代中期的事了。那时上海的咖啡馆还不普遍，店内的装饰也都是模仿20世纪30年代式的那种深棕色格调的。幽暗的壁灯在店堂的墙上开放出一种遥远时空的记忆来。他俩通常会拣一张角落或窗边的座位对坐下来，避开那些吞云吐雾的生意人的喧哗与粗鲁。老实讲，直到那时他还摆脱不了那种有点像是在梦境中的感觉：她怎么真会成了我的妻子的呢？他想。他俩说着笑着，用眼光调着情。那时，兆正正在写他的第一部长篇，他经常是携带着稿件去咖啡馆的，激动时，他会轻轻念出一段来给她听，让她听得既入神又惊喜！而湛玉本人也在一家出版社当编辑，这是一份既合拍她的兴趣又使普通人羡慕不已的体面职业。每天，她投入地工作，审阅着一篇又一篇美妙的稿件，领略着改革开放后涌现的各种文体与流派的风采。她兴奋，她骄傲，她满足，她的前程充满了金色的诱惑——再说，哪一个出版社的领导和同事不知道，这个以美貌和聪明出众的女编辑还嫁了个颇有文学前途的作家？尽管从那时候开始，她就不太愿意在此事上与人共进话题。

那时，他俩正值三十多岁，精力和经验的坐标恰好在蓬勃与成熟的巅峰位上相交。一段绵绵的两人话题之后，他们便顶着夜空和星光回家去，回到他俩早期的那层二室户的旧式工房的家中去。夜凉如水，她紧紧地挽实了他的手臂，取暖。回想起“文革”与下乡的那段艰苦岁月，现在的日子简直就像是跨进了一座自由天堂一般地忘忧。

他们将钥匙塞入锁孔，悄悄地开了门，又悄悄地关上门。他们俩，一人拎着一对鞋，打赤脚一贼步一贼步地从走廊里经过，怕吵醒了早已由安徽小保姆带睡了的三岁的女儿。他们回到了自己的房里，房间里气氛温馨，灯光柔和，陈设有一套亚光柚木贴面的六件头卧房家具。而他与她的那张在无锡鼋头渚蜜月旅行时拍摄的“包孕吴越”的放大彩照就挂在床头那一边的墙上。

只剩下他们两人了。他们满怀深情地互相望着对方，目光流溢出欲望。他一把将她抱起来，放到了床上；她咯咯咯朗声地笑着，推就着地就与他扭作了一团。他俩火热地做爱，在每个星期六的夜里，几乎都要持续一两个钟才肯罢休。反正明天不用上班，对了，不用上班！他们互相安慰互相激励着对方，体味着每一个动作的必要以及奢侈，他们笑得更欢乐更放肆了。

对于那段日子的记忆，兆正感觉朦朦胧胧的。距离他在亮灯时分离家，然后向着淮海路方向一路走去的那个黄昏，差不多有十五六年的光景了吧？那时的他俩没太大的名，没太高的社会地位，更没太多的钱，但他俩却爱得幸福，爱得陶醉，爱得肉体与心灵都能得到极大的抚慰和享受。而且，也爱得彼此之间从没计较过任何得失。

他来到了横街和淮海路的接叉口上，驻足、停望，考虑着该转往哪个方向走一程才最合乎他现一刻的心情状态，他决定向西转。

兆正出生在上海东区的一条偏穷的街上。他的父母都在小学里教书，那是在解放初期的事了，政府的统配职业，一干也就干了一世。只是父亲早年因肺病而辍职，在他童年和青少年的记忆中，家里的开支常年都是靠母亲那五十来块的工资苦撑着的。永远的生活流程都是：月底靠借措度日，月初拿到了薪水，一还债倒已去了大半截。剩下的几张薄薄的票子还要对付大半个月的生活。尤其是那几个大饥荒的年头，又适逢他生长发育的生理期，缺乏油水的胃肠好像永远都填不饱似的。清瘦体弱的父亲只能在三更的天色就拎一只小菜篮上菜场去，与人推呀挤呀的，无非就是希望能为他多准备些价廉而又不凭证的主食和副食品。但尽管经济紧绌，他出门，不论是上学还是上街，都还像个样，像个从知识分子家庭出来的孩子的样。衫裤再旧再打补丁，总还是洗折得干净且有缝道的：这是他父亲再穷也要坚守的持家的宗旨。有一次，父亲带上他搭车去上海西区的一家亲戚家串门，他便一下子像走进了一个完全陌生的世界般地愣然了。下了电车，父亲带他在街上走的时候，他觉得自己都有点儿晕晕乎乎的，像是犯了病。那时他还很幼小，他不知道这是什么区的一条什么街：尖顶的洋房，大铁门，红砖围墙或是柏油油黑了的篱笆后面婆婆娑娑地长满了高大的树木。街上的行人很稀少，只有梧桐叶投下了满街满道的斑影。他问父亲：这里是哪里呀？父亲漫不经心地答道：这都是那些有钱人住的地方。有钱人住的地方？自此之后，一个暗暗的，然而却是坚定的决心便与他渐渐成熟的心智同步成形了：长大后，他也一定要搬来这里住。后来，他搬了家，搬离了东区，搬离了那条穷脏之街。这是他刚结婚不久后的事，这间二室户，是湛玉工作的单位分配给编辑这一级职称人员的住房，虽算不上怎么样，但在黄浦与静安的交界处，朝上海的西区，他已跨出了一大步。第二次搬家是在十年前，他们搬到了这条位于淮海路和复兴路之间的横街上。他不知道，这里是否就在当年父亲带他去的那里的附近？六层高老公寓的四楼的某个单元，四室一厅双厕连一个十分宽敞、明亮的大厨房。阳台是朝南的，连接着客厅与主卧房，站在弯圆形的阳台上能俯瞰到复兴中路上一片郁郁葱葱洋房区的花园以及梧桐人行道——这是作家协会分配给他的一套住房。

应该说，他已搬到上海西区的中心段来了，小时候的梦想实现了——但又怎么样？他不见得因此而更快乐些。但此一刻，当他在淮海路口站住，犹豫不定转向的时候，那些童年时代的穷的恐惧贫的不幸，那些寒酸所带给他的心理创伤又突然从他记忆的底层苏醒过来，向他提供了一个一闪而过的坚定念头：向西——一直，向西！

淮海路上西转后的第一爿门面是一家台商开设的婚纱店。从光线亮丽的落地大玻璃望进去，有好几对新人正在店堂里站着、坐着或走动着。新娘们一律有一截惹人遐想的鹅白色的玉颈，而新郎们则个个英姿勃勃，每一块西装领带的年轻胸膛上都有一股那截橱窗模特的英武气势。兆正站在门外的橱窗边，晚风吹来，他感到有一股沁骨的凉意了。他抬头望去，天空已泛成了一片暗蓝色，淮海路上人熙人攘，推推搡搡，华灯已经全部开放。他有点迷惘起来，在这夜色和晚风里，他更感到有一种腰酸气虚的眩晕，这一两年来，他常有这种感觉。他下意识地跨进了一家与婚纱店毗邻的中成药店里去，他的目光朝着一幅兰州某中药厂出品的"六味地黄丸"的广告牌凝视。他想：只有光阴才是最真实的，光阴给予了你一切，旋即，光阴又会带走一切。什么回春丸，什么长生不老丹，尽他妈的胡扯，连皇帝老子都寻觅不到的东西，还轮到你？他将略微带一丝冷笑与自嘲的脸转回来时，发现有一个站在柜台后的女售货员正目不转睛地望着自己。她问，这不是某大作家吗？我在书页的封面上见到过您的照片！她，像个刚从中学堂里毕业出来不久的小知识分子，瘦小苍白，一副黑金属丝窄框架的眼镜之下散布有几粒淡淡的雀斑，此刻都因为羞怯和兴奋而染上了一片晕红。兆正不置可否地嗯了声，眼睛也不望一望人家，心头却不由得升起了一缕暗暗的欣喜——但随即，他就将它狠狠地掐灭了，他带点儿慌乱地逃离中成药店，就如逃离一个是非之地。只有他才了解他自己：他一直有一种强烈得无法排遣的自卑感，他感觉自己是个从某类生活沙场上撤退下来的败北者。

兆正觉得自己的心又在隐隐作痛了。他知道这痛源自心的某个很深的角落。在那里，他始终朦朦胧胧地保存着一幅记忆场景：一个涂着金辉的黄昏，有街景，有树叶，有下垂的窗帘，还有润润湿湿的气息和那种薰薰然然的初夏的风。

不错，这种气候、气温以及气氛是很适合人们去干某件事的。只是这种事已不属于他，他似乎愈来愈远离人的某种功能而去。而这又是一种一旦失去便可能永远也别想再找回的功能。现在，他只能用一种很理智的、中性的、带点距离感的记忆来判断说：这是人的一种与生俱来的、平等的享受权，无论富贵显赫卑微穷困，没有了它，人生的那盏灯便不再会有熠熠生辉的一刻。但他，却失去了。

这是兆正此刻的心情，也是他心作痛的第一层含意。除此之外，应该还有些其他的什么。因为说到底，他从来也没有真正确定那个幻影一般的黄昏是否真在他的生命中出现过。假如有一天，有人对他说，这只不过是你的一个幻觉罢了，他想，他会马上相信——他也愿意马上相信。还有那三个虚拟的人物，衬托在这片夕晖闪闪的金色背景上，其真实性仿佛也都成疑。他竭力地辨认着：一个是湛玉（因为从逻辑的推断上来说应该是她）；一个是他自己（因为除了他，不可能再有第二个）；还有一个，则无论他如何努力，他都无法看清楚那个人的面容以及五官，但兆正想：这是“他”。

叁

兆正所说的“他”,就是我……

The HE that Zhao Zheng mentioned is ME...

兆正所说的“他”,就是我……

或者人,真有所谓命运层面之一说?不要说兆正,这么个才思与感情都如此敏感丰富的大作家了,就连我,也在五十天命年过了之后常作类似的不着边际的联想,我是谁?他是谁?我会不会是那个命运层面上的他?而他,会不会又是这个命运层面上的我?

那湛玉呢?湛玉是一个实体与影子的分身,属两个不同的命运层面?是吗——是这样吗?

有时,我真也让自己的胡思乱想给搞糊涂了,我想过去看精神或心理科医生,觉得自己老欢喜钻某种思维的牛角尖会不会是一种病态?

但我却因此而写诗。我在经商之余写了大量很不错的诗。有时,诗潮一涨上来,整个人便生活在漫天缤纷的意象之中了,分不清那条幻与真的界线了。待到思绪纷纷沉淀下来时才发现,原来自己不还两脚站地地生活在这个地球上?而那些来若烟去若风的意象都已凝结成为了几册搁放在了案头的,作者栏目里真真地实实写着自己名字的诗集,心中感到既充实也惆怅;既欣喜又着色了些许无缘无故的失落与空虚感。

但人家说,这便是诗人的忧戚病了。这不是什么真病,反倒是,一旦再也找不回了这种病症的诗人才是个诗源告涸的普通人。对此看法,我始终有些疑疑惑惑。后来,我发现,原来兆正的思路也是经常会在这一种方面产生偏执与倾斜的,这个发现令我情绪振奋,心情也踏实了不少。

这都是在我对他的作品的仔细阅读和推敲之中体味到的一些飘飘忽忽的感觉,而且,连湛玉也都曾含含糊糊地提到过他的那些思路异常,“神经兮兮的。”她说。

但我不以为然，我说：“兆正是个天分与禀赋都很高的作家，凡这么一个人，同时存在有某些异于常人的性格特征没有什么奇怪。”

但她只是笑笑，笑中有一丝冷冷的意味。

我又说：“他从来就是个孤独者，难道你不了解他？”

“孤独者？孤独的本身就是某种阴暗心理的投影。”

真的，这个世界不因为有了矗立与垒起才有了阴暗面的产生？原始的大片沙原上，一切都是平坦和光明磊落的。再说，没有投影的思想也不会有曝光上的层次感——这要看你从哪个方面来谈论这件事了。或者她说的也不是没有道理，我于是只有用沉默来表示不再反对她些什么。

其实，我对兆正的赞辞以及辩护都是由衷的。湛玉呢？假如从来都没有对他肯定过的话，她又怎么会将她的整个人连同灵魂都给了他？在那个时代，她之所以会不顾一切爱上他的原因是她觉得：在这个世界上，只有她一个人才真正了解他。他需要她，他是因为她才不至于沦为一个彻底的遗世者的。她爱他，在当时是带点儿冲动以及自我奉献的性质的。

但她不知道，在这世上了解兆正的人还有我。我对他的了解与理解是与年龄和人生阅历同时递增的，而她对他的，恰恰相反，以致到了今天，我经常会扮演他俩关系拔河赛中的她的对立面。我说，当两个孤独者刚走到一起时，大家都会感到一种不约而同的充实和安慰和突然被人理解以及理解人的感动，甚至由此感动而引发出来的爱。但渐渐地，他们又各自孤独去了——没什么，因为孤独就是他们的本性。在我解析他俩关系时，我常说一些诸如此类的边缘模糊、含意隐晦之语。我又说，在我们年轻时代的政治高压期，物质极端匮乏，但一样有某个疯狂的精神旋涡中心来供社会能量凝聚，来令人产生某种自我价值感的幻觉。到了今天，物质泛滥了，信仰却崩溃了，一切心灵都随波逐流在一条精神虚无症的河床中，大江东去。当年，能摆脱那种强大旋涡的向心力的与今天能跳出这种虚无潮流的是同一种人。这种人都是极少数，但这种人是成功者。因为历史需要的成功者永远也只是极少数。而这种人又命定会是脱离了那一大片的遗世孤独者。他们之中的有些人能坚持到生命的终点，有些则不能。他们抵抗不了这种长期孤寂的痛苦，他们会在不同的生命阶段不自觉地滑出那条既定轨道，滑入另一种更大众化，因而也是更热闹的生命模式中去。

不错，说这些话，我是有所指的，有时指他，有时指她，有时也不知是指谁——或者是指我自己。

但湛玉望着我，不语。

而且，我在说这些话时还会有一种强烈的投入感，仿佛这是一场戏剧，而我正进入兆正的角色之中去代他思维，代他说话，代他在人生舞台上演出。我成了我自己和他共同的代言人。

我的这种奇特而不可思议的感觉一直可以追溯到三四十年前。那时，我俩是同班同学，我坐这一行，他就坐在隔邻一行的后两排位。

他很少做声，不与人合群。他的成绩不好不坏，相貌也不俊不丑。同学们不太留意他可能是因为他不希望别人太留意他的缘故。大伙儿对他的突出记忆除了常迟到，被值日生没收了校徽与红领巾后溜进课堂的狼狈样之外，似乎再也找不出别的什么独特之处来了。多少年之后，当他已成为了一名出色的作家，并与她结合成了夫妻，老同学们在聚会之时，大家都不无感慨地谈起这一件事来。大家都说，他是真人不露相啊，然而，最"识货"的，仍还不是湛玉？

我想分辩，说，不！还有我呢。但想了想，还是作罢。因为，岂止"识货"，我简直感到，有时，我不就是他？他那两道压抑的眼光所包含的思想，让我在一不小心接触到它们时便能产生心的不由自主的颤动和共振；而我自己的目光，会不会也以同一种的传递方式去到他的感觉中枢？这点我不知道。我平时嘻嘻哈哈，活跃而健谈，我成绩优秀，受同学包围受老师赞许也受湛玉的青睐；而他，整日沉沉郁郁寡欢又寡言，但我却从来没有停止过对他在一切生活的细节上的留意和观察。我想，会不会我只是台前的他？而他则是在台后操控导演着我的另一个"我"？

我知道——我明白无误地知道，而且，也只有我一个人知道——他在追求湛玉，暗地里追求她，并且在与我使着腕力与手劲地暗地里追求她。一旦发现了这项秘密后的我的心情是复杂的：妒意有时会被一种莫名的兴奋所替代所压制；我与他在生存位置上的某种神秘关联并非无迹可寻。她后来真的属于了他，他又写文章又当作家，我并不感到太惊奇，我觉得其中是藏着些必然性的。就像我与他的表妹会阴差阳错地结合,而且我也写诗——是那种控制不住冲动地想写诗(有时,命运可以有多重变奏,我从来就将经商看做是它的一个变奏)。会不会对于我俩说来,所有这些只不过是一种殊途同归的表象呢?

这些想法我都曾陆陆续续地表达过,是在我与湛玉做爱后,双双将手臂压在颈脖之下,眼望着天花板,用一种有一句没一句、说一句停一句的方式说出来的。我说,或者有一天,一切又都会颠倒过来,但故事仍是同一个。

然而,我不明白为什么,她突然间便抽泣了起来,她将手臂复伸回暖烘烘的被窝中来,使劲地抱住了我。她的手和手指都冰冷,但躯体却滚烫得可怕,我感到它们都在颤抖。

肆

1964：那条弄堂，那幢洋房，那条带圆把的阔扶梯

1964：that alley, that house, that broad stairs with round handrail

湛玉的那截玉颈与脚踝令他被强压了多少日子的想象力终于迈出了出格的一步是在两年之后。

那一年，我们这届学生初中毕业。兆正跟随一大班同学去湛玉家开小组会。湛玉是大队学习委员，班干部又兼语文课代表。别看兆正现在当上了著名作家，当年，可是她的作文屡屡被老师念出来，学校的壁报上抄出来，甚至有一次还在某市级的中学生征文比赛中得过一个奖。湛玉是全班，也是全校的光荣。当然，兆正自己的作文成绩也不俗，有好几次上过壁报不说，还曾在那份油印的《东虹文艺》上刊登过——对于当时在校的学生来说，这可是一桩不小的荣誉。但老师以及全班全年级同学的注意力仍都聚焦在湛玉的身上。兆正最为她在初三年级时写的一篇作文所折服，语文老师将它当众朗读了出来，而且还朗读得抑扬顿挫。时间相隔这么久远，他的记忆也有些模糊之处，只记得它是一篇写鲁迅小说《祝福》读后感的文章。她的文章一开场便气势恢弘。她没去写人，去写祥林嫂如何在雪地里挣扎然后跌倒然后僵毙的详细过程，而是去写那根她支撑着挨家挨户去行乞的竹竿，晃晃悠悠的，终于倒下，搁在了一户院前的篱笆上。此时，大雪鹅毛片片，竹竿的顶端指向天空，指向被铅灰色的乌云沉沉压迫着的无边无际的天空，像是对那个人吃人的万恶的旧社会做出的指天的控诉！

他觉得她的描写精彩极了，很有一种木刻和版画的味道，很接近他读过的18、19世纪的法国与俄罗斯小说上的插页所留给他的印象。他对她

佩服得不得了，佩服得连将裁剪好了目光向她偷偷投去都觉得有些不合资格了。

又有一次，语文教师解释一篇课文中遇到的成语：癞蛤蟆想吃天鹅肉。他陡一听，便涨成了个大红脸。他不敢抬起头来，生怕老师看见他，更怕她偶尔掉转头来向坐在后排的谁借一块橡皮或一支铅笔什么的时候也将目光扫到了他。

从此之后，他更无故地躲避着点她，直到那一次。那一次他随一大群同学一块去班干部的她的家中开一个毕业班学生的“一颗红心几种准备”的思想交心会。她家住在离学校不远几条街之外的一条弄堂里。这是一条很宽敞的弄堂，包括两三幢红砖的法式老洋房以及几处栽种有夹竹桃和梧桐树的园子。他还记得有一家街道工厂什么的在街对面，咣咣的机床声一刻不停。一家卖南北干杂货的小店就毗邻弄堂进口处而开设。他后来向他父亲问起过这条弄堂，父亲回想了一会儿，说，大家都称这条弄堂为“外国弄堂”，是二次大战滞留上海的犹太人回国后留下的产业，也算是附近这一带的高尚的住宅段了。别看那几幢老洋房喔，父亲说，里面还住了蛮多有钱有面的人呢。再后来，兆正又专程去那里看过，杂货店不见了，工厂的部分建筑和附近的棚户屋都已拆除，弄堂也拓宽成了马路，并与外马路连接了起来。只是那几幢老洋房还在，夹竹桃还在，花园以及围墙也都在，且粉刷一新。霓虹灯光在房顶与围墙四周闪烁个不停，一幅气派堂皇的“皇朝海鲜城”的灯光招牌竖立在花园门口，两个着高衩锦缎旗袍的女郎一边一个，随时准备为打算进入海鲜城去吃饭的人拉开大门来。当然，这些都是三十五年以后的情景了。

当时的这条弄堂很安静，有些树荫，也有些绿草沿着墙角在悄悄地生长。沙砾地面上留有几条自行车驶过的车辙。同学们嬉嬉闹闹地蜂拥进弄堂去，再蜂拥上她家的那条带有巨大球形把手的柚木阔扶梯。但兆正，始终留在了人群的最后。

湛玉站在扶梯的上端迎接一个又一个同学的到来，她刚洗过头，长长的发辫高盘在头顶上。可能因为是在自家屋里的缘故，她穿了条睡裤，赤脚拖一双拖鞋。这是一种透明硬塑料的露趾拖鞋，透过红色的刻塑花纹能隐约见到她肉白色的脚背，而她那几只裸露的脚趾像几粒可爱的小白虫，挤爬在拖鞋的前端。兆正是沿着扶梯一级一级走上去的，她睡裤的裤端、脚踝、拖鞋以及脚趾便一样样地进入他的视野中来。但他绝想不到十年之后，那双白嫩的双脚会经常搁在他的双膝上，让他轻轻地抚摸。他用指尖从她的脚背脚趾脚底那么一路地溜滑过去，再脚底脚趾脚背地一路溜爬上来；那时候的她，一般都是在浴后，半坐半躺在一张三人沙发上。孩子和保姆都已经去睡了，客厅中只留下他们两个人。她用眼睛望着他，瞳人中透出一种极柔和的光芒来。他笑着告诉她说，你知道吗？我第一次用目光偷偷抚摸过这双脚是在什么时候？是的，就那一次。

湛玉见到了那最后一个上楼来的他。她满脸都开放着灿烂的笑，甚至还有点儿意外的惊喜。她说，你也来了呀？怎么拖在最后一个呢？仿佛在暗示说，他才是他们一群之中最受她欢迎的一个。或者说她与他的关系不同一般么，假如他来她家，为什么不该是带头上楼来的那一个呢？

兆正很意外，很感激（当然！），同时，也都有点惘然兴奋得不知所措了。这是他第一次能正面将她那截玉雕般的长颈脖与她整块面孔以及面孔上分布着的精美的五官都连成了一片来观望，并能将这种观望所得的印象及时输入大脑，做出一番相对从容的拼版与消化。

他觉得她真是美得不得了。

他后来问她，他当时自己的表情以及表现。她说，她只觉得他很可爱，憨得可爱。就这么一点？他笑。她认真地想了想，说，真也说不出第二点来。女性的心理有时很复杂，也很神秘、微妙，没有什么可供推理的逻辑——不问不究也罢。

湛玉把大家都请进房间里，也将他请进了房间里。她替他找了个最舒适的位子，让他坐下。这是一张单人的木柄沙发，能环顾到整间房间，还能望到窗外。这间三十来平方米的洋房正间应该是她父母的睡房，一套深棕色的柚木家具衬托在浅色印花的墙纸上，有沙发，有落地灯，有收音机，有闹钟，有亮晶晶的玻璃摆设，还有硕大的玻璃缸里堆垒着红红绿绿黄黄的好多水果，色泽十分鲜艳。（后来兆正才知道：原来这些都不是真水果，而是蜡质的仿制品——这是他俩婚后不久，她笑着告诉他的一个小小秘密。）房中隐隐约约有着一股好闻的气味，从床罩，从家具，从墙纸，还是从早出晚归的居住人的身上发出的，他搞不清；反正，这种房间布置与气息是他家没有的，也不会是他居住的那条街上的哪一家人家的屋里可能有的。房间的尽头有一大片室内露台，从巨大的法式拱窗的框架间望出去，能望见夹竹桃的枝叶，之外是弄堂，再之外是马路，是工厂厂房的平顶上的水箱、铁梯，一支戴斜角帽的铁皮烟囱正将淡薄的烟缕吐向蓝空。上午十时许，耀眼的阳光从红砖拱窗间射入房来，偶尔有鸽群从窗口间弧飞而过。对马路的厂里正播放第三套工间操的音乐，透过夹竹桃的叶影，能见到一排列队在人行道上的戴工作帽穿蓝白大褂的工厂人员正做出大兜腰的伸展动作。

人的记忆的变化有点儿像几何学里的正弦曲线。从兆正离开了婚纱店大橱窗的第一刻起，西服俊男与婚纱美女的强烈印象便开始从峰巅之上滑落，开始褪色，而在经过了那个中成药店雀斑售货女的事件后，这种褪色更加快了速度。

人，曾拥有过无数无数的记忆斑块；人，又哪能留得住这么多这么多的记忆痕迹？

比方说，他对她盘起了发辫后的那截玉颈，那双拖鞋，那几粒肉白裸趾的记忆；比方说，她半躺在沙发上，用热浴后的那种倦慵而又煽情的目光望着他的记忆；又比方说，更久更久以前，当他还是个为自己的体毛和喉结在偷偷疑虑和困惑不安的大男孩的时候，他已从他的座位的横斜里将目光裁剪成了一束捕捉的射线，并让其中只包含了她的一绺散发，一只左耳以及半边粉颊。如此记忆，如此记忆。

然而人没有了记忆的食粮又是不能活下去的。

但他觉得这都是些遥远如梦的另一个边缘的事了。那时他的心脏如何狂跳，现在也一样；那时他的手如何颤抖，现在也一样；那时他的呼吸如何急促，现在也都没什么两样。同样的生理反应的背后衬托着完全不同的人生记忆。

兆正从浴室里出来的时候，已三番五次地做出了复查和确认：再没什么可供挑剔，没什么可作发难的借口的了，然后，他便跨出了门来。

他知道湛玉有洁癖，而他自己又一贯在生活细节方面随便、邋遢、无能得有时候几近于孩童。他曾笑着说她所以才是个女人啊，而她则也曾在大庭广众面前好几次高谈阔论过此事：太爱干净的男人算个什么男人，这是上海人称为的“娘娘腔”！最叫女人受不了——但这些都是他们俩之间很久很久以前的话题了。

现在，她等候在浴室门口，就像一只大花猫等在鼠洞口一样，极有耐心。他呆呆地望着她随即便转身进入浴室去的优雅姿态与背影：她的后颈脖还是一样的白嫩和润泽，她拖一双轻质泡沫的软底拖鞋，几根菱形的尼龙编织丝网住了她的足趾和半个脚背，从后面望过去，只见她的那对白净的脚跟和脚踝连着半截小腿曲线，一起一落，一掀一合，十分好看。岁月似乎并没在她的身上留下太多的刻痕，除了体形稍比她的少妇时代宽肥了一些之外。

他觉得自己像一个在法庭之外等待陪审团商决结论时的被告。

她出来了，脸色不很好——应该说是很不好。她没向他说什么，甚至也没朝他多望一眼，就径直朝女儿和保姆的房间方向走去了。她边走边大声嚷嚷着，说：这是谁干的，啊——谁干的？她提出了一大串的浴室异象，马桶坐圈怎么用后也不抬放上去？家里又不全是女人，万一有人小便拉在上边，一坐上去，岂不坐了一屁股的尿？而他想，家里不也就他一个男人？肥皂，她接着又说道，肥皂怎么不放在肥皂缸里，又跑到洗手盆的边上来啦？都说过不知多少回了，肥皂这东西滑腻腻的最麻烦，万一掉到地上，让人踩了滑一跤，可不是好玩的！这硬砖地，现在人的年纪也都大了，骨质疏松……她常常善于用一个较低层次的生活化的话题推导出某个更高层面的纲领性的隐患来。还有，她说，挂起了的毛巾怎么也不拉开拉直拉挺？——他想，这点，他倒是注意到了的，还是各自对于开、直、挺的标准有所不同？——也说过多少回了，这绝不是个美不美观的问题，下次轮到谁用，皱成了一团糟的毛巾有一股水臭味……最后，她又噔噔地跑回浴室门口，指着乳白门框上的一个清晰的蓝色指纹印说：这又是什么？他惭愧地望了望自己的中指，在中指与食指间的捏笔部位，他今天下午发现长出了一只小水泡来，水泡破了，他去浴室搽了点紫药水。

女儿和小保姆都明白就里，躲在房里没人吱声。而兆正当然很清楚：这些都是他干的好事。

湛玉于是又去厨房取来了一团墨绿色的粗海绵，跪在地上，开始擦拭浴室门框上的那块记印，样子像个干惯了粗活的劳动大姐。他内疚兮兮地走过去,小声说,让我来干吧。但她不做声,不说好也不说不好。她还在加倍努力地干着,而且还让头发也振动得散落了一绺下来。

他心情不安极了地在客厅中踱步,又停下来,坐了一会儿。他想看电视看书或看会儿报纸,当然觉得在这种场合和时候很不适合。所以复又起身踱步,他发现自己的心跳手颤与气喘症状又开始发生并在加剧中。他患有一种神经症,医生说,这叫焦虑症。焦虑病人的个案各不同,这是因为每个患者的性格各有不同之故。他的那种更多时是内省式的;他习惯将任何精神上的痛苦都埋在心中,久而久之,它们便转化为了一种感受的矿藏。但医生说,有一点是一致的,那便是:患者最怕的是心情的不安与一种有口难辩的情绪压力;而最有利的则是在病症一旦开始发生时,就尽快能摆脱那种可能形成你不安与焦虑的环境源头。他踱到门背后,取下了一件外套,穿上。

湛玉恰好擦洗完门框,端着一盆脏水回厨房去,水中还漂浮着那块绿海绵。她走过正在穿衣的兆正的身边,朝他望了一眼,便过去了。但兆正却一直望到她的那双轻质泡沫软底鞋的银闪闪的内里一前一后、一隐一现地消失在厨房的门口。他的心中有一份说不出的惘然和惆怅,他的神经焦虑症让他把她的那最后一瞥目光解读成了:"看你今晚上就甭回来,最好永远也别回来了,哼!——"

但他还是平平静静地开了单元的门,出去了。他沿着这老式公寓宽大而冰冷的磨石扶梯一路下楼去,走廊中的奶白顶灯刚刚开亮,照在扶梯级前沿的黄铜嵌滑条上,有一种幽静的反光。

公寓的大堂里没什么人,只有一个早下班的画家邻居正歪着头在信箱的排格里掏些什么。见到兆正下楼来,便说,出去走走啊?嗯,他漫应着,回报以一个适度的笑容。秋日的黄昏应该是捕捉灵感最好的时分,画家笑道。但叫他说些什么呢?他只能"嗯"了一声,不置可否。他推开了公寓笨重的橡木大门,走下台阶,走到了街上。

他突然觉得这个世界和在这个世界上的生活都有点像是在舞台上演戏。而这一切——这街道,这街道上密密匝匝的行人;这公寓,这公寓大堂里的一排排信箱;这画家,这公寓里的某个单元以及单元中的她都有些不真实的感觉。它们都存在着,它们离他很远很远但又很近很近。近得就在边上，远得又像是隔了一层永远也不能互相触摸到体温的玻璃罩。人只能看到别人的生存的表面，而又有谁会了解到谁的生存内里呢？兆正将外套的拉链拉上了，朝着淮海路的方向走去，而两旁的街灯恰好在此时开始煜煜地放射出亮光来。

伍

湛玉和那份月历牌……

Zhan Yu and that wall calendar...

已经记不得是哪位作家在哪篇作品中的一段话了：其实，每个女人，尤其是漂亮、聪明、能干和出众的女人的内心从来都是不肯安守本分的。湛玉想，她有可能就是那一类女人？

湛玉的怒气是在兆正离开时轻轻带上了大门的一刻之间突然消散的。她也说不出个原因来，她只知道，她每次宣泄怒气都需要有一个相对明确的目标，一旦目标消失，怒气也便立即烟散了。

她不知道自己的那团无名怒气从何而来。这些年来，她老觉得自己的胸中日积月存着一大堆一大堆的怨愤，旧的未消，新的又来。她对周围的什么都看不惯：社会上的，单位里的，同事间的；还有，还有就是他。这种怨愤堆积着，腐烂着，发酵着，而她的那股无名怒气其实就是从这堆怨愤之上不断散发出来的一种腐败气味。

尤其是对他。是的，对他。但，他的什么？他的哪里？他的怎么样？她觉得她无法很清晰地界定出一些内容来。

兆正是个极不易被人了解的人，但偏偏，她又对他太了解了。这，难道就是问题的根源所在？他，懦弱，内向，敏感，忧忧戚戚，还时不时有意无意地隐藏了一些心理的暗面。从前，她就喜欢他的这种个性；她认为，这种性格上诗化了的阴柔正是他才华显露的另一个切面，同时，也是他隐秘人格的魅力所在。她想起了十多年之前的一个个周末之夜来。他俩对坐在装饰有棕色护墙板和磨砂壁灯罩的咖啡馆里，他为她念出一段小说，或抑扬顿挫地轻轻朗诵一首诗歌，这都是他写的，而且通常还是些未曾面世的新作。她感染无比地望着他，望着他在幽暗灯光下闪闪发亮的眸子，想：少女的她曾心仪万般的青年时代的大作家大艺术家不就在她咫尺之外的眼前坐着？而且，他还是她的另一半啊！一件多么不可思议的事，在这嚣腾杂乱的世界上的某一个角落，知道有这么一个他存在着的人只有她，他只属于她！她感动得连眼眶都有些湿润起来了。

后来，他俩回家去，互相依偎着地从夜凉如水的街道上走过，回到了自家的那间温馨的斗室里。一下子，她便将她的那份压抑着的激情尽泻而出了。他俩在那张双人床上放肆地翻腾着扭曲着叫唤着，只有那套默默地旁观着的亚光柚木贴面的房间家具才知道他们干了些什么。很久很久，他们才平复下来，一切重新归于宁静，日子如常，直到下一个周末的再度来临。如此周而复始。

但后来，后来怎么样了呢？她惘然地站在客厅中，觉得这之后的十多年来的生活就像是一团乱麻，搅绕在她的心中，抽一根断一截。

她下意识地计算着兆正下楼去的时间，然后打开落地敞门走到露台上去。从露台上，她能望到公寓大门的进口处，几级弧形的台阶之上有一扇油漆斑驳的笨重的橡木大门。她见到一个画家邻居匆匆回家来，手中握着一卷报纸。画家推开木门进入了公寓之后好一会儿才见兆正从大门间走出来。他在台阶上站定了，他紧了紧自己的那件外套，又朝天空望了望，然后才慢步走下台阶去。

她细细地观察着他，从一个俯瞰的角度。她之所以能如此从容而中性地观察他的原因是因为她明白他并不知道她正在观察他。她见他在路边又站定了，他左右环顾着，最后拉上了外套的拉链，朝着一个方向转离而去——这是通往淮海路去的方向。

应该，这是她离开露台回屋里来的时候了，但她的双脚就像是被钉在了地上似的，不想移动。她的目光一直随着他的背影追赶了上去。她望着他那略略稀秃了发缕的头顶和半截尼龙外套的身影在梧桐叶丛间忽隐忽现，直到它们完全消失。她感觉她的心中空洞洞的像被掏去了点什么，而街两边的青铜路灯恰好在此时开始放射出煜煜的光芒来。

她终于从露台上回到屋里来了。而此刻，屋里又恢复了平时的生气，小保姆和女儿都从房里出来，拖椅的拖椅，开电视的开电视，像是夏日午后的一场阵头雨，骤聚骤散，乌云开始退去时，明晃晃的日头又重新照耀大地了。但她的心情与他人的就完全不同，这个差别就像她是个在外边遭雨淋湿透了衣衫刚归家之人，而他人则是暴雨时躲在家中，现在雨停了，一个个地又推窗开门出来准备一享这美丽的阳光和清新的空气了。

她感觉，这个世界有点像是冲着她一个人来的味道。

她站在露台的门口久久地环视着这个家：盥洗间的门依然半开着，那块紫斑从乳白色的门框上奋力擦去之后留下了一摊比周围的白色更白色的不规则图案；毛巾已经拉开拉直拉挺，应该说，已完全符合了她心目中的那种所谓挂毛巾的标准了。此刻，它正静静地垂挂在毛巾架上，从门缝里望进去，能瞥见它的半截侧面。而坐厕的塑垫圈早已掀起，一切都已如她所愿了。她的目光再从盥洗间里退出来，沿着过道的墙壁一路溜滑过去，它们溜滑进了厨房里：水斗的不锈钢台盘上还搁着那只脸盆，一块墨绿色的粗海绵擦巾就搭在盆边上。她问自己，她刚才都做了些什么呀？还有，她到底想证明点什么？想得到点什么？她发觉自己的脑海中一片空白。

小保姆望着她，问：今晚先生不回来吃饭啦？这是她准备晚饭的时候了，她理应问清楚。但听她的口气，她倒仿佛已经肯定就是那么回事了，湛玉的心里不由得又蹿冒起一股无名的怒气来。但她压制住了，不好声不好气地嗯了声。女儿秀秀作乖些，她问她母亲的时候，音调是低沉的，眼睛也没有直接去望母亲。她仍是朝着电视机的荧光屏望着，只不过，她已预先将电视机的音量调到了最小。她说，那，爸今晚上又不回来睡觉了吗？湛玉说，她也不知道——事实上，她真的也不知道。

但湛玉的目光仍没停止游动，它们又从厨房里退出来，来到了饭厅里，它们扫到了挂在墙上的一幅很普通的月份挂历牌，便随即垂落了下来。这是一份很普通的月份牌，占据那个墙面位置已经好多年了，总是旧的去了又换上了新的，年年如此。而长久以来，月份牌显示日期的功能似乎更多地让位给了充当一本记事簿的，湛玉将好些日子都用不同的颜色笔圈勾出来，再在它们的隙缝间填进了很多密密匝匝的文字，提醒说自己在哪一天该做什么和不要忘记什么。近来，湛玉老觉得自己的精神有些恍惚，尤其在当她面对这份月历牌和月历牌上密密麻麻的字迹时，她的眼前一片模糊。她向着正在看电视的女儿说道，走，秀秀，今晚我们不在家吃饭了，我们吃麦当劳去。

陆

复兴别墅:20 世纪 50 年代

Fu Xing Villa: in the 50s of Twentieth Century

吃麦当劳毫无疑问是最能令秀秀雀跃的一件事了。但她知道母亲其实并不欢喜那些汉堡包和奶昔一类的食品,而且她也不赞成女儿去吃太多那一类的食物。今晚上,母亲之所以会主动提出去那儿的原因首先是为逃避点什么,其次是那家新近才开设到离她家两条横街之外,整日整晚都亮着大圆头"M"字母的麦当劳快餐店是母亲最近经常喜欢提到的一个地方。她说,那儿的前身是一家"牛奶棚"——当然,那是几十年之前的事了。

所谓"牛奶棚",这是父母亲那一代或更上一代的上海人对一些专卖奶制品店铺的称呼。不要看今日的上海已是一大整块的市区了,而且连黄浦江的对岸也都现代建筑林立,算作了浦东新区。在父母亲的童年时代,或更早一些的外公外婆的年轻时代,上海的浦西是分割成一块一块的租界区的,租界全由外国人来治理。那时候的浦东还完全是个乡下地方,是菜农和鸡农们的天下。每天,天还蒙蒙的没完全放亮,戴草帽担扁担的农人们便挑着成筐成篓新鲜的菜蔬和黄嘴黄脚的浦东鸡渡江过来"上海"卖。他们将浦西才称作为上海。而他们则必须赶在日头爬上屋顶前又回到他们的浦东乡下去忙碌田间的农活。那时候,他们通常是不让进入传统上的租界区去的,属于他们售卖的区域因此便多集中在了虹口、闸北一带。母亲说,她小的时候还有这样的记忆片断:初夏时节的清晨,弯弯窄窄的人行道的两侧都停歇满了筐筐篓篓,筐篓的后面站立着高捋起泥裤腿的浦东乡民。他们摘帽充扇,说一口松脆硬朗的浦东乡音。他们自编的篾竹筐里头铺摆着刚摘下来的蔬菜、莲藕、菱角和黄澄澄的诱人的玉米棒子。

然而，牛奶棚里是从来不售卖这些东西的。牛奶棚的老板一般都是外国人，而顾客也多为住在租界里的外国侨民和生活洋派的高等华人一族。有的牛奶棚前铺后场，当堂在后场里挤了奶，制成了新鲜的奶酪制品就提到前铺来卖；有的则将农场办在了虹桥那一带，每天清晨都有专车将牛奶及其制品运送到市区的店里来。那年代牛奶棚有大也有小，有俄式的，意式的，英式的；但有一点都是确定的：只有在租界区里的那些所谓牛奶棚里，人们才能吃到最纯正和最新鲜的各式欧陆风味的奶制品。

这些都是母亲后来讲给秀秀听的。近些年来，母亲老喜欢回忆过去的事，她给秀秀讲秀秀外公和外婆的故事，讲她自己童年和少年时代的生活片断，而这家牛奶棚就是她的很多故事和回忆片断里经常出现的场景。秀秀想，今晚，她要带我去的地方准是那儿。

女儿很聪明——一般当女儿的常会有某种聪明的，她们的直感往往都很对。不一会儿，她们母女俩便已面对面地坐在了麦当劳快餐店临街转角位环形落地大玻璃窗前的一张小方桌的两边了。女儿面前是一份大份的麦香鸡套餐，母亲面前却只放着一杯孤零零的热牛奶——她说，她没什么胃口，她也不想吃那些油腻腻的食品；再说，到这里来喝一杯牛奶，多少也带点回味的意思。

秀秀将双麦管一齐塞进了一大杯的冰可乐中，深深地吸了一口。一股清凉刺激的感觉令她一下子醒神了许多。她抬起头来望着她的母亲，她觉得她母亲的目光有点稠迷有点暧昧，总之，有点儿缺乏聚焦感，它们像是在回望着她，又像是在望着窗外的某处。她想，她应该与母亲谈点什么。其实，她最想问的是有关爸爸的事，严格地说，是有关爸与妈的，爸与这个家庭之间的一些事。但每次都是这样：她愈想问，她便愈不敢问。

母亲终于开口说话了。她说，不就那儿吗？……她所说的“那儿”是指斜对街的一爿加油站。

加油站就在对面街的另一个转角位上。这是一个十字路口，而加油站与麦当劳的临街的落地窗恰好互为对角线位。从环围着的大玻璃望出去，落入她们母女俩视野的恰好是那座加油站的宽阔的停车坪。有彩色的气球从加油表座的上方串挂下来，它们在晚风里飘动着，几条广告横幅——包括一家家具公司的，说什么，家具大超市，尽在“菱方圆”之类——拉扯在加油站的上空。有一个工人正在洗刷一辆桑塔纳 2000 型轿车，时而用水管冲洗一番。

下班时分，十字路口显得格外繁忙，而天空渐渐深蓝黝黑下去，两边的街灯便显得愈发明亮了起来。躲在梧桐叶丛后面的交通灯红黄绿地变化着，马路四个端口上的车流便一会儿被截断，一会儿又奔腾而出了。加油站处于市中心的一个黄金位置上——在复兴路与它的一条横街的交界口上，它的一边与一大片庭园式公寓群落相连接，这是市区的一条著名的高尚的住宅弄堂。从麦当劳圆环形的玻璃大窗望出去，她能清晰地望见在车流的一来一往的间隙里被遮盖去了又露出了，露出了复又被遮盖去的弄堂的入口处，这是两扇被油成了乌黑光亮的铸铁大门，一盏碘钨强光灯照射下来，“复兴别墅”几个金字闪闪耀眼。她又见到一对银发苍苍的老夫妻——看来一定是这条弄堂里的所谓“老克拉”住户了——在这街灯刚开始光亮起来的傍晚时分提着两只塑质食品袋自淮海路的方向走过来，进弄回家去，老太太挽着老头儿的手臂，步履悠缓得都有点蹒跚了。

湛玉记得它从前的模样。

那时候的弄堂口也有一块招牌，但不是镀金机压的那一种，而是古朴的铸铁型的，深褐的基色中带着些锈斑。再说，招牌也不是竖挂的，而是横匾在弄堂进口的拱梁上方，没有炫耀的射灯光来做陪衬。无论刮风下雨烈日寒暑，也就那么平庸无奇地横在那儿。弄堂口的那两棵大榆树还在，左边一株右边一株，它们茂密的枝叶几乎将整片弄堂的进口都覆盖了起来。那时在弄堂里，不要说在弄堂里，就是在街上，人也非常稀少。弄堂口有没有铸铁大门，她已经没有什么印象了，反正她只记得有一座给看弄人住的用木板搭盖成的小屋，从弄口望进去，有很好的景深度，家家户户的前后庭院里都是一副花盛叶茂的样子；这情形倒有点像此一刻她从对街麦当劳餐厅望出来的景象：她也一样能从弄口一眼望到弄底的那一户的花园。

那时，她大概七八岁。

当年的她当然还不明白自己在大人们眼中那副可爱样。其实，岂止可爱，简直是一个迷你型的小小美人儿！每星期有两次，星期三与星期六的下午，她都会着一套粉红色的芭蕾舞服，就是裙子张扬起皱褶裙边的那一种，再披一件浅色的毛线套衫，拎一只装有一对小小芭蕾舞鞋的小草包去到复兴别墅的一家私人舞校去学芭蕾舞。这是她母亲替她安排的，母亲与那家舞校的一位老师是熟人；再说，母亲的一位闺中好友琴阿姨的女儿早在那儿学舞了。

尽管她还年幼，但每次，她都一个人单独前往——母亲只是在带她报名时去过一回——她从小做事便独立，有主见。从虹口去那里要转好几趟车，坐5路有轨电车从淮海路上一路过去，然后又在某个路口下车来，转乘主车后还拖带一节拖斗车的塌鼻梁的42路公共汽车。车就在那十字路口上停有一站，恰好是在那家牛奶棚的门口。那时候，牛奶棚原来的外国老板已经回国去了，老板换成了一个大红鼻子的和蔼的老头，每次见到湛玉走进店来，便会大声地嚷嚷道："哈！小阿妹，侬又来啦？——"夏日的晌午，外面的街上骄阳如火，一片嚣闹的蝉叫声，但牛奶棚里却很凉爽，店堂里没什么人，几把柚木吊扇在高高的顶棚之上转悠转悠。老头从立式大冰柜的冰水里捞出一瓶"光明"牌酸奶来，他边拉开蜡封线，掐着纸瓶盖，边笑眯眯地朝柜台的那一边走过来。她刚有柜面那么高，便踮起脚来，将小草拎包摆在柜面上。她从芭蕾舞鞋的鞋肚里掏呀掏地掏出二毛二分钱的纸币来，这是她母亲一早已经叠放在了那里的。这是由两张一毛钱外加一张小一号尺码的二分钱的纸钞所组成——当时的中国社会还没流通使用硬币。

小女孩从牛奶棚里走出来，便这么样地一边用麦管吮吸着酸奶一边踱过马路去。如今的她只要稍加想象便能在眼前出现当年的一个活生生的自己来。她望着她自己如何从空无一人的，阳光斑斓的复兴路上踱街过去：裙摆是嫩粉色的，头发往上梳成了一只髻，盘得老高，露出了一截颈脖和两条细白的小腿，一摆一摆的，怎么不会是一个人见人爱的小小可人儿呢？

有一个戴着两片红领章的警察站在四岔路口的街心，用警棍指挥交通，他的雪白的制服在猛烈的阳光里显得十分耀眼。当她从街中央那么一路走过时，他朝她和蔼地微笑着。

街对面便是那家加油站，加油站的边上是复兴别墅。她已来到了别墅的弄口，正打算进去——但慢着，她向秀秀说，她还没来得及向她形容一下加油站当年的模样呢。加油站一般没有事可干，一则因为当时的轿车数量极少，再说又是在夏日的午后。有几个穿工装背带裤的工人坐在建筑的阴影里，他们也都认得她。见到她来，便全都冲着她笑，一齐高声喊道："小小舞蹈家，跳只芭蕾舞给阿拉看看，好吗？"但他们绝无邪意，他们都是善意的。他们只是太喜欢她了，喜欢她的装束，喜欢她的神态，喜欢她的那股说不出来的稚气十足的优雅风度。这点她分辨得很清楚，别看她那时年纪小，但她对大龄男人们的这些方面始终是十分敏感且特别留意的。

有时候，加油站里也会停泊着一辆黑色的苏制大轿车，是尖鼻子圆屁股的那一种，窗口还下着纱帘。或者就是那类像小甲壳虫样的"奥斯汀"——这车她最认得了，公私合营前她父亲就拥有一辆——遇有这种情形，大男人们通常都不会有那份闲兴来与她开玩笑打招呼了，他们都拥去干活了。

就这样，我们的小小舞蹈家便经过加油站，走进了那条弄堂里。

夏日的晌午，弄堂里安静得不见半个人影。别墅是公寓式的花园洋房，有赭红色的尖顶和矮矮的赭红色的围墙，这一排的前花园对着那一排的后花园。午睡时间，家家户户都打开了门窗，下着绿色的防蚊纱帘，隔着朦朦胧胧的帘层，能见到悠悠然打着蒲扇的人影。她就这么一路走过去，呼吸着两边的绿色植物们在当空烈日之下散发出来的那种热腾腾的气息。她来到弄底的那一幢房子跟前，步上几级台阶，按响了门铃。

这便是那家私人舞蹈学校。有一个保姆打扮的女人来应的门，随即将她引进一间宽敞的大厅里。所谓大厅，其实是公寓的客饭厅打通后连接而成的，四壁都装镶着落地的大镜子，有一条周身都给摸得通亮的柚木圆棍扶手绕墙一周。那时代，还没什么空调，大厅里转动着几把吊扇，大厅四周的窗户也都打开着，窗外全是绿莹莹的叶影，让人有一种像是给网在绿纱罩里的感觉，自然也就清凉不少。大厅的一个角落里摆着一张长桌，上面放着一排冰镇过的柠檬水；另一个角落里则站立着一架钢琴。一溜排细窄的柚木地板刚用打蜡钢刷拖过，干净光亮得能照出人影来。来学舞的都是与湛玉年龄相若的小女孩，早她来到的已蹲在地上换鞋的换鞋，站着换舞服的换舞服，一片唧唧喳喳的吵闹声。湛玉在人堆里找到了琴阿姨的女儿莉莉，另一个与她同龄的小女孩，一样地漂亮、可爱和体面，只是可能还不如她那么地更俊俏和惹人注目罢了（至少，这是湛玉自己在心中悄悄认为的）。她与她是好朋友。

她与她是那么样的一种好朋友：她父亲是她父亲的朋友，她母亲是她母亲的朋友，而她是她的。但她俩的交往也仅限于每周那两个学舞的下午以及一同搭乘公车回家去的那段路途上的时间。莉莉在常熟路淮海路口上就下车了，而她还要一路过去，转车，去到虹口。有时，父母也会带她上莉莉家去玩，不过，那一般都是在过年过节或假期里。每逢有这种机会，她都会高兴得蹦跳起来。她最喜欢去莉莉家了，一套宽敞而有气派的大公寓；朝南，临淮海路的那一边有一长排浅灰色的细格钢窗，其中有两扇落地，通往一座环形的大露台上去。站在露台上，你能从高处俯瞰着遮遮掩掩在梧桐树叶影下的淮海路上来来往往的行人与车辆。“那可要比咱们现在住的那套气派多啦。”湛玉望着女儿这样说道，“首先，这是一幢沿淮海路而建筑的大楼，不像我们的那幢，坐落在横街上；而那一套公寓才算是真正的豪华级的大公寓，少说也有六七间，这间套那间的，让我们这些小孩子钻来钻去，过瘾得像是在捉迷藏！客厅更是宽阔得像个大球场，一排长条形的柚木地板朝着落地长窗的方向一直伸展过去。冬日里的晴朗天，耀眼的阳光从落地窗的玻璃间照射进来，几乎铺满了大半个客厅。暖水汀打开着，整间屋里都暖融融的，各人只穿一件羊毛衫，恍如春天……”

女儿静静地听着，望着母亲的那种投入的神情，没有言语。倒是湛玉自己，说着说着又渐渐让自己沉浸到了另一幅回忆的场景之中去了。此刻，她能活龙活现地回想出郝伯伯——就是莉莉的父亲——的那副脑满肠肥、大腹便便的模样来。他就在大客厅中央的一张圆把手的英国式的皮沙发上坐着，整个人都舒坦地陷了进去。沙发是高背的，缀满了本色皮的泡钉，有三人座、两人座和单人座各一张，三面环围而放，中间铺着一幅巨大的腾龙祥云的羊毛织毯，而一张椭圆形的弯脚矮几和几把直脚的转角茶几分别摆放在了地毯的中央和沙发的两侧。面对沙发和茶几围座而放的是一只桃木质地的圆肚大酒柜。酒柜深棕色，镶有雅致的暗色花纹的装饰，它的光亮无比的柜面上陈列有一溜长排的盛满了酒的长颈酒樽和阔口圆口的玻璃酒杯。酒柜的大圆肚皮中装着雪茄烟，这一点她记得最清楚不过了。有时，郝伯伯走过去，滚圆的人的肚皮对着滚圆的柜的肚皮，他拉开了柜肚，取出了一支木盒装的雪茄烟来，然后放到柜面上，顺便也取出了几颗锦纸包装的糖果来，晃一晃，逗一下她说：来，小湛玉，郝伯伯请你吃酒心巧克力！

听父亲说，郝伯伯是一位很出名的大资本家，在市工商联担任职务，平时工作又忙，交际应酬也多。但郝伯伯就喜爱她，老喜欢在她粉嘟嘟的小脸蛋上轻轻捏一把，或索性蹲下身来，将他那油亮光秃的大脑袋啃啃啃地直往她的小脸上钻，又说道：这小姑娘，长大后还怕不成了个大美人？她父亲也知道这一点，因此每回去郝家总带着她。过年过节的时候不用说，即使在平时，他们大人们见面要有正经事谈，母亲提醒说，这合适吗？父亲也都坚持要带她同往，他说，你不见老郝见了这小丫头时的那副高兴劲吗？他的心情会好不少的……

于她，这当然是件求之不得的事啦。每次，他们两家见面，她的父亲和莉莉的父亲总喜欢拣一张转角几的位置打斜对坐；一个肥胖，陷在单人沙发里衔一截雪茄，吞云吐雾神态悠然，而另一个精瘦，半个屁股坐在三人沙发最靠边的那个座位上，凑过身去，不停地说话又不停地往茶几上的烟灰盅里按烟头。两个人老兄长老兄短地经常聊得哈哈大笑。每逢这样的场合，她的母亲便会拉着琴阿姨去了房间。她们有她们的话题，无外乎是服式鞋式或是给谁的谁介绍女朋友或是给谁的谁介绍保姆之类。而她的玩伴自然是莉莉了。她们乘电梯上到公寓的顶层，然后再爬几级水磨石的扶梯来到大厦的天台上。在还没有多少高层建筑的五十年前的上海，这里可算是一处风光无限的制高点了。两截小小的人儿，伫立于一片广阔的天地间，凛冽之风将她们的发辫都吹散吹乱了。她们遮额望去，东西南北，一大片灰红色的上海弄堂房屋就在她们的眼底之下经纬纵横地展开，不是一直通往遥远遥远的江水的边上，就是止境于呈朦胧青绿色的郊田的边缘。而假如这是个晴朗的夏夜，她们还会搬两张竹榻上去，双双仰面躺在竹榻上数星星，或望着曳着长尾巴的流星自墨蓝的夜空里划过，许愿。

但最多的时候，她俩更喜欢一块挤到莉莉房里的她的那张小铜床上去。那里很温暖也很隐私，很合乎七八岁小女孩的年纪以及趣味。她们用被子将自己从头到脚都窝起来，在一片漆黑之中嘁嘁私语地讲讲女孩子的悄悄话。有一次，她听得莉莉在黑暗之中对她说："我们是好朋友，是吗？"她说："是的。""我们是这世界上最好最好的好朋友，是吗？"她再说："是的。""那我们互相讲一讲自己最最心里的心里话，好吗？""最最心里的心里话？那你先讲。"——她从小便拥有一种从来都不先透露自己的机警。"……你有爱上过什么人吗？""爱上人？……""我是说，你有偷偷地爱上过谁，而谁又不知道你在爱他吗？""你有吗？"黑暗中，她能听到莉莉急促而沉重的呼吸声，热乎乎的鼻息几乎全都喷到她的脸颊上来。"白老师，"莉莉飞快而短促地说着，"我觉得他的影子白天黑夜吃饭睡觉老跟着我……"湛玉一下子就感到自己的心跳加剧了，全身血液突然澎湃了起来，脸蛋滚烫滚烫的，怎么也会是他？她在心中暗暗地呼叫了起来。

柒

湛玉和我:三十年之前与之后

Zhan Yu and Me: thirty years prior and after

假如人生的场景也能像在影片里一样被任意剪辑和叠化的话,此一刻,覆盖在毛毯之下的臂膀和身躯已换成了四十多岁的湛玉的了。它们全都赤裸着;不是别人,而是我,躺在她的边上。

是的,就是那一回。

她用手臂死劲地搂抱着我,冰凉的手指几乎要掐到我的皮肉里去。她肉甸甸的躯体带点儿压迫性地挨贴着我,让我都有点儿喘不过气来的感觉了。她说,她怕这又是一场梦,梦醒了,她会再一次地失去一切。

我安慰着她,一遍又一遍地抚摸她那浑圆的肩胛和臂膀。我不能看见它们,但我能感觉它们:细腻、光滑、柔软而颤抖。当你的指尖在上面溜滑而过时,你仿佛感到有一股电流在之间通过。

我记得这只手臂,第一次让我止不住心跳口渴是在一个黄昏已逝、黑暗开始笼罩下来的时分。教室里的日光灯全部打开了,我与她正并排站在学校的壁报前联合作业。我见到有一截细细的小臂,上半段裹在白府绸衬衫窄窄的包袖中,它正在我的左边优美地、小幅度地挥动,干练而流利地在壁报上勾画出一些图案来。有一层粉笔尘降落在手臂的肌肤上,在惨白色的日光灯的照耀下,反射出一些绒丝丝的反光来。

我天天都与她坐同桌,一起朗读书本,一起默写课文。在老师发问的当儿,它不也是时时在我的一边嫩藕出水一般地举起?但为什么一定要到了这个傍晚时分,同学们都走光了,只留下我与她两人在这间空荡荡的教室里时才会有这种奇异的感觉突然袭来?我想,当时的我还没达到一个能够解释清楚这种生理现象的年龄。我的第六感觉又出现了:我觉得我与这只手臂之间一定会有某些命定的什么关联的——但想不到竟推迟了三十多年。

我发觉,手臂的书写速度突然减慢了,然后停了下来。我转过脸去,见到湛玉也正好转过脸来望着我。她的脸色一下子涨成了绯红。在这青少年生理与心理的敏感期,男女间的某些感觉都是通过生物电波来传递的。她说,时间也不早了,没搞完的,明天再搞吧。我说,好。于是,我们便熄灯离开教室。教学大楼的走廊里已空寂无一人了,我俩沉默不语地走着,一间间空荡荡的容纳着一排又一排课桌椅的教室蹲在走廊的两边,黑洞洞的门口将我们迎来了,又送去了。

我俩来到学校的大门口,大门早已关闭。老校工胡伯端着一只搪瓷饭碗走出来,他正准备将传达室的小门也上锁。见到是我们(应该说,见到是她),便笑嘻嘻地走上前来:"出壁报一直出到现在啊,该回家去吃晚饭啦!"他始终是朝着她说话,连望都没望她身边的我一眼。

老校工拉开了小门让我们出校去。仲春的傍晚,在空气中能嗅到一股浓浓的气息,这是树木刚爆出来的新嫩与城市中固旧沉淀的混合气息,暗藏着一种遥远的蠢动与记忆。一盏薄边斜罩的门廊灯之下,一块"东虹中学"的白漆校牌竖挂在灰褐色的墙身上,在这湿意迷蒙的夜的背景上,显得特别地明亮与温暖——对于所有这一切,至今,我都保存有一种清晰的电影场景式的记忆。

我们站在校牌一边的人行道上,竟然彼此都忸怩犹豫得有些不知该说什么好了——之前,每次出完壁报,我俩不都是一路上和着晚风和夜色,说说笑笑回家去的?

她说:"我想打这边走,你……"

我当即明白了她的话意。"正好,我也要去邮局寄一封信给父母,还必须赶在它关门之前。"我慌慌忙忙地说。我的父母亲早年就去了香港定居,只留下我一人至今还住上海。这些,我相信,她都知道。而邮局的方位又正好与她打算走的方向相反。

我们于是分手。待我从墙角转弯处忍不住回望时,她的身影已在夜色之中消失,几辆自行车正慢悠悠地从我身边踩过,摇响了车铃。

后来，湛玉告诉我说，她也一直牢牢记着那一晚我俩在路边分手时的一切细节。我们甚至各自掏出了各自的记忆笔记本来逐一核对。就像各自晾出各自箱底的陈年旧藏一样，呼吸着这种存在记忆里的遥远的气息，我俩都有些醉了。她说，这是我们初三毕业年的最后一学期。我说，是吗？她说，为什么她能如此确定呢？因为就在那次我俩单独留在教室里出壁报的前一个星期，同学们去她家开过一次有关毕业分配的思想“交心会”，那次兆正来了，你也来了。我说，我也记起来了。那天，兆正就坐在你家的那张面朝窗口的单人沙发里，在众多的同学之中，他显得十分突出。那天，你似乎特别兴奋，滔滔不绝之外，脸色也显得格外地晕红……

“不就从那次之后吗？”她说着，用眼睛幽幽地望着我，流溢着一份留恋，一份遗恨，一份不知名的什么。

湛玉与我说这些话的时候，正就座于皇朝海鲜城二楼的某个临窗而放的双人位上。桌面上铺有浆熨过的雪白的台布，细白瓷的茶具以及镀银的搁筷架等餐具散布桌上。有一盏冷束光的射灯从天花板上的某个方位照射下来，令台面上的一切都闪闪发亮。不远处，有人在操奏扬琴，是一个身着细腰身旗袍的女子。悠扬的琴声荡漾在这座法式的老洋房中，气氛十分典雅。她用目光丈量着，说，那儿不就是放她父母那张红木大床的位置吗？她记得再过去是一口柚木雕花大橱，紧靠大橱而放的是一张摊手柄的单人沙发——就是同学聚会的那次，他坐的那张。

她又指指我们正就座的那张桌子，说，这里应该就是以前带拱形窗框的室内露台的位置了。她前前后后、左左右右地环顾了好一会儿，尽管又是铝合金窗又是中央空调又是大堂又是包房，但她说，她可以肯定这是那露台的位置无疑。每天，她都能从这里望见街对面的一家工厂的斜脊厂房。早晨七点半钟，正当她提起书包准备开门上学去的时候，她总能见到带湿雾状的烟缕开始从半截斜戴帽的烟囱之中升起来，在天空中稀薄着散了开去。烟囱是安装在一方带水箱和铁梯的平顶晒台上的，常有鸽群在那里降落了之后又再起飞。

湛玉是两眼望着窗外，自言自语地说着这一番话的，仿佛在忆述一场三十年前的梦中的场景。现一刻的窗外，黝黑的天边沉淀有一层迷蒙的玫瑰色的浅红，那是远远的市中心的霓虹灯在夜的云层之上的折射光。而那块“皇朝海鲜城”的闪烁着的灯光招牌在对面的那幅老砖墙上制造出了红一阵紫一阵的迷幻效果。弄堂如今早已拓宽开辟成了两边有人行道，中间可以行车的马路了，马路与上海的一条著名的食街相连接。这里的矮房与陋建都已清拆干净，有些骨子和风格的洋房留存了下来，被人承包，开成了饭店。

我记得，这是我俩在分别了三十余年后第一回再见面。

其实，那次我是考虑了很长一段日子之后才下决心去她住的那条街的附近溜达的——一位旧同学告诉了我她家新近搬去的住址——看看会不会有小说中所描写的偶遇的那一类情节发生。但没有，我按捺不住，还是跑上楼去，按了铃。

是一个安徽小保姆来应的门。“是谁呀?”湛玉从公寓内里的一间房间中探出头来，于是，我们便见面了。

兆正不在家。我是说，他是那种在晚上也不会回家来的不在家——他请了创作假去太湖湖畔的一座什么度假村写东西去了。我有点高兴、有点失落、有点惆怅，也有点充满了某种莫名的预感时的兴奋。当湛玉出去倒茶的时候，我就一个人坐在兆正的写字台跟前。他的一张镶在有机玻璃框架中的照片就立在我的对面望着我，我只知道，他很有些改变了，眼前的这个才是四十岁的他。照片大概是在长江三峡的某处风景点拍摄的，前面是浑涛翻滚的江水，背景是乱石和小松树林，江风正将他长长的头发吹扬起来。我再认真地看一遍，不错，是他。但我发觉自己就怎么也不能将四十岁的他的某些脸庞特征有效地存进记忆中去。我用手指抚摸过叠放在案头的那排书籍，有些是别人的，有些是他自己的著作。我只要浏览一下书名就知道了，他每出一本新书，我都要在市场上及时买回来读，我记不清他的脸，我却能背出他写的不少精彩的句子。

湛玉端着茶杯回进房里来了，见到我在做什么。但她什么也不说，放下茶杯，坐了下来。她问我说，你现在的生意做得不错了吧？听说都在金桥加工区开厂了？我支吾以对，心里却想着要告诉她，这两年我也写了不少东西并出版过几本诗集，其中有一本还是在她工作的那家出版社出的。但转念一想，她也不会不知道，她既然不提起，这是因为她不想提起。我这主动一提，不反而显得别扭？我于是便同她谈点儿自从我们分别之后他与她的共同情况；再谈下去，话题便自然而然地集中到了她一个人的身上去了。她开始眉飞色舞起来，并带点儿滔滔不绝的态势。她摸出一张她的名片来，上面除了印有她的名字外，还有一个“副编审”的头衔。她提及了一大串大作家的名字，并开始细数起他们各自的创作风格、成就以及特色来。她说，她与他们之中的不少人还都有过直接的往来，她是他们的“责编”嘛，他们都十分尊重她，也很器重她。

但她没提到他。

我婉言而旁敲侧击地提醒她说，这些作家，有的在20世纪三四十年代已经成名，最近的也是属于“五七战士”的那一批了。是不是该有些新的呢？而假如能让我来做出选择的话，我倒更会去欣赏……

但她的表情陡然变得有点卑夷和激昂起来，打断了我：都说诺贝尔文学奖与我们中国作家无缘了，就连那些大作家（她当然是指那些她提到过大名的作家）都望洋兴叹了，就更别说是正跟在他们后面爬行的那些个了……

那些个？那些个爬的人是指谁？我终于在这片谈话雷区的边缘地带停止了向前推进。天黑了下来。

快近晚饭时分，她提出请我去一家“很不错的”也“很有意思的”饭店用餐。出门来，我们叫了辆的士。的士穿街夺路，途经复兴路、瑞金路、淮海路、南京路，最后驰过了苏州河上的某一座桥进入了东区。车窗之外的霓虹灯招牌、行人以及其他车辆的前灯与尾灯涌过来又退回去，我说，这不快到我们的母校啦？

的士最后在一条马路旁眨着黄边灯，停了下来。我钻出车厢来，只觉得这儿的灯光要比市中心区稀落了些，但就一下摸不着头脑这是在市区的哪一个方位上。湛玉也钻出了车来，胸有成竹地带领我朝前走去，来到了这家海鲜城的挂着两只喜气洋洋大红灯笼的朱漆雕花门前。两个着织锦缎旗袍的女郎同时拉开了两边的大门，说：“欢迎光临！”就在这一刻，我仍懵然不知，这条马路的前身原是一条弄堂，而这幢海鲜城原是一座法式老洋房。

后来，我当然很快便知道了这里是哪里了。20世纪90年代之末的上海的一切，市容、建筑、时尚、文化以及人们的价值观都已变得面目全非。这些都是怎么变过来的？但定神一想，一切不也就这么一步步地走到了今天这个模样？好像这是件天经地义的事儿，好像过去岁月的种种压根儿就没有存在过一样。其实，对于这一切，我最有发言权："四人帮"一倒台就去了香港，直到浦东开发才回来。其间十八个春秋的时空跨度，仿佛就像舞台背景的幕布在一拉一扯之间就换了另一批演员另一套戏服，再度嘻嘻哈哈地重新登上台来舞棒弄棍一番。人生如戏啊，我将我的感受形容给她听，她笑笑，没说什么。在射灯的强烈光照中，她的眸子盈汪汪地像是含着点什么，我沉默了。

后来，我又回想起这一天来。算一算日期，恰好是西方的愚人节。我一下子有点发怔：究竟是谁被愚弄了？是她，是我，还是我们俩——甚至包括兆正——都让命运给捉弄了？

捌

白老师的目光

The look in Mr. Bai's eyes

再让故事回到湛玉的那一头去。

白老师就是湛玉与莉莉学芭蕾舞的那家舞蹈学校的钢琴伴奏老师，一个二十来岁的年轻男子。谈不上什么英俊潇洒，小生奶油的特质，但他身材颀长，皮肤却黝黑得很，脸庞更是瘦削得有点儿可怜了。四十年后，当湛玉再在回忆之中将他从头到脚仔细审视一遍的时候，她想，令她和莉莉共同对他暗暗着迷的原因除了其他之外，很可能就是他的那对眼睛：彻底忧郁型的，而且目光始终向下，永远含有一种说不清的思念和苦恼——小女孩们的心态有时有点不可理喻。

她后来爱上了同班的兆正，其缘故多少也是与他的那对眼神有关。别人都觉得她的选择有点不可思议甚至荒唐，但只有她自己明白，她是无法抵御那两束携带有一股禀赋力与磁性的目光的。它们从不直接望向你，但似乎总能透过某个特定的折射角度，恰如其分地点触到你的心的那个部分上去，让你无力招架。这是这么样的两束目光：你从未注意到过它们则罢，哪一天，你留意到了，你便开始不能自拔，且会愈陷愈深。

那时的湛玉十五六岁，正处于一个少女情窦初开的人生季节上。她隐隐约约地注意到许多人都在暗地里窥视她，找这样那样的机会来向她大献殷勤，但她从来就是厌恶那些人的那类举止的，她觉得他们粗俗、平庸，有时候肉麻得令她作呕。在学校、在弄堂、在街上，她没遇到过一张能使她留下印象的笑脸。但她还是很享受这种感觉的。她觉得满足，她觉得满足是因为：她能从他人情不自禁流露出的眼神之中活生生地捕捉到自己的那种无可抗拒的魅力——她可管不了这种魅力会对一个盲目的谁产生一些什么样的生理与心理效应——但她喜欢自己拥有这种魅力。

后来,她就注意到了他,注意到了他的那两束不寻常的目光。有好几次,她让自己突然之间掉过头去,但她一次也没能成功地捕捉到他真正的眼神。这反而令她心灵颤动,她觉得他很特别,而且,这还是一种别人从未发现过的特别,她有点暗暗自喜了,她竟将这种发现视为了她的一种珍贵的私人收藏。

她还发现,原来她心底藏着的"他"的原型是这样的一个男孩:腼腆、内向,假如你不向他表示点什么,他就永远也不会来向你表示点什么。甚至,他还不是个可以让你去依靠,反而是个要对你时时刻刻怀有一种牵肠挂肚的,带点儿病态式的思念和暗恋的脆弱型的男孩。她觉得,她会喜欢这样的一种男孩。那时,她毕竟还太年轻、幼稚,她还没能察觉到这其实是与一段遥远记忆之中的某个暗藏的情结有点儿关联的,她只知道,记忆有时会将那四束类似的目光绕缠在一起,叫她分辨不清楚:哪两束是兆正的,而哪两束是白老师的。

白老师之所以会令女孩们对他产生一种言语不清的迷恋之情的另一原因,可能是舞蹈学校里的另一位教师——田老师。湛玉不知道莉莉是怎么想的,至少,她是这样认为的。

田老师是负责训练女孩子们舞蹈基本功的。其实,所谓舞校,教师也就这么两个,一个教舞,一个弹琴。而所谓芭蕾舞,在她童年的用无数个星期三和星期六的下午串联而成的漫长的记忆里,永远就是摆布那几个千篇一律的舞蹈姿势和重复若干枯燥至极的训练动作。舞蹈表演者们在舞台上如春花盛开之灿烂、如蜻蜓点水之轻盈的那种真正的芭蕾舞,对她们来说,仿佛都成了一种永远也不可能会成全的境界了。

其实,那时的田老师在女孩子们的眼里已经是个十足的老太婆了,脸上的皱痕刻画得十分凶狠,而下巴之下的皮肉也开始垂荡下来,像只大火鸡。但她却保持着美妙的少女的身材,婀娜腰束,两腿细匀而修长。这令她正面与背面形象的反差大到叫人惊讶,也让人觉得有点不忍心。她从不苟言笑,甚至说话也很少,肃穆了一张黄脸地叫着口令:"一二——一二!"她对每一个学生都充满了一种天生的挑剔:一班二十几个学生,每一回当大家摆好了姿势之后,练习厅里便留下一片寂静。田老师挨个地检查过去,挨个地校正每一个人的每一丁点儿令她感到不满意的动作细节。然后她才回到她的圆心位置上来。她说:“大家注意了,一二,一二——开始!”她连脸都没向屋角里的那个放钢琴的位置上转动一下过去,她只是轻轻点了点头,钢琴声便响起来了。这是一首单音节的圆舞曲,是根据一首类似于苏格兰民歌改编的旋律。时隔几十年,湛玉还能熟背如流地哼出它的那么几句简单不过的四分之三拍的主题调来。是白老师坐在钢琴的背盖的后边,响起了的钢琴声给孩子们带来了一种解脱感和舒坦感,而钢琴的再单调的音符中似乎也都融入了一缕隐隐约约的忧郁——就如白老师的目光。

湛玉已经忘了,这是她从她母亲那儿听来的呢,还是从莉莉那儿,或者是她的母亲与莉莉的母亲在谈话时被她俩一齐偷听到的?甚至,可能只是女孩们间的一种子虚乌有的传闻而已,不知道始于谁终于谁的一种传闻——那个年岁的女孩们老喜欢将所有收集来的讯息都合成为一个绘声绘色的故事,无论对不对,合理不合理,互相传来传去,好像就确有了其事。传闻说,田老师和白老师现在是那种没有名分的夫妻关系。之前,田老师是结过婚的,她的丈夫就是开办这家私人舞校的一个外国人。外国人回了国,就将这家学校和这套公寓都留给了她。

自从听说有这么一个故事后,湛玉便愈看愈觉得是那么回事。比如说,每一场练舞的间隙时,白老师总是抢先从琴凳上站起来,自扶竿上取了一条白色的大毛巾先给田老师递去,让她擦汗。而自己则回到长桌边上,取了一瓶柠檬水来,开了瓶盖,插上一支麦管,再替刚擦完了汗的田老师送过去。每次课程结束,通常的程序都是学生们先走,然后他们才离去,留给女佣来收拾那场地。但有时也有例外,遇到他俩有什么急事要先走的话,田老师通常会当着她的那么多学生的面,尖声尖气地唤一声:“白老师!”说话之间,便已伸出了一只手来。而白老师闻唤便急忙跑过去,先替她套上外套,然后再给自己穿上。他也伸出了自己的臂膀来,让田老师给挽住了,然后便双双离去,翩翩然的,宛若一对情人,但更像两母子。

然而,白老师也不是完全没有他放松和开怀的时候。有时,田老师因单独约了什么人要先离去,舞蹈班的收场事宜便就由白老师一个人负责来完成了。他先将学生们一个个都送走,然后再打发走了女佣。之后,便留下湛玉和莉莉——好歹他和她们的母亲都是熟人。他看上去很兴奋,他弹琴给她俩听,脸上始终浮动着笑容。有一次,他边弹边唱了起来,他唱的是一首南斯拉夫民歌，叫《深深的海洋》：深深的海洋，你为何不平静？不平静就像我爱人那一颗动摇的心……其实，当年的湛玉根本就不知道这首歌的歌名的，她只觉得一个成年男人的声调是那么地深沉、那么地厚实、那么地有磁性、那么地叫人着迷。尤其是当它与钢琴键盘上弹奏出来的旋律充分融化、汇合成了一股声流时，它们简直变成了一股带酒意的热流，流入她一个八岁小女孩的心田里去，让她都有点醺醺然的不知身在何地何处的感觉了。后来，她长大了，她在外国名歌二百首的册子里发现了这首歌，她无缘无故地就特别迷恋起这首歌来，其中就是带了点童年的记忆成分的。

同是那一天，白老师的兴致似乎一直保持在高昂状态，不肯潮退下来。弹琴唱歌之后，他还带了她俩一同到淮海路的一家叫“宝大”的西餐馆里去吃西餐。餐馆不大，但很精致，一排排高背皮质的座卡位里坐着一对对情侣，而墙上的壁灯的光线幽暗得也十分有情调，酷似三十年后她与兆正常去的那几家咖啡馆里的灯光。那时的兆正已是个略有点出名的作家了，而她是作家的妻子。他正在一泻千里地完成他的那部长篇处女作。后来她想，那时她之所以专门喜欢拣那一类光线与情调的地方去喝咖啡，其中也是不无白老师的影子。因为她忘不了那一次的记忆，她生平第一次由白老师带领着去到有那种情味的西餐馆里，而且，在她与莉莉之间，白老师似乎对她更亲密。他让湛玉与自己坐在同一排座上，而让莉莉坐在长桌的对面。他手把手地教她喝汤与喝咖啡时的礼仪以及如何掰开面包抹果浆抹牛油的方法。她觉得对面座上的莉莉已在开始暗暗地怄气了，但她只觉得得意觉得好笑，她装得似乎对什么都一无所知。

还有一次，也是一个星期六的下午。事后回想起来，湛玉觉得很有点儿像是那个她在喝完了一瓶二毛二分钱的“光明”牌酸奶，径直从牛奶棚踱过马路去到舞校上课的盛夏的星期六的下午。因为那种闷热的夏天的下午往往会有雷阵雨，那天也一样。下午五时许，课程完毕，她与莉莉一离开舞校门前的那几级台阶后，天色就开始阴沉了，狂风骤起，吹得满弄堂的藤枝都歪倒了一边去。还没等她们来到弄堂口，豆粒大的雨点便劈打了下来。两个穿芭蕾舞裙的小小人儿便只能奔跑进了加油站里，与那些穿工装背带裤的大男人们站在一起，从加油站的水泥沿檐下向外望去。

一会儿的工夫，十字路口上已空无一人了。斜对街的牛奶棚已完全笼罩在了茫茫的雨雾里，空气中弥漫着一股浓浓的雨的腥味。拖着拖斗的公共汽车从烟雨中驰来，箭开一条水路，在靠近车站的街中央停了停，又开动，消失在迷茫的雨的背景里。湛玉见到有两个人影从复兴别墅的弄堂深处走出来，是白老师和田老师，合顶着一把窄小的遮阳单人伞。是白老师打的伞，他尽量将伞的全部都护住了田老师，而让自己的几乎大半个身体都暴露在如注的暴雨里。人影在车站上停住了，等了好一会儿，公车才到。雨实在太大了，停在街中央的公共汽车上的售票员甚至都没敢将售票窗口打开。只有车的前门打开了，黑洞洞的像一只大口，等待着上车来的乘客。其实，车站上等车的乘客也只有田老师和白老师两个人，只见白老师在白茫茫的雨雾中蹲下了身去，他的一只手仍撑着伞。他卷起了裤腿，顺便用另一只手协助田老师跨到他的背上去，然后，他才晃晃悠悠地站直起身来。他一只脚跨进了几乎要淹到人行道上来的路边的积水里，一步一颤地朝前走去。打开了的车门仍然黑洞洞地等待着他俩，他在车门口的边上将田老师放下来，他还为她打着伞。他一直用伞遮护着她，直到她一步两步三步地登上了车厢为止。然而，此时此刻的白老师自己已由头到脚都被淋成了一只彻底的落汤鸡了。

湛玉望望莉莉，莉莉一言不发。她当然也目睹了这一切，她直直的目光透过了这白花花的一片雨帘一直望出去，望到了车站，望到了停在街中央的公交车的车门边上。而就在这一刹那之间，湛玉一个小女孩对一个成年男子的某种激情突然呼啦一下崩堤而出了。几十年后，她已完全成了个成熟的妇人了，每次当她回想起这一幕人生场景的时候，她的记忆功能就会变得异常强烈，强烈得能将其中的每一个细节都奇迹般地串联到一起去，形成一幅完整的画面。只是她始终无法为当时的自己的那种奇特的感情冲动找出个确切的词汇来定义。她为此事感到惘然，感到困惑，甚至还有点儿虚飘飘的感觉。

玖

黄昏，那同一个黄昏

Twilight, in the same twilight

黄昏，那同一个黄昏。往往，当小说要向整块生活去随意截取一小片断面时，某一个特定的黄昏或者清晨很可能就成了它的一切记忆与场景的凝聚中心。而那一个黄昏，就是这样的一个黄昏。

此刻，黄昏的短暂已完全消失，夜色网盖下来，彻底地笼罩了上海这个东方国际都会。兆正在彩灯流溢的淮海路上一直向西端走去，寻找他童年时代的安全感，寻找连他自己也不清楚在何处的今晚的归宿。

从他身旁过去的人群似乎个个都兴高采烈。有喧哗的笑声，有惊鸿一瞥的眼神，有可口可乐的泡沫和气味，有女人手腕与耳垂上的亮晶晶的什么一闪而过。商店里的 Hi-Fi 先将某首港台的流行劲歌压缩进两只半人高的乌黑乌黑的喇叭箱，然后再面朝着大街吼放出来。每天，只要一进入这么个夜色时分，整个上海市面似乎都像在庆贺一个什么节日一般地沸腾起来。

但他像一片漂荡在人海中的孤舟，又像是一个穿过罗布泊的旅人，整个世界与他形成了一种一与无穷的对比。

兆正天生（还是所有的作家都天生）就是个宿命主义者，从小便对人生命之中某一层面上的含义特别敏感。特别喜欢对生命的终极含义刨根究底的他，更不用说是在过了五十，这个“天命”之年后了。比方说，五十年前的淮海路与今日的淮海路；比方说，四十年前的中国社会与今日的中国社会；比方说，三十年前的湛玉和他与今日的他和湛玉；比方说，改革开放之前的上海与今日的上海；再比方说，十年前上海的某一片旧区某一条旧式弄堂某一幢旧宅与今日的它们的命运。历史以循环的方式重复同一个故事,孩子们在重复中长大(我们都曾是孩子),而我们在重复中老去(我们的父母都曾是我们)。有谁站立在高处,微笑地看着这一切而无言呢?没有什么是永恒的。

每每在这种时候,他就会想起“他”来。

其实,所谓名字,只是人的一个存在符号,是每当提及某某或某某时率先进入说者与听者思想屏幕的一团音容笑貌形态动作的印象拼图而已。莎士比亚说,人叫什么名字其实没什么意义:一种叫玫瑰的花,假如更换了花名,还不一样的香?伴随你我他(或她)的适用性和泛指性而存在的也有它们的混乱性和混淆性,但人一生的长长的记忆拖影的本身不就是一种颠倒与混淆?这便构成了现代创作观念上的一个革命性的突破:小说即混淆,混淆即小说。

是的,有点荒唐,有点故作玄虚,还有点不太合情理——不合某种传统意义上的情理。然而,你却不能全盘否定说,这就不是一种更能贴切生活本身之存在状态的创作和创意形式。

事实上,从我们当学生的年代开始,兆正已经在下意识地这么做了。他是个天才,天才的视角与思维往往出人意料。比如说,他从来便在心中将我唤作为“他”,好像我生来便是个无名氏似的。而且,他还常常将那位只存在于假定式中的“他”时刻作为一个在与他自己较量手劲的隐形对手——当然,这些都是在很久远很久远之前的事了。那些学生时代的往事留存在我与他共同的已经开始变黄了的记忆里,有时迷蒙,有时清晰;有时连贯,有时断层;有时真实,有时虚幻;有时确确凿凿,有时,也难免常常会张冠李戴了。

初一新学年一开学,我便被指派与湛玉同坐一张课桌椅,而晨操与课间操的队形,我又恰好都排在了她的后面。这些他连做梦都在盼待的好事竟然都让我一个人给占了去,连让出一丁点儿分给他的份额都没有。甚至,当他将精确剪裁好了的目光向她投射过去时,也免不了要瞥到我一眼半眼的。他羡慕,他嫉妒,但没法,最后也都只能归于无奈。

自然,这些都是我站在今天的立场上,在故事的讲述过程中,对当年的他进行的一种心理探究。在我的设定中,他变成了一出哑剧中那位独角戏演员,扮演着一个没有对手没有道具甚至连舞台背景也只是一幕白布的拔河赛的赛手；虽然可笑，但日复一日，他在自己的心中倒也将之演绎得有声有色、有起有伏、有得有失、有惊有险，有踉跄扑地的惨败，也有人仰马翻的大获全胜。

20世纪五六十年代，班上同学的家境一般都以贫困为主。除了湛玉家能住犹太洋房外，就剩下我家还能占有一幢“新里”住宅的全层楼面了。但这，并不能算是一件完全的好事；一般家境较富裕的同学的家庭出身必属另类。她出身资产阶级；而我的，则更骇人听闻：海外关系。

家庭出身的压力毕竟还是很大的。尽管平日里大家嘻嘻哈哈打打闹闹，但一遇上什么严肃的政治课题，即使是十来岁的小毛孩也都懂得如何来收敛笑容和坚定立场。面对一张张于突然之间就变了形的冷漠的面孔，坐在同一排座上的湛玉与我，仿佛就变成了一对海岛上的孤儿。

每逢这类场合，兆正心中便窃喜。他将他清贫的教员出身也当做一种优越感，暗藏在了心的一角。在战斗调门高昂、火药味十足的政治形势报告会上，他的那些打补丁的衫裤是他最可靠的心理安慰：他幻想着，赛绳那一头的对手在开始气喘、失控，连步态也显露出某些不稳的迹象来了。

虽然，那种事在那些年头常有发生，但毕竟不可能持续太久。只要形势稍有宽松的迹象，学习又成了学生们的主业。而他的那份偷偷的优越感又马上便变得微不足道起来，如同晨空里的半弯白月，苍白得连他自己都感觉到可有可无了。湛玉仍旧是全校全班同学的聚焦中心；她的出身并没有影响校长对她的和蔼可亲以及班主任老师对她的特别关心。这种和蔼和关心远远地超出了对于出身贫民家庭，上课经常迟到和早退的他。就算是我，在兆正的眼中，虽然时刻都背负着父母在香港那头不知道天天都在干些什么不可告人勾当的嫌疑的黑锅，但我秉性聪明，又好学，成绩门门优异不说，到了期末的学位排名，全班能与湛玉一争高下的，也就非我莫属了。而这一切，又哪是他那一两篇偶尔能上壁报的作文可以比拟的？

于是，他又复感自卑。

他一直在暗中留意着我俩，他愈来愈觉得我俩才是“天设地造”的一对（这是他刚从某篇文艺作品之中读到过的一个表达词，便立即像针刺一般地点中了他的心的那个困结）。我俩坐同一桌，湛玉一有什么困难和需要，我是第一个能伸出援手来相助的；而平日里，只要是我说的笑话，湛玉总是全班女生中咯咯咯笑得最猛的一个。她的笑声浮在一切的笑声之上，比任何人的都更响更亮更像银铃。难道，这还不说明了问题？

最令他羡慕的是我写的一手漂亮的仿宋字体，而湛玉偏偏又能画一手体面而优雅的报头画。在这方面，我俩又是老拍档了，每期到了学校出壁报的日子，大伙儿一早放了学，只剩下我们俩还孤男寡女地留在灯火通明的教室里，赶时赶工，加班加点。等到天全黑透了，才抖去一身的粉笔灰，回家去。我俩有说有笑地上路，而我，更因此每一回都拥有了一种能顺路先将湛玉送回家去的特权。

第二天一早，全班的同学便能见到我俩昨晚的合作成果了，雷锋同志的那四句人生格言让我用粗条的白粉笔写完之后，再由她用细红粉笔勾出个边影来：对待同志要像春天般的温暖，对待工作要像夏天一样的火热，对待个人主义要像秋风扫落叶一样，对待敌人要像严冬一样残酷无情。而毛主席的题字“向雷锋同志学习”几个大花草体，也给临摹得几近乱真。湛玉的报头设计也十分有创意。除了雷锋的那幅戴棉军帽的胖嘟嘟笑眯眯的标准像之外，还有手粗臂壮的中国工人阶级正高举一炉钢水，顶天立地而站的形象，或是戴星点高帽米字高帽的“美英帝国主义”在地上爬行时的那副鬼模样，遮头遮眉，企图抵挡一个正跃马腾空跨栏而来的、高举着五星红旗的旗手劈面踩下的马蹄。诸如此类。同时，她还不忘在壁报的空隙角落里巧妙地装点有一个又一个大小不一的“卫星”群，象征着当时的中国社会，无论是工农兵学商的各行各业都不断有“卫星”放上天的喜讯传来。

我俩天衣无缝的合作常常引来老师同学们的一片赞誉声。

兆正在打算退出这场无形的角力赛了，事实上，他在心理上已逐步退了出来——直到初三毕业年的那次去湛玉家开小组交心会之前，形势对他始终是灰暗的。

他在红绿灯位前停步，举步过好多回，他又经过了很多条横街。都到什么位置了？远远地，徐家汇商业区的上空烟雾迷蒙，霓虹灯和镭射灯的光柱在腾雾里晃来晃去，像是在天空中搜寻什么目标。但他仍在没头没脑地想着那些纷至沓来的往事。怎么后来，湛玉变成了他的，而“他”倒成了他的表妹夫？他经常在怀疑，这会不会是一场类似大卫变走自由神像的魔术游戏？第二天一早醒来，他们四人间的关系故事会不会是另一个？

兆正突然觉得有些气喘，人也有些虚汗淋漓的摇晃。他用眼光四下里寻找，他想干点儿什么，但又始终也没干成什么，最后，他还是将自己稳定在了美美百货公司的几扇巨大而堂皇的大橱窗跟前，望着橱窗里的那几个衣着亮丽的模特儿也正没心没肺地望着橱窗外的他。

他决定继续往前走，向西，继续向西。

她的形象再一次地从兆正的记忆里浮出水面来，不过这一次仍然还是三十年前的她：嫩嫩白白的肤质，不高也不矮，身材略显肥胖。她，就是他的表妹，叫雨萍。

雨萍是他的一位表舅舅的女儿，小他三岁。兆正对她从来都没什么太深刻的印象，只记得童年时代的她梳着两条乌油油的粗黑辫，一笑起来，两粒深深的唇角涡，给人一种可爱的感觉。长大成少女了，大家都说她长得“甜”，也有说她长得“福相”的，“一白遮三丑”的，但他想，所谓“一白遮三丑”，还不是“丑”字打头？就这么一些记忆碎片了，可有可无，他将它们当做书签，那么不经意地往自己成年后的回忆影集里一夹，几乎湮没。

还有一些记忆情节的：小时候，兆正常去她家玩的缘故是他们两家住得很近。从自家弄堂的后门口一溜出去，穿过一片狼藉着垃圾的小菜场，再打斜里奔过两条横马路，便能到达她家。她家开一爿小南货店，在没人见着的当儿，他常使唤她去把风，自己则爬上高高的柜台，从斜搁在柜面上的阔口玻璃瓶中抓起了一把又一把的黑枣桂元和松子糖塞入口袋里去。他将渔获分她一半，而自己的那一半则足够可以让他享用整整一个礼拜天的上午了。

以后兆正长大了，雨萍也长大了，见了面便难免会有几分羞涩与忸怩，但这并不表示点什么。他最受不了她的那种目光了，只要一有交投的机会，那目光便绵绵脉脉地望着他，好像总想要诉说些什么似的。有一次，他不小心，无意之中触摸在了她的一条腿上，感觉非常柔软。他不怨自己粗心，反怨她。他想：一个女孩儿家，也不将自己的大腿收收好！他因此有好几个礼拜没上她家去，后来即使去了也不与她多搭腔。

又有一次，她竟大红了个脸地告诉他说："表哥，你知道吗？其实，你是这个世界上最叫我崇拜的人……"仅这一下，便令他无端地大起反感，而且反感到连她童年时代的木讷与笨蠢的某些细节也被夸大地回想了起来，他决定对她冷淡——十二分地冷淡。当然，这种所谓冷淡是绝不可能持续太久的，在那些年月里，表舅表舅母家毕竟是他跑得最多最勤的一处去处；再说，那些阔口瓶中的零食，对他的诱惑力更不会因为这样那样的原因而有所减低。

多少年后，也不知是谁带来的讯息——可能还是湛玉从编辑部那边来的消息吧？她先说到了我，说我已经去了香港好多年啦，现在可了不得，都成了大老板了！湛玉说这句话时，眼睛是炯炯发亮的。后来，她才说到了雨萍。

湛玉说，她应该是见到过她的，不就是你的那个皮肤白白嫩嫩的表妹么？在你们的那条虹口老街的阁楼上，只要你从乡下一回来，她总会跑过来看望你。都说她长得带点儿福相了，你看，去成香港了，还嫁了这么个老板级的人物。兆正想，是的，这倒也是的。

只是，将阔太太的形象硬往雨萍身上套搬，兆正始终不习惯这种思路，始终觉得有一种古怪的面具感。有时，偶尔在香港的八卦周刊上见到香港富商的太太们盛装出席舞会的照片，兆正就会联想到她。但理性告诉他，直感更告诉他，说，这里面的出入一定会很大，只是他缺乏依据而已。所以他也只能让这些杂念一闪而过，之后，书签还是书签，湮没了的页码不知道要过多久才能被重新翻阅到一次。

表妹在他脑海里的这种影像叠合处理一直到了好些年前，在她的真人面前才定下型来。她没有什么特别，离开那个住在他家过两条横街外的南货铺女儿也没有什么太高太大太悬殊的层次飞跃。她更胖了些，眼角多了不少鱼尾状的放射纹。唇角涡仍在，不太能见到它们的缘故是：她现在不太爱笑了，她的眼光充满了忧戚。

"世事难料，再说，无巧也不成书啊……"兆正感慨着说此话的时候也是在好多年之前了，他俩还是坐在那张长沙发上，还是在浴后，而湛玉，还是那个半躺的姿态。她的双腿搁在兆正的膝上，任他轻轻地揉摸着她的脚趾。“始终感觉像场梦，会不会在哪天醒来，发觉原来全然不是那么一回事的一场梦？”

“难道你不觉得幸福吗？”她向他投来一片月色朦胧的目光，她将她的一只脚借势搁到了他的肩膀上来，这是一个只要他微微侧过头来便能吻在了她的脚趾尖上的姿势。他将濡湿的嘴唇在她淡粉红色的脚趾上和白嫩的脚背上来来回回地摩挲着，发出了一种含糊不清的音调：“当然，当然……”“你不觉得满足吗？”“当然，当然……”他感觉到她的脚趾正轻轻地弹动着，令他的半边腮颊有一种酥酥麻麻痒痒的感觉，好不舒服。

她复将腿放下，人也坐直了起来。她紧紧地挨坐到他的身边来，让他给搂抱住了。他开始亲吻她的后颈脖，并用舌尖在她的耳根部位上熟练地舔滑着——他知道她需要什么。她开始呻吟，一股淡淡的檀香皂的气味从她那宽大松垮的衣领间散发出来，他解开了她浴袍的腰带。

拾

拔河赛：兆正变成了我与湛玉间的那根绳索

A tug of war: Zhao Zheng became the rope between Zhan Yu and me

老记不清他的脸部特征与表情细节的情形在我遥远的学生时代就已经存在。

我将此事求证于湛玉。她想了想，说，这也没什么特别啊。比方说她，她就对我与兆正两人的脸部特征什么也都记不住。有时候，她说，她会将我的表情特征张冠李戴到了兆正的那张面孔上去，于是，便出现了一幅怪诞而又真切的画面，这类情形在梦中最常发生。

就像人对人的观察，人对事的观察，愈贴近反而愈失真。兆正于她，或者是因了日日相对、夜夜共枕的缘故，但我于她呢？还有兆正于我呢？我还是答不上来。但湛玉问我说：你有过在镜子里、在照片上、在录音机的胶带上突然认不出这是你自己的容貌或声音来的时候吗？

我犹犹豫豫地笑了，不得不承认她问得有理。

课间操通常都安排在上午第二堂与第三堂课之间。当"运动员进行曲"的音乐在操场四周围的扩音喇叭中再次高亢起来时，做完操的学生们的队列开始踏着步朝前缩短。在音乐富有节奏感的间隙之中不断地插入了"一二！一二！一二三——四！"的操步指令。一位身穿一套运动衫裤，绰号叫"长脚"的体育教师站在高高的水泥观台上，一只系大红绸带的铜叫扁甩甩荡荡在他黝黑粗壮的脖子上。他腰杆笔直，神态严峻，自个儿做出的高抬腿的踏步动作配合着他自己喊出的口令，要比任何一个他的学生都来得更一丝不苟。他红黑的脸膛上更是永远都保持着一种"召之即来，来之能战”的战备神态。同学们一队一队的队形都要在他的面前踏步拐弯而过，每个人都大甩着臂膀，踏着步，走进了教学大楼的阴影里。然后，然后便哗啦一下地，一哄而散了。

每一天都上演那同一幕场景。

队形散开后的第一目标通常都是厕所，同学们疯喊疯叫着拥向那里，刹那之间，无论是男厕还是女厕便都里三层外三层地挤满了唧唧喳喳的学生。女同学们咯咯咯地无缘无故地痴笑，男同学们则喜欢故扮深沉、老练、幽默和博学，说出些不着边际的笑料来，并故意让自己正在变声中的嗓音能响亮地传到隔墙的女厕所里去。

好不容易轮到我。我跨上一步，对着墙面正准备有所动作，突然发现站在我边上的原来是他。这是我俩第一次也是唯一的一次如此紧密地挨着，身后是人头攒动的轮候者，面前是一幅已被无数股年轻力壮的尿液冲击成了泛黄兼凹凸不平的白瓷砖墙，周围弥漫着一股强烈的尿臊味。就是这么一种上下文的记忆场面，之后便开始断章。但不是，好像还有一些记忆之余文的。我记得，他向边上使劲挪了挪，似乎是为了给我让出一个尽可能舒适一点的空间来，又似乎害怕身贴身地与我挨得太紧。我说不清那时他在想什么，也说不清那时我自己在想什么，反正也就是那么几分钟的当儿。

但湛玉始终是最出众和引人注目的。当她从女厕所里出来，力排众拥地一路挤到扶梯口上时，女同学们都在她的背后斜着眼睛打量她，然后，便三五成堆地喊喊私语。而男同学们说笑话的声浪更响更放肆，劲头也更大了。她在扶梯口上遇到也刚从男厕所里出来的兆正，便站住了。他也停下，站住。我就离他们几步之遥。我见他俩互望了一眼，这一望之中含有些隐性的什么。突然，他俩倏地分开了，她撒腿沿着扶梯飞奔而下，而他则三级并为两级地沿扶梯奔跑而上。下一堂课的上课铃声很快就响了，我回到教室时，见到他俩也都自不同的方向气喘吁吁地奔回教室来，他的脸色苍白，她的绯红。而夹着教学日志，捧着硕大地球仪的乐老师也已经接踵而至了。

我记得，这应该是个介于五六月间的潮湿的晚春天。每逢那种季节，学校教学大楼成排成排灰褐色水磨石的扶梯把手都会“出汗”——那些细细麻麻的小水珠不断地渗冒出来，再沿着梯壁挂滴而下。假如你将手掌按到这片硬冷溜滑的磨石面上时，这种湿湿滑滑的感觉就像是摸在了一条爬行动物背脊上一般的滑腻、肉麻。

后来这些感觉细节我都在兆正的作品之中，形变了意象地读到过。不过，这都是凭着我的一个诗人的第六感觉悟出来的。我很想能有当面问他一次的机会，但始终缘悭一面。我老觉得命运是在故意隔离着我俩，就像手掌与手背的关系，翻过来见到了我，他便又被翻转到背面去了。

于是，我便问湛玉。她好歹也是个事件的经历者。她倒是十分认真地听完了我对作品字里行间的意味的分析，一脸迷惘。她说，她对那次遥远的原始场景好像还有一点模糊的记忆，但至于说是……

我便说出了是他哪一部小说的哪一节里的哪一段。又提到了他的一篇散文和诗歌什么的，说，其中就有这同一种暖暖湿湿的遥远的氛围，你感觉到了吗？我想，这都取材于同一出源处。

她有些惊讶地望着我。

我已经猜到了，这些作品她未必读过，甚至可能连篇名都没有听说过。我说，是这样吗？

她点点头。在我面前，她无须伪装，这个主题我们已探讨过好多回了。我想换个话题，但还是忍不住绕了回来："有一本关于他的作品的论文集中，有一位教授曾经提及过……"

她猛地抬起了眼来，她感觉自己有点儿失态，复又将它们平望了下去。她那仍不失有几分妩媚的脸庞带着刀刻般的深秋的霜冷。她说："如今的教授专家研究员的头衔泛滥成灾，如今的教授已像荠菜一样贬值，一割一大把！"

但我稳稳地望着她，显得有点胸有成竹，也显出一种绝不让她把话题引向歧路上去的神情。我说，再没人比你更了解他了。你是在一切人之先知道他将成为一位作家，一位优秀作家的——你是几时停止读他的作品的？很久了？很久很久了？

她并不做声。

他很脆弱，也很孤独，而且，他永远会是脆弱和孤独的。我眼也不望她一眼地继续顺着我的思路说下去，就生怕一望她便什么也说不成了。

当全世界都向他关起门来时，他认为，他至少还有你。他的生命的一大部分至今还沉浸在过往日子温馨的梦乡里，故他创作不断。他的作品是他童年与青春梦痕的记录，是你我梦痕的记录，是我们这代人梦痕的记录，是我们当年身处的那个时代的各种梦痕的记录。从宏观和长远而言，他作品的价值就在于此。他不在乎别人读不读他的作品，但他在乎我们这一代人，尤其在乎你，读不读他的作品。而你可以公正而轻易地评读任何他人的作品，好或者差，就偏偏无法忍受读他的。差了，不行；好了，更受不了。你热切盼望他成功的路途的尽头竟然成了如此一个局面？我将目光收回来集中在了她的脸上，我告诉你，他懂得这一切，他全懂。

你是他的谁？你是否代他来质问我？她说。

应该说，我算是你的谁？我说。

……他知道我俩目前的关系吗？……她说。

知道。应该讲，猜都猜得到——凭他一个作家的直觉和敏感，我说。

我是指，他是不是已经全部而真实地知道了这一切？她说。

为什么就一定没有这种可能呢？我说。

那，他又会怎么想？她说。

不怎么想，我说，他是个智者，他明白：要来的挡都挡不住；要去的，拖也拖不牢。你我都能从他的作品中读出来的是一种评论家学者和教授们永远也读不出来的感觉：这是一种隐隐的心痛，隐隐的悲哀，隐隐的爱，隐隐的恨，隐隐的决心，隐隐的一些不知名的什么。这种对我说来最珍贵的感觉反而成了你的负累。太了解他，太深刻了解他的动能可能是逆向的，我俩对他的感觉感受与感情可能源自同一出处，你从正面走向了反面，而我则从最反面回归来了正面——你有想过我们三个人之间的这种怪趣现象吗？

终于，湛玉不再说什么了。或者她想说：你说的关于他的不就像他曾说的关于你的？这在好多年之前了，你的第一本诗集在我们的出版社出版后，我便立即带回家来给他看。那个晚上，他很激动，他说了很多很多。

但她终没将这些话说出口来，她咬紧了自己的下唇，忍住。她从来就是个在关键时刻能克制住自己不做轻易流露之人。

拾壹

雨萍·童年·东上海

Yu Ping • Childhood • Eastern Shanghai

一个常常萦绕雨萍的梦中场景是故居后弄里的那条狭窄而悠长的甬道，一直朝着弄堂口的那片有阳光透射进来的方向通出去。甬道的路面坎坷不平，阴沟明渠沿墙边蜿蜒而行，因为经常有菜皮馊饭和烂布巾淤塞了沟渠的缘故，甬道间总是弥漫着一股酸溜溜的臭味。甬道两边暗红色的砖墙面对面地相距很近；斑斑驳驳、凹凸不平的墙面上涂鸦满了弄堂小子们用拾来的粉笔头绘制的大型“壁画”。有圆脑袋大嘴巴的“流浪记”中的三毛的形象，叉手张腿地站在那儿，手指头画得跟胡萝卜一般粗，也有第三次“世界大战”时的激战场面，坦克飞机军舰全面出动，一支正在射击中的卡宾枪喷射出火焰来，说是砰的一声响，头号帝国主义分子、美国国务卿杜勒斯便应声倒地了。还有一些表达顽童们强烈意愿和深奥幽默感的口号，诸如：“打倒狗腿子张三！打倒跟屁虫李四！”或者：“阿三——老鹰来咯！”(什么意思？至今都是一句让我，可能也是让雨萍困惑不解的晦语)诸如此类，与里委会干部张贴在墙上的“我们一定要解放台湾！”、“三面红旗万岁，万万岁！”的严肃的政治标语并立而存。

其实，这里只是雨萍家后门开出去的地方。她家的前客堂充当一家卖南北干货的店堂。前门开向一片菜场，菜场里密密匝匝的摊档几乎淹没了全条人行通道以及人行道边的各种店铺，一年三百六十五天，几乎没有一天这里不是垃圾狼藉、臭气熏天的。而这类铺子，其实，根本就算不上是什么沿街面的店铺。外人无法发现它们，只有住在附近的邻居们才会在生活上有需要时，上店来油盐酱醋肥皂草纸地做一些日用品的添补。

雨萍记得，她家隔壁是一家叫做“白玫瑰”的理发店。总共也不过两三把锈迹斑斑的理发转椅，却在门楣的广告上标榜说：欧美最新设备，美发权威，云云。

理发店的老板是个高头大马的男人，瞎了一只右眼；后颈脖子特粗，好像整日负累着两大团的肉瘤。老板娘瘦小，但很凶也很泼，人称"雌老虎"。与老板两个吵起架来，总是一个站当街，一个隐没在店堂的阴影里，用苏北话互相对骂。老板说，他要操尽老板娘家的一切女人；而老板娘则说，她将老板家所有的祖宗都掘坟三尺，千刀万剐，碎尸万段。如此等等。

正对她家前门的那两摊菜场的档口，一边是豆制品专卖柜，另一边则是属于蔬菜组的。每朝，在她父亲卸下了店铺的排门板后，坐在店堂柜台后的那张高脚凳上朝外望去，整个早晨连上午，占据你视野的全部内容就是那个卖豆腐的女人的两条白裸的腿棒子在那儿不停顿地跺动。后来，就到了三年困难时期。那摊豆腐档换成了肉档；白腿也就换成了两条脏兮兮的黑毛腿了。一个脾气暴躁的男人永远举着一柄亮晃晃的斩肉刀朝着那一大堆摆在肉案凹洼间的鲜血淋漓的杂件劈砍下去，嘴里不停地骂着粗口。其实，那些年的肉档上也根本没啥东西可供出售的。所谓那堆血淋淋的杂件也无非是一些碎猪骨、碎牛骨和一些家畜的内脏之类。还有几只通红通红的猪脑袋挂在摊案之上，死猪头耷拉着肥大的耳朵，眯着眼缝，似笑非笑，让人见了心里发憷。

然而，即使是为了这些食物，小菜场里排队争购的人潮，每早从三更天开始已经涌动和鼎沸起来了。尤其是在那个粗暴男人的肉档跟前，几乎每天都有人为了争购那一斤半斤的死猪头肉而出口相骂，甚至伤了人被扭送派出所的，无所不有。那些年月里，雨萍家几乎没有一晚能睡上个安稳觉的。她一家都睡楼上，而她家的前楼就挨着猪肉档的棚檐顶。每天从半夜里开始，菜场里的闹骂声就会从窗缝里钻进屋里来。年久失修的木窗棂每一扇都存有很大的缝隙，别说是声浪了，就连寒冬夜里的西北风也都能嘶嘶地直灌进来。

那时，雨萍正念小学。清晨四点多，大人们起床之后也就把她给叫醒了。每天都是相同的一套作业程序：涮马桶，生煤炉，洗被单，煮泡饭。当她拎着书包上学去的时候，时钟也差不多快近七点了。

中午，她回家来。菜场里已空荡荡的没有什么人了，一大堆一大堆的垃圾清扫在一块，堆砌在道路的两边，有些又再度被人踢散和踩开了去。猪肉档的斩肉案现在已被一群弄堂小子给占领，成了乒乓赛台。他们在桌子的中央搁一支底位腾空的竹竿，各人手握一块硬板球拍，站在了肉档的两端，拉开了决赛的架势。他们脏污油垢的书包吊在早晨挂猪脑袋的挂钩上，悠荡悠荡。

即使是大晴天，菜场的地面上也是湿湿洼洼的。被千百人脚踩过后的烂菜皮里渗出来的黄水流淌了一地，空气中永远弥留着一股烂菜皮与馊豆腐的气味。而每一天，雨萍就是从这股浓浓的气味之中，穿过摊档与摊档之间预留的窄隘的通道，又从那摊肉档的棚檐边上绕进去，最后，再从那些正处于鏖战亢奋状态中的"种子"选手的边上小心翼翼地擦身而过，回到自己家中去。

这是一幅她童年再熟悉不过的生活场景。而那股气息，闻惯了，也就成了生活的一部分；非但不觉得有什么不妥，反倒变成一种珍贵的"家乡"气息。多少年之后，当她一个人靠坐在香港半山豪宅的那间宽阔的客厅里时，她还经常会怀念起这一切来。她隐隐地感觉到自己的嗅觉又在下意识地搜寻点什么了。她似乎又能闻那股气味了，若隐若现，但终于还是消失。她坐在那儿，追踪着那股变得愈来愈稀薄了的气息记忆，感到彷徨、感到惆怅。

然而，菜场情景也并不是一直如此叫人心生厌恶的。夏日纳凉的夜晚，便是那儿最富于生活情趣的时光之一。在雨萍的记忆里，这都是属于那段悠长的似乎永没尽头的暑假的日子。不用上学，晌午时分外面的街上日光如烤，她放下了竹帘，再将前楼的地板先湿湿地拖上一把，然后便摊开一张草席来，就地而睡。一切阴阴凉凉的，即使有日光，也都影影绰绰；周围很安静，她悠悠地打着蒲扇，午梦中有蝉鸣声。然后便开始近晚了，日头西斜。住在她那条街上的人，通常都是早早地吃完了晚饭，洗好澡，便一人提一张板凳握一把扇子，走到屋外来乘凉。天色还早，天空还十分亮堂，但菜场档口的棚檐下和过道间都已挤满了纳凉人。斩肉台上也坐着人，都是些上半身打赤膊的男孩子，一条平脚裤，两条细腿晃荡晃荡。女孩子们矜持些，她们一般都靠人行道边而坐，或是围坐在档台的四周，或索性移凳坐到上街沿去，三个一堆五个一茬地在那儿说笑。纳凉是一项很重要的社交形式；在那个时代，坊间的真、假或半真半假的传闻和社会上的资讯一般都是依靠这么样的一种媒介渠道来传播的。

天色渐渐黑下来了，从档口的棚檐与棚檐之间的缝隙里能望到墨蓝的天空上闪烁的星斗。有人开始讲鬼故事了，于是，男孩女孩都向那个讲故事的人坐拢过去。有时候，故事讲到紧要关口，就有哪个调皮鬼男孩子偷偷地钻到了台肚底下去。他伸出手来，往某个女孩子的小腿肚上猛抓一把。续一声没命的尖叫之后，便开始了长时间的哄笑与咒骂。

兆正表哥往往就是拣这样的一种夜晚不期而至的。

而这，也是雨萍最惊喜之一刻了。表哥大她三岁，因而在学业上也高出她三个年级。从小，她便是用一种高山仰止的目光来看待表哥的。再说，表哥就读的东虹中学是他们那一个地区每一个青少年都向往能入读的重点学校。每一次，当她在她的那些女同学间一谈起她还有个在东虹中学念初中的表哥时，她们都会一个个地眼露羡佩之色，这又令她的心中不由得荡漾起一片乐滋滋的自豪感来。

表哥家住得离她家不远，走到菜场的尽头，望过两条街之外，就能望见他家住的那条街尾最末排最末幢的那间平房了。围墙是青灰色的，紧靠围墙搭建了一摊自行车的修车档。一个考不上学校又不肯响应政府号召去新疆屯垦戍边的社会青年在那里设摊修车混饭吃。他风雨寒暑都坐那儿，膝盖上摊一块油帆布，他用一只钢丝刷，整天在那儿锉锉擦擦地替人补胎。他的面前摆着一只旧的搪瓷脸盆，脸盆里长年累月盛着一盆脏水，永远就是那么只盆，那么点水，那么深浅，那么肮脏，雨萍想，这水一整年也未必泼换一次。

再过去，雨萍就望不见再多的什么了。但她知道，修车档的对面有一座带一截水泥遮檐的露天小便池。（有一回，姑妈差使人到她家来唤表哥回家去，并嘱咐让她也同往，说是有什么活儿要等她去帮手一块儿干的。经过小便池的时候，表哥说，他这就好，让她在一边等他一等。她，于是就站在那位修车人的档棚底下的那盆脏水边上，望着表哥的带些动作的面壁的背影，她真有些不好意思起来了。但她见到几乎所有的过路人都打那儿经过，男的女的，老的少的，一个个地都是一副熟视无睹的模样，于是，她也就不感到什么了。）小便池的边上是一座“给水站”。夏日的下午，近晚时分，那正是家家户户洗澡的高峰时间，“给水站”外排满了提桶拎水的人龙。一个裸露着短而壮的胳膊与小腿的胖女人赤足站在汪汪的一片水洼中，使用一根粗橡皮管替人放水，她的双脚在透明的水中浸泡得雪白雪白。

尽管从前门来她家说不定还会更近一些，但表哥喜欢选择的路线往往都是从后门进来。他先自那条细长的弄堂甬道间通过，再穿过她家的店堂间，在那儿，他唤了一声“舅舅”和“舅妈”之后便从前门口走出来，来到了那片菜场的领地上。他走到正坐在斩肉台一边聚精会神听鬼故事的表妹的身边，他用食指与拇指制成了一柄手枪，在她的腰眼间戳一戳：嘿！他说。

见是表哥，她便立马收了小板凳，与表哥一同回自家的店堂里去了。店堂里的灯光十分幽暗，一前一后总共点了两盏十五瓦的白炽灯。她绕过柜台，走到了坐在高脚凳的母亲的身边。在昏暗的光线里，她见到母亲正用一把葵叶扇一下接连一下地在腿脚的暗处做出驱蚊的动作。她说，您就先去屋外乘会儿凉吧，店里的事由我和表哥一同来照管……

母亲当然很高兴。她知道，只有当表哥来看望他们时，女儿才会变得如此乖如此懂事。但雨萍更了解表哥的心思。母亲刚一离开店堂，她便走到柜台上，打开了阔口瓶薄薄的铝盖。不论是干柿饼还是蜜枣还是那种用劣质彩蜡纸包装的硬水果糖，还有一种外壳坚硬到弄不好可能会将你的牙齿都咬崩一大块的炒货山核桃，她都一大把一大把地直往外掏，然后再将它们塞进正在一旁站着的表哥的那条毛蓝布短裤的裤袋中去。他俩联手干此勾当已有一段不短的历史了，那时她还是个不够柜台高的小女孩，通常都是表哥去瓶中掏货，而她则站在门口或扶梯口替他把风。但如今，她已经能以一个——应该说是半个——女主人家的身份为他拿东西，然后再赠送与他。她了解表哥家清贫的家境——姑夫卧病在床多年了；姑妈的工资又不高，但还得早出晚归，每天赶去杨树浦底的一所小学里去上班，而表哥又正值长发头上，年轻的肠胃似乎对所有的食品都垂涎着一股永不肯罢休的欲望。此刻，当她在幽暗的光线里，见到表哥闪动着的眼神时，她的心中充满的是一种难以言传的快活与满足。

通常，表哥不会与她一块儿在店堂里待太久的——尽管她很希望他能这样。但她很理解他，因为他毕竟不好意思将他刚拿到手的食物当着她的面就大嚼起来，然而，他又无法抵御口袋里的那些东西对他存在着的巨大的诱惑力。他只坐了一会儿，便说要走了。她将他送到门口，望着他的背影在窄弄甬道的远处隐入夜色，她能想象出表哥这一路回去，一颗接连一颗地享受着"伊拉克蜜枣"那种甜汁滋味时的神态与心情。她步履轻松地回到店堂里来，继续代母亲看店。她不想再回去与那些男孩女孩一块乘凉听故事了，她觉得他们很幼稚，也很无聊，她甚至感到自己与他们之间突然拉开了某种距离。她只想一个人留在那儿，静静地回想回想。她的心情快乐得很，她哼着《洪湖赤卫队》里的小曲；有时，她会轻轻地唱起苏联卫国战争时期的民歌《小路》来：一条小路曲曲弯弯细又长，一直通往迷雾的远方。我要沿着这条细长的小路，跟着我的爱人上战场……她觉得这首歌的这几句歌词特别能打动她。

还有一次。这是一截上下文都隐没在了记忆之黑暗中的断幕情节，但她想，她一世人都会记得有过那么一次。

那一年的雪下得特别大。应该是在春节的假期里的某一天吧？因为只有在那段期间里，菜场休业，雨萍家才能享受到终年难得的几天安静。除了安静之外，菜场也完全改变了它平时的容貌。雨萍站在她家前楼的木窗跟前望出去，鹅毛大的雪片一刻也不断地飘落下来，飘落下来，似乎永远也没个完。外面的世界变成了白皑皑的童话世界了。路上没有行人，远处近处，高高矮矮的屋顶上，菜场摊档的棚檐上，斩肉台的台面上，大大小小的挂钩上，甚至是那条终年都给烂菜皮占据的菜场的通道上，此刻都松松软软地铺着一层厚厚的积雪。世界突然变得洁白，变得纯净，变得如此地让人感动！

她在窗前站了很久，天便黑了下来。在那样的下雪天，天色一般都暗得格外地早。地上的白雪层反射着一种幽幽的光芒，四下里有一两声的爆竹响传来。后来，于突然的一刻，路灯放亮了。其实，在这四周围也没几盏路灯，而且灯泡的亮度也黯淡得除了你靠近前去才能勉强辨认出五根手指之外再没有其他什么功效了。正对着雨萍家的窗口是进入一条横支弄去的弄口，有一盏戴斜罩的灯支架从灰砖的墙身转角处伸出来，在这寒夜里，孤零零地悬挂在那儿；它那软弱无力的黄光照射下来，只能照亮周围的一小圈积雪。雨萍突然感到有一股热辣辣的泪水向她的眼洼处涌去，她的鼻尖也变得酸溜溜的，她想能痛痛快快地流一回泪——连她自己也不知道这是什么原因。在这她从小就生活惯了的环境之中，她不明白这一切的一切为什么会突然显得如此新鲜，如此陌生，如此感人，如此地具有了某种异样的生命含义？

她一直相信，应该就是在那一天的那一个晚上。她是站在窗前等待着谁的到来的。

春节里这几天是一年之中最令孩子们盼待、兴奋和难忘的几天。大人们将全年的凭证和票据都积攒起来，一直等到这时候才倾巢而出，一起派上用场。桌面上摆满了鱼丸肉丸蛋饺和糯米制作成的各式糕团。平素里，仅其中一样便能叫孩子们想象和垂涎不已的食物现在竟同时出现在他们的眼前，而且样样唾手可得！这不成了童话里的天堂了？再说，只有在新年里，所有的亲友才能互相串门，从这家吃到那家。几乎每一餐都是事先做好了日程安排的；你在自家招待别人用去了的所有供应额度再可以去别人处一家家地把它们吃回来。

表哥一家都来了。她还记得大伙儿进屋时拍打着一肩一身的雪花，互道"恭喜发财"时的情景：衣服都是崭新的蓝布棉袄罩衫，个个脸上都焕发着一种平时难得一见的飞扬的神采，仿佛艰难的日子压根儿就没在他们的生活中出现过。瘦弱的姑夫一进门就猛烈地咳嗽起来，姑妈赶紧走过去，扶住他，并让他在就近的一张太师椅上先坐定下来，喘一口气。一旁，一排栽种在水缸间的、根茎部分缠绕着一截截红纸圈的水仙花正怒放，空气中浮动着一股幽远的芳香。

后来，雨萍一家，表哥一家，还有雨萍的另一个舅舅舅母都到齐了。全是大人，就她与表哥两个孩子。大家围着一张笨重的八仙桌就座，她与表哥坐桌子的同一边。八仙桌就搁在店堂中央，反正这几天店打烊，上着厚厚的排门板。屋外，漆黑的夜空里飘着纷纷的雪花；屋里，人语笑声，亲情融融。有一只紫铜质的暖锅放在八仙桌的中央，烧红了的炭块在锅肚中噼噼啪啪地不停地飞溅出火星末子来；温热的绍兴酒从锡壶中倒出来时，大家的情绪也当即推向了高潮。姑夫大声地咳嗽着，颤颤巍巍地高举起酒杯来说，祝愿在座诸位在新的一年里一切都顺心顺境顺水！又说，在我们这一桌上，共有三对夫妻：我们一对，你们一对，他们一对，是吧？但还有，他将笑眯眯的目光移向了雨萍和坐在雨萍一边的他的儿子的身上。他说，再加上我们这两个孩子，不正好凑足四对吗？

姑夫陡然说出此话来，无非是就地取材，逗趣一下，制造一种欢乐的饭局气氛而已。众人都哈哈地笑开了，说，这话妙！这话妙！

但雨萍感到心脏一阵狂跳，她迅速地垂下了头去，连眼睑也垂了下来。她久久都不敢将头再抬起来，她想，亏得这火炭的热烈将每个人的脸膛都烤红了，否则，真不知如何自处的好了。大人们早已转向了其他的话题，筷匙碗碟叮叮地响个不停，众人都埋头在了美食的雾气腾腾的享受中。雨萍悄悄地重新抬起头来，拿起筷子。当她将筷子点进暖锅汤里，准备夹起一粒鱼丸的时候，也有一双筷子迅速地伸了进来，夹走了一只蛋卷。她知道：这双筷子是表哥的。还有一个感觉：那天，两人都穿得非常臃肿，坐一并排，她的手肘抵住了表哥的手肘。她不由自主地将全身的感觉都集中在了那个接触点上，总觉得好像有点什么会从他那儿传送到她这儿来似的。全顿饭的工夫，她都心神不定，连望表哥一眼的勇气都没有。

转眼天热，又到了夏天。表哥还是经常会在礼拜天的上午突然上她家来。他站在她家的店堂间的门口，向着正在菜场里玩跳橡皮筋的雨萍招招手。她当然明白表哥的意思，便很利索地将事情办妥了。她愿意见到表哥的那副心满意足的神情。有时，表哥还会与她一同爬一把很陡的梯子，到她家的三层阁楼上去，盘腿席地而坐谈点什么。三层阁楼一般没人上去，那儿整年都堆放着一麻袋一麻袋的干货，散发出一种干霉的气息。他俩放心自在地将口袋里的东西全掏了出来，摊在地上，一同分享。表哥说，长大了，他一定要干成一番大事业，他不能再在这儿住下去了，这儿又穷又脏又臭，他要搬到西区去。她说，西区？西区很好吗？他说，那还用说？简直像是在外国。她又问，外国你又没去过，你怎么知道外国是什么样子的？他不屑地望着她，说，难道哪里都要让你去过、什么都要让你做过不成？他又将他读过的18、19世纪的西方小说中得来的印象加上自己的想象发挥了一通。那时，他刚升入中学不久，正整日整晚地沉迷在这一类文学作品的阅读中。有时，为了赶读一本第二天一早就必须交还给借主的小说，他会彻夜不睡，就着一盏五瓦的小日光台灯的苍白光芒欲罢而不能地读它个通宵。直到凌晨时分，才迷迷糊糊地趴在书桌上打个小盹。待到惊醒,才发现说,啊唷,糟糕!便立即抓起书包,不顾一切地夺门而出,朝着学校的方向飞奔而去。但还是免不了,他的学生手册又添了一道红杠杠的迟到记录。

这些都是后来姑妈告诉雨萍的。姑妈说,那段日子正值家里又忙又乱之时,你姑夫病倒在床,她自己又要忙里又要忙外,无法分身。偏偏学校还常常找她去谈话,投诉你表哥不守学习纪律的事。搞得她心力都交瘁了,怨恨不迭。然而,恰恰就是在那时,彻底征服了雨萍的就是表哥的那种对故事的绘声绘色的描述。她觉得从表哥口中描述出来的上个甚至是前个世纪外国和外国人其实并不是那么陌生和遥远得无法触及。在当年还是个高小学生的她的心中,这一切似乎也都是他们生活中的一部分;那些人和事就活龙活现地存在在她的周围,她能从与她共同生活的人群之中找出每一个故事人物的影子来。她对她的表哥佩服得不得了,她想,表哥怎么会有如此大的本事呢?

几十年之后,当她一个人坐在香港半山区的一幢巨宅的客厅之中,孤寂地回想起这一幕又一幕的场景时,她自然已能完全明白当年她自己的那些疑问的答案是什么了。她轻轻地叹了口气,将一本摊开了页码的书倒合在自己的膝盖上:这是一本表哥新近完成并出版了的小说。她将头靠在贵妃躺椅的枕把上,她觉得有点累了,她想睡一会儿。

于是,迷迷糊糊地,后弄堂的那条涂写着"打倒狗腿子张三!"的窄窄甬道又出现了。她总觉得这是一条永远也走不到尽头的漫漫长路。但也有过好几回,她终于还是来到了它的尽头,这是一道用红砖墙围砌而成的小小的弄堂拱门,从那里,她能望见两条街以外的那排青砖墙身以及紧挨墙身搭建的那个脚踏车的补胎档。她在盼待着有谁会从那个方向向她这边走过来。

拾贰

两条人生平行线

Two parallel lines in life

更令我确信我与兆正之间有一种生命的暗脐在联系着的另一个迹象是那一晚——就是他沿着淮海路一路西行而去的那一晚——我也恰好在同一个掌灯时分,被一种莫名的冲动激励着离家出门去。这是我在之后才听说的。当时,我们不约而同地由东向西行,思考着类似的人生主题,梳理着一样纷乱的思绪,自我安抚又自我鼓励。对于湛玉的感觉,一个失去了,一个得到了,就如在三十年前一个得到,另一个失去一样。但却一样都有一种空虚感、无奈感,飘飘然地浮在半空,好像老找不到那种能回到地面上来的脚踏实地感。

我细细地回想起了这一晚来。

当我从我居住的那幢位于港岛东半山的住宅大厦的铸花大铁门里走出来之前,我应该是先经过一片宽阔的停车坪的。一个熟识的大厦管理员迎上前来,堆着笑:今晚不开车吗?我摇摇头,我想,他一定觉察到我脸上的什么表情了,没再说点什么,便从我的记忆之中退了场。我绕过了一辆浅灰色的奔驰,又在一架紫红的积加车的身旁经过,然后便走到了街上。

初秋的香港,天气仍十分炎热。近晚时分的半山区的空气中弥漫着一种花的甜丝丝的香味,香味之中还带有一种酒的醉意。橙红色的落日现在已经完全沉落,落到地平线下去了——它沉没之前的那最后一幕景象,我是在我家那临海的露台上完成观摩的——远处,香港中环、西环商业区的高楼大厦们的簇簇的黑色巨影彼此复合重叠,像锯齿利牙一般地割据着西边海面上的那片仍是十分明亮的天空。而薄暮像一层轻纱,开始升起，飘逸、优雅，将这远远的一切都巧妙地笼罩在了其中。

那是一幅十分壮观的场面，从东半山山脊上的任何一个方位，只要没有建筑物遮挡视线，你都能望得到。此时，在我的头顶之上是一片宁静无比的天空，碧澄的天幕上镶着一两颗明亮的星。路灯刚点着，橙黄色的，背景在还是相当明亮的天空上，一盏一盏地排列开去，仿佛是一长串会发光的装饰物。藤蔓植物从两旁的山壁上挂下来，晚风吹过，像山的一缕缕飘动起来的绿色的长发。

窄窄的人行道上，行人十分稀少，只有晚归的私家车从我的前方或身后无声而急速地驶近或超越而过。在这片高尚住宅地段，车辆一般都很少鸣号，只是在前方的某幢大厦前，一辆抵家之车会渐渐减速，黄边灯眨巴眨巴地靠向道边，等待大厦的铁门为它打开。

在大坑道黄泥涌夹道的道路交汇处，我绕过了一个车辆回旋点之后再穿越过若干条交叉的斑马线，走上了上司徒拔道。山道更窄更陡，行人也更少了。我一路向落日沉下的方向走去。我装得有些行色匆匆的模样，但我是漫无目标的；我不知道，就在这同一个时分，远在千里之外的兆正也正沿着淮海路漫无目标地一路西行而去。司徒拔道两边豪宅的窗洞间，灯一盏接一盏地全亮了起来，夜色开始深浓。透过宽大的露台望进去，有人影在水晶大吊灯之下晃动。有狗吠，一个身穿睡袍的年轻女人坐在露台上的一张白色沙滩椅上，她的双脚搁在另一张椅子上，她抚摸着一头躺在她膝上的长毛狗。

我先想到了上海的她，接着便立即联想起香港的她来。

当我在露台上观摹完落日那最后一幕回到客厅中来时，客厅中的光线刚开始晦暗下来。在朦胧之中，家具们蹲伏着或站立着，像一匹匹温顺或者是居心叵测的野兽。听到声音，雨萍从房中疾步跑出来，倚在门框上，便止步不前了。她只是用目光望着我（我虽没去回头看她，但我能感觉到），望着我拖椅、穿衣、着鞋的一切细节。我从酒吧柜上取了串钥匙，掉转头去。不知怎么地，只要在与她对视的一霎，我都能在她的眸子里找到兆正的影子。这是个消失了五官的他，影影绰绰地存在于遥远的年代里。这常令我对她无端端地生长出一种疏远感来。我说，我出去一会儿。她说，嗯。之后就不再多问了，或者她知道，即使她问，我也未必会答她。

其实这一次,我真也答不上来。连我自己都不明白今晚我为什么要出去,出去又去哪儿以及将出去多久。

我认识雨萍是在三十年前的街道青年的学习会上。那时,我们都是待分配在家的应届毕业生,每逢星期三、五都要自带一张小板凳集中到居委会,坐在那儿聆听两报一刊的社论或是最新最高指示的传达。有时,街道里委也会请来某位在旧社会苦大仇深的女工为我们做忆苦思甜的报告会。这些满脸皱纹、扎着发髻的女人通常都是些上了年纪的文盲,能被请来做报告,自然觉得很光荣,教育下一代的责任也十分重大。她们因此都会全力以赴、尽其所能所知地将报告做得有血有肉,生动而有说服力。她们一直从日本人讲到国民党反动派,讲到资本家及其走狗,讲到社会上的地痞流氓,讲到"拿摩温"。有一次,请来的是一位干瘪瘦小的矮个子老太太,讲一口硬邦邦的本地话。旧社会,她是给一家人家当佣工的。老东家真是个大善人哪,阿弥陀佛!她说,穿剩吃剩下来的什么都让她给带回家去,所以那阵子她家什么吃穿都不愁。大热天,每天还可以捧一只平湖大西瓜回去;隆冬天的年关前后更是糕团南货腌腊,她斜乜着眼睛望着屋角的某个位置,掰着手指说了一大串品名。她说她算是她的那些姊妹之中最命好的一个了,找到了个好东家。但到了现在新社会反倒什么都没了,她儿子分到厂里当学徒,每月拿十八元二毛五的赤膊工资,这怎么个活下去法?这怎么个讨娘子法?她说说就感慨万千起来了,她说,她只能用她的退休工资去津贴她的儿子了,其他还有啥法子可想?——她压根儿就没有搞清哪一截历史应该接哪一截,哪一个朝代之后才换了哪一个。直到有人在台下听出说得不对劲,赶紧上台去把她请下来时,她还嘟嘟囔囔地争辩说她还没讲完呢。把我们那一屋子的待分配青年一个个地搞得啼笑皆非,忍俊不禁。就那一次,雨萍坐在我的边上,一张圆而白嫩的娃娃脸,咬着下唇忍着笑的样子十分可爱。于是,我们便互通姓名,相识了。

谈到兆正,那是自然而然的第二步。雨萍说,她从小就崇拜她的表哥,她表哥是一个很聪明也很有天赋的人。我便表示十二分的认同。她说,他毕业分配去了崇明长征农场围海屯垦,是她替他准备了全部细软的。我说,是吗?他每月能有三日休假回来上海,便是她最快活的日子了。她又说道,每次她去表哥家,常有另一个女的在场,据说,他们是同班同学；有时，表哥不在家，一直等到晚上也不见回来，她便猜想，十有八九是去了那个女的家里。我说，噢——那一定是她了。她？她是谁？谁又是个什么样的人？我简略地说了说，其实，也说不清什么。雨萍睁大了两眼望着我，但她的眼中似乎透出了一种早就明白了事由的胸有成竹，这令我感到暗暗吃惊。

说来也有点奇怪，从此，我们间的谈话就没离开过兆正，有时当然也会带到湛玉，但在雨萍这一头，她还是尽量避免谈到湛玉——尽管到了后来，她事实上已知道了湛玉这个名字以及她与兆正之间的关系。那时候，雨萍每一次敲门上我家来几乎都是因为她去她表哥家而又发现他不在家时。她有点垂头丧气，见到我，谈谈她那出众的表哥以及那个“并不见得太怎么样的”女的，谈谈文学（她也酷爱文学），还有那位忆苦思甜成了“忆甜思苦”的文盲老太太，她才渐渐缓过气来，嘴唇也有了点鲜红，脸色又像先前那般地圆而白嫩起来。其实，在那年代，虽说大家都是待分配青年，但各自的背景与底细却大相径庭。她是因病，因了某种妇女病——这是诸多正常和说得出口的待分配理由之一。而我则因了某种暧昧却高危的内控因素。这是社会折磨人的一种绝佳手法：总让一些似有似无的影子与你鬼魂相随地留在某个它所不喜欢的人的社会档案中，久而久之，让你周围人的目光都磨砺成了一根根不怀好意的芒刺，射向你，射向你，四面八方、日夜寒暑，绝不允许你有个安稳日子想过——这种手法，在当时的那个历史时期的中国大陆十分流行，即使到了今天，也不见得就完全消失了。有人说，我们这个社会，好多陋习时间长了倒成了传统，我想这也算是一种吧。

当年，我只是个十八九岁的青年，生活在如此的一只社会压力锅中，一直能熬到头发灰白的今天，也算是一项奇迹了。我突然就呵呵呵地竟然笑出声来了，在那个初秋的黄昏，当我沿着上司徒拔道的山路一路向西行去时。山道上无人，有爽飒的风迎面吹来，把一种清醒灌入到我的心中去。始终是个异类，我对着山壁大声地、放肆地叫喊了起来，你呀，你！政治的、社会的、文学的、生意的，什么都沾点边，什么又都不讨好！

但至少雨萍没有这样认为我。她照常来我家，在那些非常日子里，每一回当她发现她的表哥自崇明农场回来休假又不肯待在家里的时候。她全然不顾周围的芒刺般的目光，她自愿地走进我的这个有“反动学生”嫌疑的芒刺圈中来，与我共同分担一份由这种目光带来的心理刺痛。

这令我很感动。我认定她至少是个心地善良的好女孩。后来，我去了香港，我们仍保持联系。再后来，当她得知她的表哥已与那个“并不见得太怎么样的”女人结了婚，便写信来说，她也希望申请到香港来。我觉得无可厚非，也完全情有可原，于是，她便来了。

我们结婚后不久，中国大陆便开放了。我常因商务需要回上海去，其间，兆正也开始在文坛崭露头角。我们彼此不晓得彼此在哪里，但在有一段时期内，每次回来，我都会顺便带上一两本他刚问世的新作集回香港，兴冲冲地交给雨萍读，去让她高兴得满脸都放射出一种自豪的光彩来。我觉得这很好，因为，我也爱读他的书，我愈来愈觉得他一定会成为一位优秀的当代作家的。

有时候是雨萍，而有时候是我，我们会主动将读他作品的诸多感觉与心得提出来与对方做探讨，我们从不谈生意，也甚少谈两人间的感情生活，我们没有孩子，大量的话题反而是有关文学的、有关人生的、有关兆正和他的作品的。在一段很长的时期内，我们一直谈得相当投契。谈到了兴头上，我还会拿出自己私下里创作和珍藏的诗稿来给她看，她颇有点惊奇，说：我早就觉得，你俩像透了！我说，像在哪？她就会一一指出来说，像在这，像在那。直说得我心里痒痒的和怦怦的，我真想脱口而出地向她宣布说：我不就是他，他不就是我吗？

当然，我始终没将此话说出口来。

然而，有些话我却向湛玉说了。在我们一次又一次地干过了那事后，疲软而满足地并肩躺在床上时。每一回，都是她机警地给我打电话——只要她知道我在上海——说，他去什么创作之家写东西去啦，或上哪个风景点开笔会啦，又或者还是留在这个城市中，只不过是去了哪个礼堂开某某人的作品研讨会去了，然后要吃饭，然后要参观，然后——然后不到很晚是不会提着一袋礼品之类的回家的。她说，我们因而可以有相当充裕的时间！我假装有些犹豫，但心却狂跳得厉害；我急急地打了一辆的士，赶去。

我从那幢公寓的宽大磨石扶梯上一路奔跑上楼去，没见一人，也希望见不到一人。有一盏幽幽淡淡的奶白顶灯醒亮着，假如时间是近晚或者是某个阴霾的雨天的上午的话。然后便在一扇深棕色的柚木大门前，我停下了脚步。是她来开的门，她一早已预谋着将她的女佣和女儿都打发去了另一个地方。我们砰地推上门，闩上了保险掣，便开始急不可耐地互相拥抱，解开对方的上衣纽扣。一股强烈的饥渴感从心底火山喷岩般地爆发出来，我们边拥吻边进入她的（也是他的）卧房，我一下子便将她按在了床上。

我知道，我的动作有些粗鲁，但湛玉说，她喜欢。我双手按在她裸白的肩上，在我火灼灼的目光之下，我看着她那晕红色的脸颊如何在喘息与呻吟之中开放成了一朵洛阳牡丹。我们干着，激情混合着悔疚，然而愈悔疚，我们便干得愈投入愈忘情愈疯狂，这是另一类补偿。但每次，我们都能从容而顺利地完成这件事的全部过程，从没出过任何差错。有时，我真不知道，他是否有意给我们让出了时间和空间？我同湛玉说，真的，我一直有这样的一种预感。

而且，每次，我们还都能给自己留出一段短暂但充裕的床上休喘期，随意放松地谈点什么，交流着各自心底的思想碎屑和感觉片断。对于有些，湛玉从不明确表态，比方说，兆正与她，我与她，兆正与我或者她与雨萍。而另一些，她又会显得十分好奇以及兴致勃勃，比方说，我是如何协调那种生意人与诗人人格之间的冲突的。她很有观点也很有看法地评论着这件事，她相信，这种冲突一定会很大，很强烈。她说，是吗？是这样吗？我说，你让我怎么来解释呢？又比如，我是如何安排，或者说，是如何镶嵌这么多精致的诗的意象进那一大块一大块笨重而粗糙的生活之中去的？我是如何分配时间的？如何剪裁感觉的？如何辨味来自不同生活领域的各种价值观的？还如何不至于令它们互相混淆的？我是如何，如何以及为何的？

总之，对于我这么一个能以双重人格生活在现世的人的一切，她都很有兴趣。她说，作为一个资深编辑吧，她是了解文坛对于我这么一个诗人的成形过程所怀的复杂心态的。但她承认——我想，她应该是代表了文坛上的很大一部分人承认——我不失为是另一类才华出众之人。生活以及生意的无尽的烦虑窒息不了你诗才的迸发，然而尽管如此，文坛所能给予你的最高也是终极的评定只是:儒商。儒商,她说,没有人愿意在这已经是非常拥挤了的文学队伍中再多拉进一个分食者来。

我笑笑说,我理解,并故意咳嗽起来,在床头柜上拿了半杯剩水来喝了一口。

于是,就有点众口煞景的味道了,她说,儒商了,也就永远是儒商了。这是从地壳形成一刻起就已经贴在你这块花岗岩上的标签,甭想改变。或者可以这样来打个比喻:牛分两种,一种是用以挤奶的,一种是饲养来食肉的。再老,再难于挤出半滴奶水来的奶牛还是奶牛;而你,是第二种牛。

我说,那又有什么稀奇的?我们都是从那种日子里过来的人。在那个政治的高压期,问号,一般都是隐性地打在人的档案里的。如今,在我作家的档案中不也藏进了这么个永远也揩不掉的"商"的问号吗?

她说,你明白便好。但我是知道的,你对自己的这种文学处境的心态不会认同也不会平衡。她的话语中含着一种干笑的成分。

"你,也像他们一样地认为我吗?"我问。

"……难道,儒商不好吗?"她停了一刻之后反问。

"难道,儒商好吗?"我做出了反问的反问。

到了这一刻,她才提及兆正。她说:"只有他说过,诗人就是诗人,没有什么商榷的余地。这是人的另一种分类法。开了穿梭机做了总统当了老板还是潦倒了去讨饭,还是诗人。"

我想:他,毕竟是他。

拾叁

湛玉眼中的某个 1964 年初夏的上午

An early summer morning of 1964 in Zhan Yu's eyes

在兆正这个名字和那个相对应的形象开始在她白茫茫的感觉的背景上逐渐变得突出和清晰起来之前，学校生活对于湛玉来说，始终只是毫无吸引力可言的白开水一杯。

是的，她很出众，无论是外貌、学习成绩还是师生关系。但她从来就没将周围对她的赞扬和羡慕的目光太当回事。她从小就在接受这种目光，她觉得这很自然，是理所当然的，这是一件只需要她去领受，而不需要她去考虑如何做出回报的事。

升入中学了，她正在经历一个女性一生中最重要而又敏感的生理与心理时期。赞慕的目光非但依旧，而且似乎更稠密更热切了，她当然感到高兴和满足，但却不会因此而让她对学校生活产生出什么特别的兴趣来，她天生有一股子傲气和贵气；其实，她的贵气也来自她的傲气，她的傲气正因为她有了这股贵气的缘故。从骨子里来说，她从没看得起在她周围的一切人，尽管她平时很合群，受老师称赞也受同学包围，但每个人都能感觉得出来他们与她之间的一种不可克服的距离感。可以这么说，保持在一定的相处半径之外，她是她，是一个美好可爱的她；但一旦进入了这个半径的范围之内，她便产生了一种排斥力，她成了一个不同的她。

但湛玉似乎很满意自己的这种生活方式。她有一种天生的悟力，她懂得如何让自己保持一种最有利的心理状态，如何突出在一个具有相对高度的位置之上，让别人可望而不可即。为了达至这么个目的，有时付出些孤独的代价也是值得的。再说，她也喜欢适度的孤独，她以别人看不透她，而她却能一目了然地看透她周围每一个人的内心世界（至少她认为如此)为快。

在那个特定的历史时期,中国大陆的学校生活是紧张而又枯燥的。紧张是指学校的教学课程,而枯燥则是指意识形态的模具在剔除了一切娱乐的杂质之后,对青少年活泼天性的压抑、调校以及灌注。在那些年代中,学校的实质最高当局是党支部,而班级则是团支部。它们对每个学生的评断标准无非是"红"与"专"两把尺子。只专不红或只红不专都不会是党和人民对每个学生的要求。然而,又红又专的个例事实上又绝少有,这更多是一种理想境界中的存在。至于说,红与专的两重标准究竟应各自占有多少比例,这不仅团支部说不上,党支部也说不清,就连市委和北京的中央也都不能绝对地说出个定数和定量来,这要根据国内外形势变化的需要来决定,根据最高领袖的最新指示或最新讲话的精神来决定。

在那个政治主宰一切的年代中,社会对是非的衡量准绳是恒处于浮动中的。以今天的眼光来回首,这或者是件相当可笑而又可怕的事,但每一个实际生活在那个时代的身临其境者,哪怕只是个刚谙世事不久的青年学生,都不会有这种可笑或者可怕的感觉,对他们来说,这是件理所当然的事,他们都已完全适应了那一套,适应了一种说变就会变的政治风向和气候。湛玉当然也不例外,小小的年纪,已过早地学会了如何看待世事以及人心表里不一的那套为人处世技巧了。然而就小环境而言,她则更比别人多拥有一把尺,而且还是永远不会改变的,那便是她的靓丽、出众和讨人喜爱。所以她从来便是个自信心十足的姑娘。

有好几个学期,我都是与她同坐一张课桌的。后来有一次,她连说带笑地同我聊起了几十年前我们学生时代的那些陈年往事。她说,那时政治运动连绵,一次又一次地把人心都搞麻木了。一遇有什么形势上的新课题,全校的高音喇叭和有线广播匣便一齐上阵,高声呐喊,其火药味之重,力度之大,似乎美帝国主义、国民党反动派和苏联修正主义分子就在他们出拳便能击中的对面站着呢。而东虹中学的党支部办公室里更是通宵达旦灯光通明,人影憧憧。仿佛党支部成员们都在面对着一幅巨大的世界地图,研究如何打赢一场能够解放全人类还有三分之二受苦受难人民的伟大战役一般。于是,她便笑。她说,他们请来了各式各样的人:工人,农民,"好八连"战士,老校工胡伯,来做形势报告,来做忆苦思甜报告,来做毛主席著作活学活用的报告。他们把戏愈演愈逼真，他们同仇敌忾，他们刺刀上插；他们摸不着美国人的屁股，倒逮着了现成的两个目标，那便是你与我。（她再一次幽默地笑了，神态轻松，仿佛她不是在谈论一个严酷的时代，而是在讲述一幕荒诞剧里的情节。）那时候的政策，表面上是不可以歧视出身不好的子女的，但实质的掌握上当然不会是那样，于是他们便来一个话中藏话，瞅东打西，说这指那。他们说，剥削阶级人还在心不死，他们反动的意识形态就存在在我们的四周，时刻准备来腐蚀我们，来与我们争夺下一代；又说，有人经不住资产阶级糖衣炮弹的轰击，已经倒下，阶级斗争是复杂的，是你死我活的，是无处不在的，我们千万不能掉以轻心啊；再说，帝国主义、修正主义不就将希望寄托在你们第三代人的身上吗？这是美国的杜勒斯讲的，这是苏修头目赫鲁晓夫讲的，我们决不能让他们的阴谋得逞了！等等，等等。这些话隔了远久的时代鸿沟听起来有些耳熟有些陌生更有些滑稽，但当年，人人个个不也就那么地全情投入来扮演荒诞剧中的那个社会指派给他（或她）的角色的？但湛玉说，她倒从来就没把这些太当回事。——真的，从没。她表面上装得温顺，心里装的却完全是另一个世界。因为她从来就有她学校生活之外的另一片广宽的生活天空的。但是后来，学校生活的天空开始变得愈来愈色彩斑斓起来了，那是因为她在某一天突然意识到原来有一个从前她从没去留意过的他已不知在何时走进并实实在在地存在于她的生命之中了，他以及他的一切开始像潮汐一样不可阻挡地一寸更越过一寸地漫涨进她心灵的那片河床之中了。她的那个充满着水一般柔情的少女的年龄是一个不顾一切的年龄，她觉得，再峥嵘的岁月、再冷酷的现实、再一切的一切，也都因为他的存在和她自己的幸福一刻的到来而被美化、被感化、被柔化和被神奇化了。

兆正当然不是那种藏有某种深深心机来诱发她注意力的男同学——事实上，这种手法于她也不会有用。相反，他从不在她面前表演些什么，或做出任何夸大的举动和行为来吸引她。他默默无闻，他若隐若现，他只想以他独特的方式来做出一种感情上的自我享受而已。但想不到的是：奏效的正是这种方式。能触动她少女心事深处最隐蔽的那一点的磁力场范围极有限，可能也就是这么一圈，而他偏偏就踩在了这条半径线上。

湛玉开始留意他了，留意他的迟到，留意他的早退；留意他做操时的动作，留意他缓步经过操场篮球架时的那副恍惚而又沉思的模样。她甚至留意他如何在课间操后随着一群疯疯打打的同学一起拥进男厕所去，然后再侧着身子挤出来，默默地，一个人回教室去。每朝上学，她一般都准时到校，第一堂课起立时，她眼角的余光便会下意识地朝她斜后方的那个座位上扫一下，假如发觉那儿是空着的话，她的一颗心便会立即被提了起来，老师在讲台上讲点什么她都听不清楚，好像这是一件与她有关的事。一直到他被值日生没收了校徽和红领巾的身影狼狈地出现在教室门口，然后再在老师与同学众目睽睽的交错之中鼠溜到自己的座位，坐下后，她的心才会搁回原处去。这是一份她额外要让自己来承担的罪，然而，她却承担得惊险又饶有滋味，她觉得每天的学校生活反倒因此而令她向往了起来。有时候，她的第六感觉告诉她，他在她的身后边的某个方位上睃她呢，她找一个向后排同学借橡皮的机会突然回过身去，但她见不到什么，他那似瞧非瞧、似认真非认真的目光并不对准谁或对准什么。她感到自己的脸颊呼地烧烫了，她少女矜持的自尊心给她自己刺伤了。

她决定从脑海中将他的影子剔除出去——他算什么？她想。随后，她便在心中计算出了一笔“他不算什么”或“他算不上什么”的细账来。这笔细账和兆正在悄悄拿自己与她做对比时计算出来的那一笔账几乎完全等同。只是这种事一旦发生在了少男少女们的身上，是绝不能靠冷冰冰的理智推理来达至结论的，结论往往是纯感情用事的产物。她还闹不清原来自己情窦的种子已在悄悄萌芽，在这春天的湿润温和的夜晚，无声地抽芽无声地破土，即使理智的大青石板再压着，这一充盈着生命张力的爱的胚芽也会不顾一切地贴地钻行，为了最终能冒出头来。因为它的天性是渴望雨露、渴望空气、渴望自由、渴望能向着蓝天和阳光恣意地展开那一点一瓣的枝叶来。

入夏了，而这一天也终于来到了。

是湛玉自己向大队辅导老师和班团支部提出的，她说，就让那次毕业的交心会到她家来开吧。一则她家地方够大，二则她明白到自己出身剥削阶级家庭，所以她希望……言下之意，她都有些那个了。但她吞吞吐吐地并没说清什么，其实她也说不清什么。她在心中说道：剥削阶级，剥削阶级又怎么啦？她素来就把自己与自己的家庭看做高出别人几个档次的，她不愿那些她瞧不上眼的同学到她家里来，乱哄哄的，还污染了环境和空气。但这次不同，她是暗暗地怀着另一个目的的。然而，学校以及团支部方面都觉得很满意：她的主动请求表明了她已有所认识，她正向又红又专的道路迈出了一大步。她这么个同学，品学兼优，师生关系和影响都好，就欠家庭出身这一条，如此一来，不正说明了我们按照党的政策培养革命事业接班人和向资产阶级帝修反争取下一代的成功，除此还有什么？

但她心里头装着的全是他。

她一会儿估计他会来，一会儿又估计说，他或者不会？父母都上班去了，她一个人留在家中，摸摸这理理那。她将一张朝窗口而放的弯腿的单人沙发挪了挪正，并将它扶柄上的镂网纱垫重新铺了铺好，又东瞧西瞧的，心中充满了焦虑和盼待。此时此刻，她的那情窦的嫩芽已探到了青石板的边缘了，它嘶嘶地蠢动着，热切地想象着外面的世界将会是一个什么样的世界。

湛玉家住的弄堂是一条宽阔而安静的弄堂，由两三幢红砖的法式老洋房所组成，她家占有其中的一幢。从二楼主卧室的室内露台上望出去，恰好能望见从弄口通进来的那条沙砾路。她站在露台的拱形砖框下望着炫目的早晨的太阳如何一寸寸地将金丝样的阳光铺展进室内来，而家中的一切物件也因此都生辉了起来。每朝的这个时候，她很少有一个人在家的。因此，她从来还不知道原来早晨的家中会是如此美丽的。弄堂里安静极了，马路上也一样。对马路的那家街道工厂已经开工，烟囱里有浅蓝色的烟缕冒出来，在这初夏的没风的早晨缓缓地升上去，然后散开。平房的车间里有咣当咣当的机器声传来，而鸽群一批批地飞过来，弧绕出一个漂亮的转弯，再在水塔的平顶上陆陆续续地降落下来。

她在窗前站了有好一会儿，心中愉悦得都带点儿感动了。时间还早，她想，她应该先去洗个头。她走进浴室，找出了一支她母亲平时用的洗头膏来洗。洗完了头，她又回到正房里，脸蛋红扑扑的，湿漉漉的长发披垂了一肩。她从玻璃柜里取出了一瓶母亲在礼拜天或假日里才搽的柠檬霜。她听母亲说起过这种护肤品，很贵，六块多钱才这么一小瓶。但她最喜欢这香味了，清清凉凉，悠悠远远的，闻一闻便会令人产生一种想象。她将柠檬霜在自己的脸颊上搽了点，还有脖子上，便幻想着这种香气已弥漫全屋了。剩下那一头长发了，她走到窗前，用干毛巾将它们一寸寸地揉干了。但她不想再编出她往日的发型来，她东找找西找找，在父母的床头柜下她找出了一叠《长影画报》来。其中有一本的封面人物是电影《阿诗玛》里的那位女主角。她一身傣族姑娘的打扮，长长的秀发盘结在头顶上，露出了半截白色的脖子，她的笑容甜甜融融的，迷人极了。湛玉决定也采用这种发式。其实，她从没这般梳过头发，但她聪明又手巧，不一会儿，居然也摆弄出了个模样来；她又找出了母亲前几年用过的一只黑烘漆的大发夹来，往发髻上那么一卡；她走到竖衣镜前，端详着镜子里的自己，有点惊讶，但她还是满意地笑了。

湛玉对着镜子站了又有好久，她很想将自己再多瞧一会儿。随后，她便发觉有问题了。问题是：因为是在家中，又刚洗过头，她的上身虽已换上了小包袖口的衬衣，下面仍还穿着大裤腿的睡裤，脚上拖了一双半透明的硬塑质拖鞋，是半高跟露趾的那一种，有大半个肉白的脚背都暴露在外面。而且，由于睡裤不够长，连着脚背和脚踝部分的半截小腿也都露了出来，圆圆润润的，都有些女人成熟的韵味了。该不该做些修改呢？但她不想。她也说不出个明确的理由来，不知怎么的，她只觉得这样的打扮更称她的心。

不一会儿，她便知道同学们来到了。这是因为街上和弄堂里都很安静，人还没到弄堂口呢，喧哗之声已经传来。她太熟悉那几个顽皮的男同学的如雄鸡初啼般的声调了，沙哑、粗糙、刺耳，但偏又喜欢吼得特别大声。平时，每日的课间操后，他们便是这样地堵在男女厕所的通道间，用笑话和眼光来向路经的痴笑着的女同学们传递点什么的。她跑到窗口的边上，见到人群闹哄哄地已经进弄堂来了。从没人来过她家，自然，大家都很好奇，她见到同学们指指点点，猜测着哪一幢房子的哪一个窗口应该是她的家。

她没让同学们见到她，她躲在一根露台的红砖方柱后面，从那里，她能清楚地见到进弄来的都有些谁。但她并没有看完，因为人群三五一茬、二四一堆地陆陆续续进来，她的担心是：当她还没能见着那最后一个进弄来的是谁的时候，那第一个来人已从她家的柚木阔把扶梯上楼来了。于是，她便复又跑去房门前的扶梯口上，在那里，她摆出了一副欢迎同学们来她家做客的样子。

那天，湛玉很兴奋，连天天都与她见面的同学们也都感到她兴奋得有点异样。其实，当她站在扶梯口上将同学一个个地迎入她家正房去的时候，她的情绪紧张到了有点几乎连心脏都要从喉咙中跳出来的感觉。终于，她见到兆正了。他落在最后，甚至离开那最后面的那茬人还都差了两三步梯级。他孤单单的一个人，没同谁，也没谁同他做伴。然而她却长长地舒吐出一口气来，她觉得她一早上的努力与心思终都有了个回报。

兆正还是那副模样，用眼睛望着梯级，一格格地踏上来。她用眼光来估计着，丈量着他那下垂的目光现刻应该接触到她的拖鞋尖了，然后一寸一寸地，她让自己从脚到头地展现到他的目光之中去。当他的目光完全地、正面地触及她的目光时（这种机会之前极少，甚至可以说还从没有过），她笑了，她已忘记她当时都说了些什么了，她只记得，她笑了。因为她见到他的两眼突然放射出异彩来，她想，她终于抓着了他的眼神了，他的那两扇将他心底的秘藏透露出来的灵魂之窗。

就这么通上的电，欢乐与希望的彩灯一下子全点亮了。就这么一次的这么个瞬间，人生的节日前夜有时比节日本身更令人难忘。后来有一次，湛玉已忘了是在一种什么样的环境以及对答的上下文中，反正那时的兆正已当上了他的作家了，而且还有了点名气。他问她：当年，她究竟喜欢他些什么？她想了想，答道："你有点憨，但憨得可爱。"这倒是真话，再多的，她也说不出些什么来了。她对他，从感觉到感情，如何一寸寸地从东方的地平线上升起；几十年后，又从感情到感觉，如何一寸寸地从西边的地平线落山，只留下了一片青冷色的回忆的天空，所有这一切都是一团谜，一笔连他俩自己都说不清楚的稀里糊涂账。

拾肆

我与湛玉床笫间的一次对话

A dialogue between Zhan Yu and me in bed

这又是另一次。

那一次,我们又狠狠地、很过瘾地干了一回。之后,湛玉白玉一般丰满的胴体就那么疲乏地、丝毫不做掩盖地躺在我的边上。我伸出一只手去将它们再一遍地抚摸,那种润泽光滑的感觉让你的手掌不忍心按得太紧又不舍得离得太开。我说,我在她的身体上就从来也没享受到过如此丰盛的感觉……

谁?你说谁的身体?

但下一刻,不用我解释,湛玉便自己明白了。她说,是啊。你可知道,一个拥有了如此身体的女人是多么地渴望能被人爱抚啊。……有时夜深了,失眠,她说,她想她还没老呢,她的欲望还很强烈。但就绝对不是与他。她与他之间的那种生活曾经也很热烈,然而就莫名其妙地消失在了好多年之前。

还有一次。

我们大汗淋漓地靠在床头板上休息了一会儿之后,她便披着一袭丝质的睡袍下床去了。我望着她的一双白嫩的脚背与脚板合拍着一双轻质泡沫拖鞋的银色内里一闭一张地走向房门口,之后再一路朝厨房走去。

待她端着一杯热茶回房来,在我的床头柜上放下后,她发现了房内某个细节的变动。我将一块她遮罩在一幅照片上的手帕取走了。照片上,兆正与她站在桂林公园的一只石舫前,金秋的阳光透过一棵金桂树影照射下来,兆正笑得很灿烂,她笑得更灿烂——这可能是十五年之前的他俩了吧?照片竖立在梳妆台上,梳妆台正面对着大床。我说,还是让他瞧着我们干这一切吧，隐瞒，没有诗意。她也笑了。她说，假如我俩能永远生活在一块就好了，缘分真是与我们开了个大玩笑啊。她又说，男人对女人的最大吸引力是安全感。有时，一个当作家和艺术家的丈夫并不能为你提供这么一种感觉，这有点儿像梦，一场曾是五彩绚丽的梦，纷纷扬扬地飘落下；醒了，你会失落地发现，一切还不都是睡之前的原样？

我的目光突然变得有点锐利起来，我说，那假如是一个商人的丈夫呢？一个能赚钱，最好是能赚大钱的商人丈夫呢？

她沉默了一会儿，终于转向了其他话题。

后来，在相隔了一段长日子之后的某个机会，我又隐隐约约地点及这个主题。我说，假如我真是他，他也真是我，而你仍然是你的话，即使缘分错了位，即使错了位之后再颠倒过来，又有什么意义？有位剧作家写过一出很现代的戏。有一天，某人在车站上等某人，下雨了，她没带伞，结果有一个人走过来为她提供了一次共伞的机会。同是那一天，某人在车站上等某人，没下雨，她等到了她想等的人。两回最常见的生活偶然衍生出两个截然不同的人生故事，然而，作者在其中藏进的命运的必然性却是惊人的一致。

湛玉很平静地听完了我所说的一切，她的回答却是完全遵循另一条思维逻辑的。她说，我们这代人的经历太多太厚太沉太重反差也太大，而所有这些，你不会比我更不清楚。当年的政治狂热与今日的物质窒息（狂热也是一种窒息）同样地冲击着我们的心魂，让我们失去心理平衡。在我们青春发育期信仰模式的强行灌注对应着在我们更年期的对价值观剧变的残酷适应。我们一直是落伍者，但正当我们下了决心要迎头赶上时，时代的闸门每次都恰好在我们这一代人的面前无情地卡下！

这都是谁的责任？而又有谁会愿意就这些来向我们整整一代人负责？我们都是受害者——我是受害者，你是受害者，兆正他，也是受害者。只是我们这代人的苦无人可诉，即使诉了，如今，也无人有这份闲心来听。于是，他便写小说，你便写诗，而我，又何尝不想坐下来写点儿什么？这是我们这代人诉求的另一种方式。等到我们老了，我们至少可以在自己留下的文字之中找到一个可靠的自己。嗨——她长长地叹出一口气来，说，生活在你前面，梦在你后面，生活让你经历了之后便成了梦。

我一言不发地听她说完了，心想，她是个既能写好小说也能写好诗歌之人呢，但她什么也没曾写过，她只是为他人做了一世的嫁衣裳。我明白了为什么她的目光有时会黯淡下去，之后又会突然燃烧起来的原因了。

拾伍

究竟，那件“千结衫”去了哪儿

Where is that sweater

当灯光渐渐稀落和黯淡下来时，兆正知道自己已经位于这个城市的最西端了。

他常到这一带来走动，那是在他和湛玉刚搬来复兴路新居后不久的事。他的创作习惯是喜欢散步，而且要在与自己的性情完全融合的环境中散步。他不是个什么都急于要记录下来的作家，也不是个严格按照创作计划天天日日必须要完成多少多少的作家。他随性而来，感觉潮涨上来时，他可以茶食无味，一连几晚都赶通宵；感觉平息下去时，就任凭心情像黄昏降临时的海面，静静地反射着夕阳金色的余晖而不思任何牵动。对世事，他也采取了这同一种放任的态度。他少年和青年时代的那种特有的敏感和懦弱都在渐渐地形变，退化为一种类似于麻木和听之任之的性格。社会正在发生翻江倒海的巨变，但他却始终饶有兴趣地将它看做是一件处在光线幻变之中的写生物，摆放到他的作业台上，左观右观地思考着该从何处着手去刻画它才最好。

在他生命的天空中，什么对于他都是无关紧要的，除了能保持自己所需要的那种创作状态之外。

当然，钱是另一个很重要的问题，尤其是当你从一个纯理性的角度来思考它时。似乎是为了弥补一段扭曲和荒唐的历史所遗留下来的某类心理创伤，当今的钱的概念所凸显出来的是一种畸形的社会主宰功能。不错，今天的兆正已有了相当可以的社会地位了，但这并不表示他就很富裕，很有钱；钱与地位是两码事——至少在今时今日的中国，这种情形仍十分普遍。一个人对钱财的拥有量与他的社会定位往往不相配称，而由此引发的感觉上的落差又往往给人生造成了某种无形的压力,假如你是一个很在乎这一切的人的话。

但兆正似乎不是这一类人,这可能是天生的:他旁观着他人如何在钱的泥潭中扑腾,不知怎么地,自己的心中就老也滋长不出丝毫欲望来。他觉得这样不很好吗?他喜爱看书,听音乐或是在感动人的夕晖里做一次漫无目标的散步。他不打算去了解别人——包括湛玉——在想些什么。尽管他知道别人都一定会有很多东西在思考在追求在企盼的。他想,这些又与他的活法有什么相干呢?而立、不惑、天命,一个五十来岁的他竟然感觉自己已提早进入了孔子的"耳顺"之境了。

有一幅画面经常会在他的脑海中出现:落日、沙滩和广阔的海平线,有一只小小的木船搁浅在沙滩上;周围不见一个人影。他已记不得这是他见过的一幅摄影作品呢,还是他根据狄更斯对其小说人物渔民比果提(PIGGODDY)一家子的描述转化而成的一种视觉印象?反正,他觉得这幅画面很能打动他。还有一首诗。当他第一次读到这首叫做《海边小景》的短诗时,他的心猛烈地颤抖了:是连绵的沙滩/一排脚印/是折腰的芦苇/生的顽强/是晒网的他的脊梁/驼的侧影。/在这里,世界只剩下了/落日/海涛/风声/芦苇/和/他。

诗是我写的,写在一张泛黄而粗糙的报告纸上,在一个非常时代的一个非常的机会被他偶然读到。连同这首诗在一起的,还有一大叠其他的诗稿。其中有一首叫《灯灭了》的诗,他至今还能记得个大概:……灯没再亮/我却适应了一切/黑暗在苏醒/门、窗、橱、柜/正悄悄隐现。/我忘了,也许再也不需要理解/光明的可贵和它/真实的意境。诗写于1966年底,那时,我与他都还是不满十八岁的青年。读到这首诗时的他的第一感受不单单是心,而是整个灵魂的震动。倒不是这首诗写得如何好如何成熟;而是在那个时代,别说是这种诗,就连类似的文字组合也很少能有机会读到。兆正当然立即领会了蕴含在文字表层之下的诗作者的用意,他感到暗暗吃惊,但同时也经历了一场心灵一旦在获得共振时的那种无可言传的快感。其实,那时候的他自己也正在从事另类的文字工作。他每天都与墨汁和白报纸打交道,常常使用一些惊世骇俗的语句以及带上了一个或几个感叹号的句式来揭发"走资派"的黑幕和捍卫毛主席的革命路线。

大字报贴满了东虹中学的校园，再贴出校门，贴上街去；一时间，他变得大名鼎鼎，变成了一个化笔杆为匕首，刺向阶级敌人胸膛的冲锋陷阵的红卫兵小将。

但是，一旦当在某个良知的部位遭受针螫后，他突然产生的是一种大梦初醒的感觉。他想：原来是这些啊，这些才是他真正希望言达的东西呢。而眼下，能写出这些诗来的人并不是那些他在“文革”爆发前常常读到的遥远了时空的，文名赫赫的大诗人大作家，作者近在眼前，仅是一个他的同代同龄人，他的同班同学！这又让他受到很大鼓舞，他想，他为什么不能也试试呢？这也许会给他带来意想不到的满足、快乐和收获的。他偷偷地尝试了好几回。果然，他感觉自己的心中因此而充满了喜乐；再说，他觉得自己写得也很成功，很能让他暗自里得意一番。于是，他便一发不可收拾，一写便写到了今天，写就了一位当代名作家的同时，也意外地发掘出了一座自我才能的无价的金矿。

当然，这件事是他长期以来一直保守在心中的一项极深极深的秘密，他没向任何人透露过。有一次当湛玉偶尔同他谈起我的近况，说我都发了财了，而且还写诗；又说，我的诗集新近将会在她当编辑的那家出版社出版。从来沉默寡言的他突然就变得滔滔不绝起来，颇令湛玉感觉意外和困惑，其实其中是有他的原委的。

他走过一座高高的花园围墙，有浓密的树叶和树枝从围墙的顶部探伸出来。在明晃晃的街灯里闪烁着绿莹莹的微光。他站定了，左右前后地环顾了起来。这是他体验生活的一种习惯。在旁人看来，他的举止似乎有点怪异，但他不会去在乎这些，他只在乎自己的感觉：在文学创作停止时，他从没停止过精神上的创作。而且，他从来就觉得后者更重要，更不容有一刻的间断。而他，就是在这种感觉之中一路走过来的。

他见到离他几丈远处有一扇黑油漆的花园大铁门，铁门紧闭，铁门的一旁是一座岗哨小屋。小屋此刻已经灯暗人空，木板门窗也全都关闭上了。再过去，长长的花园围墙的左下方洞开着一个小小的售票窗口，此时此刻当然也已经闩板打烊。小窗的上方挂着一块巨大的雕刻着黑漆仿宋字体的铜质牌匾，曰：宋庆龄女士故居。下面还有几行小字，记载着宋女士哪年入住此宅，哪一年迁出此宅，以及在此曾发生过什么重大的历史事件云云。而所有这些，兆正甚至不需再走近前去，一行一行地将上述文字昂起头来多读一遍便已知晓其全部内容了。这一带的街道他已来来回回地走过不知多少回了，有时是在夕晖闪闪的黄昏，有时是在细雨迷蒙的早晨，有时则是在幽暗笼罩的夜色里，就如此一刻。他对街道两旁所有的建筑，建筑的徽标以及特色都已了如指掌；在这一片他在童年岁月里曾向往无限的地段和区域，如今，他已如一条归塘之鱼一般地穿梭自若了。

然而，奇怪的是：等到跨过了某个生命阶段的门槛之后，如今，他最想回去看看的又渐渐变为了他从前生活过的那个地方了。当然，这要在他的情绪感到有某种特别需求的时候。他从来就怕去那儿，渴望能永久离开那儿；但，人生是个圆周，不知从何时起，他的人生轨迹已在不知不觉中向着它的始点回归了。那片菜场，那条后弄的甬道，那条青砖墙的旧街，两旁带老虎天窗的陋屋鳞次栉比。他如梦如醉地行走在这片熟悉的环境中，感觉童年时代的贫困与无望正躲在远远的某个角落里窥视着他。

有一次，他来到了一座红砖墙剥落的弄堂的小小拱门前，他在这儿停住了脚步。他太熟悉这一片场景了：一条细窄弄堂一路引导他通向前去。他恍恍惚惚地踏上了这条旧路，再从一扇后门走进去。他穿过一片嘈杂的店堂，店堂如今已被好几档做服装生意的摊贩所割据，几个中年女售货员吆喝着招徕买客。他从店堂的前门走出来，眼前的菜场也全变了样，带棚檐的菜档肉档不见了，现在这里是一大片农贸市场。操外地口音的摊主们将鱼呀肉呀虾呀蔬菜呀铺满了一地，从早到晚，这里从没有歇市的一刻。

他转过身来，开始向着身后边的那些店铺打量起来。灰褐色的水门汀墙柱上还模糊可见昔日的店标。有一个独眼老人躺在一张折椅里，他略带哮喘声调的浓浓的苏北口音从兆正的背后传来。他说，你这是在找谁家啊？兆正掉过了头去。他向他笑了笑，并没作答。他发现老人的身躯佝偻，皮肤干瘪而且爬满了皱纹。但他不难从这具年老的躯体中，找到它昔日也曾高大魁岸的影子来，然而现在，它只是像个小孩似的蜷缩在那张尼龙面的折椅里，显得可怜而无助。他想，这难道也是生命循环的另一类形式？老人用那单只的黄浊无光的眼睛望着他，模样与神情都显得有点猥琐。兆正依稀地记起了谁来。

他决定再次转回脸去，继续辨认残留在门楣上的黑漆字形：南北干货，山珍海味；价格公道，童叟无欺。其实，字迹早已斑剥得无从辨认了，兆正之所以能认出来，一大半是靠他遥远了的记忆的相助。“侬找的是这一家啊？——这家人搬走已经有好多年啦，他家的一个女儿还嫁到了香港去——香港！”老人又在兆正的背后自说自话地咕哝起来，还在“香港”二字上加重了语气再多说一遍，似乎其中隐藏着什么玄机一般。

兆正不得不再次掉转头去，他向老人略略点了一下头，表示着：谢谢，我领情了；或者：是的，我也听说有此事了。其意暧昧。之后，他便迅速离开，他不想再与那老头多搭讪点什么了。

这是发生在他再次见到雨萍后没几个星期间的事。这么多年了，在这之前，他从没回去过，而在这之后，他又开始经常回那儿去。仿佛那次的他与她的重逢是他累积生命记忆的某条分水岭。

事实上，他常回那儿去的原因之一是他希望能找寻到某个已经遗失的记忆细节。他曾经记得有过那么一回事的，但后来，当他认真回想起来时，又似乎觉得没有。而没有，是因为他找不到那件事确凿存在过的任何证据。

他一次又一次地将那些十分稀薄了的印象串联在一起，并将之强化。最后，竟然使那段情节逐渐变得清晰起来。在那段情节中，雨萍是站在她家的店堂门口的。那时，他似乎刚要离开，她唤住了他。这是在他毕业分配后不久，去崇明岛屯垦围田的前夕。那段时期，他正进行着紧张的行李打点工作，而雨萍几乎天天到他家来，与他的母亲一块儿为他做出发前的准备工作。

雨萍站在门槛上望着他，他转过身来。他见她的手中握一包用旧报纸包裹着的什么。她只说了声：“兆正表哥……”便言止了。他不望她的眼睛，自从那次之后，他便回避与她的那种目光对峙。

“……我替你打了件毛衣，是双料的，”她终于说道，“崇明岛上海风大，毛衣最实用了，既能御寒，又不会影响干活。”

“谢谢。”他从她手中接过了那包东西，刚想离开，突然想起了什么。在那个年代，毛线是凭证供应的，而且每个人的份额都十分有限；有时全家人全年的份额加在一块还不够为一个人添置一件新毛衣。不凭证的高价品当然有,但对于贫寒的小市民来讲,这种价格等同天价。而他是了解雨萍家的家境的,虽比他家要强些,但又能好到哪里去呢?——住在他们那几条街上的几乎没有一个是有钱人。再说,雨萍也没有工作,她自己还是个病休青年,要靠父母来供养。

他变得犹豫了,他将包裹提起来:"那……"他的意思很明确。但他见到雨萍的眼神突然就变得很明亮很有光彩(这时候的他已不得不望着雨萍的眼睛了),她说,你回家打开看了,不就知道了?

他回到家中后就将纸包打开了,里面整整齐齐地叠放着一件毛衣。毛衣是杂色的,袖上背上都缀满了密密麻麻的线结。他猛然想起了最近他有好几次因事去雨萍家时,老见到她不是在黄灯光下打毛线,就是坐在床沿边上摆弄着那一团又一团绒线的线头。她把断绒线先像梳辫子那样地一小节一小节地编织起来,完了,再在其尽头打个结。她干这事干得极其有耐心。"你都在忙些什么呀?"他问她。但表舅母代她的女儿向兆正做了解答。表舅母说,雨萍是在四川北路的一家废旧商品处理店排了好几个钟头的长队才买回了这么一大堆断毛线头来的。这东西的好处是一不需凭证,二价钱便宜。雨萍希望能用它来打一件毛衣。说罢,表舅母还朝他意味深长地一笑,让他感到有些莫名其妙。现在,他明白了,原来雨萍干的就是这件活儿。

他当下都有点感动了,他提起毛衣来,对着灯光细细看。毛衣很厚,也相当地重,因为毛衣编织得很宽大——太宽大了,假如他穿出去的话,他想,它的下摆会过膝,袖口也会遮到手背上来的。二十多年后,有一次,他随一个代表团去巴黎参加中法文化艺术节的交流活动。当他们一团人去参观蓬皮杜艺术中心的时候,他也见到过一件类似的"千结衫"。他在这件很现代派的展品前驻足良久,直到他的全部团友都走光了,他还一动不动地站在那里。他在琢磨:那位法国艺术家在创作这件作品时的灵感出自何处?他与他有过类似的经历吗?

但最后,兆正还是决定把那件毛衣留下,他没将它随身带到崇明农场去。动机其实也很单纯,他怕别人笑话他;穿一件用一大堆废线头编织起来的毛衣,不正好说明了自己的寒酸和贫穷,还能说明什么?在当时,他不会想到再多的什么了。

当他再度想起要把这件“千结衫”找出来的时候，日子已经流淌过去好多好多年了。

那一年，他刚在香港与雨萍见了面，在搭机回上海来的一路上，他都在想着这件事。他好像记得有过那么回事，但时隔久远，记忆变得朦朦胧胧的，只剩下些幻觉式的片影了。回家后，他在衣柜中东翻翻西找找，但毫无结果。最后，他记起来了：这毛衣（假如真有的话）一定是在他母亲留下的那一堆遗物中。如此判断的理据是：只要是雨萍送给他的东西，母亲一定不会随便扔掉，她会将它保存好的。

母亲是在前几年过世的，他回老家去了一趟，善了后，又将母亲留下的那些物件整理了一下，离开故居后就再也没有回去过。而那一大箱几小包从老屋带回来的东西，他也记不得是往家中的哪里一搁，就再没去打开过。现在想起来，却又找不见踪影了。

他不得不请教湛玉，他说，你有没有见到过有一件毛衣？他又将他印象之中的毛衣的模样形容了一番。但湛玉十分困惑地望着他：“毛衣？什么毛衣？”她说道，“你母亲留下的那一大堆垃圾都原封不动地放在那里，一样也不会少，你自己找去吧。”

湛玉说这话的时候，正坐在客厅间的一张单人沙发上看书。也是在浴后，也是在夜晚——而且，还是个晚春时分的温暖潮湿的夜晚。但现在，家中的气氛已明显与前几年不同了。湛玉已很少再穿她的那套宽身的浴袍了；她一般都穿一套长袖裤的睡衣，将自己的手臂与小腿的部分都遮盖起来。拖鞋倒还是那双轻质泡沫底的，大约因为着起来舒适轻便的缘故。她交叉着两腿，直直地坐在那儿，一个人占据着一张沙发。她一边不停地用左手将散落到前额来的发缕掠到耳后去，一边十分专注地看着一本书，她的右肘支撑在沙发的扶手柄上。客厅里没有人，也没有任何声息；秀秀在她自己的房里做功课——或者已经和小保姆一块儿熄灯就寝了。兆正在他自己的书房里工作。后来，他从书房中走出来，走到走廊的尽头，便收住了脚步，他望着她。等到她也抬起头望到他时，他才赶紧开口问了那件毛衣的事。

湛玉说的“那里”是指他家那套公寓单元中的一条后走道。后走道经厨房而过，通往单元的另一扇边门。这是几十年前租界时代高级的住宅公寓常有的建筑格局:边门既可以充当防火通道,也是平时杂物的运输、堆放以及下人们的进口处。边门向着外走廊拐了一个弯的另一方向开启。只是如今的社会再也没有上下人之分,一切人,包括小保姆,出入从来都走正门,边门于是便成了一种多余的设施,长年上锁,而后走道因此也演变成了单元内的一截盲肠,成了堆放杂物、旧什和弃料的地方。

其实,兆正自己也很少会上那儿去——自从搬来之后,他还不知道去过那个角落有几回。——他摸黑走进去,按亮了走道里的电灯。电灯是一只高悬在天花板上的赤膊灯泡,周身上下都积满了灰尘,光线昏暗得像惺忪迷蒙的睡眼。他用力挪开了一件件笨重的旧家具,拖出了母亲留下的那只花格图案的帆布箱来。他打开箱子,见到箱内的物件有条不紊地叠放在里面。他能想象当年母亲将它们一件又一件收放进去时的情景。他看着那一件件熟悉的衣物在眼皮底下呈现出来,童年的岁月便又一幕幕地再现了;他甚至能闻到母亲身上的那股温暖的气息,他想,这不就是那股最能为童年的他带来安全感的气息吗?然而现在,他连细细品味这一切的心思都没有,他急吼吼地将物件一一翻腾出来,直捣箱底,然后再一件件地塞回去。但他没能找到他所要的东西。他在周围的杂物堆里再多翻腾了一阵,结果仍然是一样。

假如说他的这次寻找,还有什么意外收获可言的话,那是他发现了一本他自己的散文作品集,竟然与一厚叠弃书和过期的刊物堆在了一起。这是他最满意的作品集子之一,前几年由北京的一家出版社出版。集子里收集的都是那些年他在全国各报刊上发表的性灵散文,典雅飘逸又不失深刻和人情味。封面是一幅欧罗巴的田园景色,有清流和野花,远山的轮廓朦朦胧胧。这是一幅他亲自选定的油画作品,他将它想象成是贝多芬第六交响曲的画面意境的体现。

它怎么会在这儿的呢?他打开了书的扉页,上面有他亲笔的题字。他写道:秀秀……之后就没什么了。他只是用他拙劣的画技画了两颗心,一颗大,代表他自己;一颗小,代表女儿。两颗心互相紧贴着,一半是重叠的。下面有一行小字:永远深爱你的爸。

他记起来了,那天,他收到了第一批样书,心情特别兴奋,特别希望能向谁表示点什么。他想到了女儿。而那年,秀秀还在念小学,她还读不太懂书里的内容。送书，应该说，只是他作为一个父亲的单方面的心情行为。他把书合上了，他已经有几分明白了书丢弃在这里的缘故了。

他顶着一头的蛛网和一身一手的尘土从弃物堆里站起身来。他拍打着双手，动作缓慢得有点夸张。他从那条后走道里退出来，熄灯，再拖着脚步回书房去，手里卷握着那册散文集子。只是在此刻，他脑屏幕上的那件毛衣的模样反而愈显愈清晰起来了——它从没像现在那么清晰过，包括它的色泽、式样、长短、质感，甚至某个部位上的放大了的细节。他不知道，这仍然是他的一种想象呢，还是他的记忆功能在关键一刻的回光返照？反正，他现在已经能肯定：那件毛衣确实在他的生命中存在过。

但，它又会在哪里呢？

拾陆

都整整三十年了，但路又是怎么一步一个脚印地走过来的呢

A whole thirty-year is gone. But how each and every step has been walked on this road

其实，岂止兆正与湛玉的爱，这世界上的很多事都有些糊涂账的感觉。

麦当劳餐厅里灯光明亮，环围音响系统正在播放著名黑人歌手米高·积逊唱的一首流行歌。他孔武有力地“嘿呀！嗬呀！嗬嗬呀！”哼唤着，直到他的伴唱队也都加入进来为止。有一股食物的香味飘浮在空中，这是一种介于奶酪与谷物间的暖暖融融的气息，让人闻着感到舒适、安逸，还会产生出一些童话式的联想来。

湛玉的目光还在向着环形落地窗外注视，窗外的街上已渐渐变得夜色浓重起来。黑夜的背景衬托在一大扇明亮的玻璃橱窗上，遂让它变成了一块巨大的、具有透视感的镜面。这是一幅荒诞画面：一会儿，一辆越街而过的桑塔纳轿车似乎正对着快餐店的柜面直冲过来；又一会儿，一位端着餐盘去座位上就座的顾客似乎正从外街上一对拥吻中的情侣之间飘然而过。十多二十年前，当偶有一两部西方电影登陆中国，见到影片里类似的场景，不禁教人联想多多，但不知从何时开始，上海街头的这种景象也比比皆是了。

这种景象于湛玉更多一番意味：这是一幅真实与虚幻的合成图像，恰好是她此一刻心情的形象化的表述。

后来，她将目光从窗外收了回来，又让它完全回到了麦当劳餐厅的明亮的现实里。米高·积逊的歌唱完了，换了另一首。是一个台湾女歌手唱的歌，嗲声嗲气，让她听了心烦。

餐厅里，人进人出。如今的上海人个个都穿戴整齐，赶上时尚。青年人更是哈哈地大声说笑着，夹杂着一些让他们那一代人听来已有些感到陌生和别扭的语汇。他们从湛玉的身边不停地流动而过，每个人的脸上都挂着笑，似乎这人间从没存在烦恼这回事儿——但，是这样吗？她端起纸杯来喝了一大口：牛奶已经开始凉了。

她向对面桌的秀秀望去，她发现秀秀餐盘中的食物已所剩无几了。几张揉皱了的食品包装纸和一只空了的薯片硬壳袋躺在那儿。但秀秀还是握着一大杯的冰可乐在那儿慢慢地啜吸。她很想与秀秀再说点什么，但却又想不出说什么。事实上，她想与人交谈的欲望一半是醒着的，一半仍在沉睡。

她留意到秀秀在留意邻桌的两个女孩。她们与秀秀年龄相仿，中学生模样，书包搁一边，各人面前摊一册课本，像是在温习功课。她们也都手中各握一杯可乐，还不时地东望望西瞧瞧，再交头接耳一番，接着又掩住嘴，你望望我我望望你，咯咯咯地痴笑个不停——谁知道她们在笑什么。

湛玉想起了这个年龄的自己来。

再过去，一家三口，一对夫妇，一个和秀秀差不多年纪的女儿。看上去，女儿与父亲似乎更亲热些，她把头靠在父亲宽厚的肩膀上，父亲用手掌一遍遍地抚摸着她乌黑光滑如丝帛一般的秀发。但父亲的眼睛却是望着女孩的母亲的。而夫妻俩互望的眼神中又透着一种温柔，欣慰和满足交织。他们还在说些什么，湛玉想应该都是些夸赞他们女儿的言辞吧！这是个夫妻间永不言厌的话题。

一个穿橙色条形制服，头戴一顶白绒帽的餐厅侍应生正在拖地板。他一边拖，一边在每张座位跟前站停一会儿，耐心地等待着顾客把脚移开了，再小心翼翼地将拖把伸进座位底下去。他将餐厅的塑胶地板拖得一尘不染，光洁亮丽。

湛玉定了定神，她想：不错，这就是今天。但它又是怎么从昨天一步一个脚印地走过来的呢？有时，她常会有这种虚无得不着边际的梦境感。

从他们的少年到中年，以历史的眼光来丈量，弹指一挥间。几十年，不能算回什么事，在中国历朝历代的漫漫岁月里，别说几十年，有时几百年，也就是那同一种日出而作日落而息的生存模式，一晃几代人，平静平淡平常如逝水。但偏偏，这是一截非常的历史隙缝，并恰好给他们那一代人楔卡了进去，让经历了这么一个时代的每一个人都有一种类似生活在梦境里的奇特的感受：有时候觉得昨天像梦，今天是现实；而有时，这种感觉正好颠倒了过来，觉得昨天才是现实，今天的一切倒像是梦了。

日子这么一天天过来了，又过去，人便在那条梦与现实生活的边境线上跨进后又跨出，疑幻疑真，感觉错位。然而对于湛玉来说，这种感觉的愈来愈强烈，愈来愈触动她，那是在 1989 年之后的事了。远在欧洲的柏林墙就在一夜之间被千百只愤怒的铁锤给砸倒了。她是在事后很久才在电视荧光屏上见到这幅惊心动魄场面的重播的。当时就有人说了，这不象征着我们这整整一代人从少年、青年时代就建立起来的人生价值观念的彻底崩溃吗？她当时并没太在意这种说法，甚至还暗暗地有点幸灾乐祸式的兴奋。她想，什么价值体系不体系的，那些东西我从小便没有相信过，认同过；如今倒了，倒了大家都自由了，倒了不更好？

湛玉这么想，因为她曾经是它的受害者，但她（就像她很多的同时代的人一样），同样也是它的得益者——这点，当时的她并没有立即能察觉到。这种情形在当时的中国社会十分普遍，它的前半段故事已经讲完，句号之后，它的后半段情景通常要在今后的多少年之中才逐渐逐渐地显影出来。那时她的家已搬到了现在他们居住的那套复兴路的公寓里来了，同楼住着的全是些市里文艺界有头有脸的人物。无论是地段、外形、面积、设施，这幢楼都不是他们以前住的那一幢可以用来做比较的。但怪得很，她住在里面，却一点也不觉得舒坦。这种感觉是当搬场公司的那辆六吨位的卡车停在他们以前住的老工房的门廊前，看着搬运工人将大橱、餐桌、双人床一件件地搬上车去的时候突然产生的。她觉得她作为一个女人一生之中最温馨最甜蜜的岁月可能就从此留在了那套已搬空了一切的二室一厅的单元里了。

车都快要开了，她忽然叫人家等等她。她三步并作两步地从老工房的那条粗糙的水泥楼梯上一路奔上去，回到了那套空荡荡的旧宅里。她从这间房走到那间房，辨认着昔日在墙上留下的熟悉的印记，想想再也没有什么可以随身带走了，带不走记忆，带不走感觉，不觉就有两行泪水掉了下来。她在房内发呆发愣发傻，直到楼下都响起了催促的喇叭声，她才掩了门，慢腾腾地走下楼去，动作机械得像个梦游者。

她就是怀着这种感觉搬去新居的。朋友们都来庆贺他们的乔迁之喜，同时也庆贺兆正的事业更上了一层楼。但她却闷闷不乐，一脸倦容。别人都以为她操办搬家事操办得太辛苦了，她也索性来个顺水推舟，就以这个借口将别人搪塞了过去。

但实际上的情形是：住在这高尚地段的这幢高尚的大楼里，又与这么多著名的人物为邻，她却除了压抑之外从没有过高人一等的感觉。平时在大堂间楼梯上走廊里遇见邻居家的谁，虽说不上刻意回避（她从没回避人的习惯），但她也从不会去采取主动打招呼的姿态。人们望着她，这么漂亮的一个女人，是谁家的谁呀？湛玉太熟悉人们的，尤其是男人们的脸上的那种表情了，但她却找不到有任何心情喜悦的成分。她只想若无其事地走过去就算了；矜持，从心里到表情，她都感到一种无法升温的冷漠。谁的谁？她不就是他的妻子吗？而他，已是个圈内人人皆知的名作家了。这是任何目前还不知道她是谁的人稍一打听便可以了解到的事。但湛玉并不喜欢这么个身份，一个始终纠缠着她、令她徒生烦恼的思想是：我自己是谁？谁才是我自己？为什么他不能是我的谁？而一定要我才是他的谁呢？

她怀念那段他俩新婚后不久，居住在位于黄浦、静安交界处的那套老式工房二室户里的日子。就是那套后来他们又从那儿搬走，再搬到复兴路这边来住的老工房。至少，那套独门独户的老工房是他俩第一次真正拥有的属于自己的温馨的巢窝——人在什么也没有的时候，一旦获得了些什么之时的欢欣感和幸福感是最珍贵也是最难忘的。

那是20世纪80年代初的事了，那晚，湛玉从她的工作单位回家去，一路上心情欢乐得像只随时都会起飞的小鸟。她将平日里带饭的塑料饭盒洗干净了，顺路装了几样熟菜，又买了一包兆正平时最爱吃的椒盐花生米和两罐易拉罐的力波啤酒。她用钥匙轻轻开了家门，见兆正正背朝着门，全情沉浸在了工作中。她记得这是个盛夏的傍晚，家里所有的窗户都打开着，弄堂里的和街上的纳凉人的嬉闹声和卖瓜人的叫卖声不断地传进屋里来。她从背后望着他，见他坐在一张藤圈椅上，藤圈椅搁在一张小方书桌前，而藤圈椅小书桌以及他自己都挤拥在几米见方的用一座一人高的立式杂木书柜所间隔出来的一块相对独立的领地上。有一盏十五瓦的日光台灯打开着，白色的灯光笼罩着兆正的那颗正专心一致伏案创作的头颅。他穿一件汗背心和一条短裤衩，脚上拖一对交叉带的海绵拖鞋。几尺之外，一座十二英寸的华生牌摇头扇临时搁放在一把折叠式的餐椅上，摇头扇转动着，风力掠过，从后面把他汗背心的宽大背带吹得一飘一飘的；还有他的那片密密黑黑的腿毛，也在台灯惨白色的余光之中颤颤悠悠。

她轻轻地掩上了门，将饭桌上的他中午吃完饭还没来得及清理的筷碗酱碟都朝一边挪了挪，然后再将自己带回家来的食品罐酒摆放了上去。她蹑手蹑脚地来到他背后，站定，看着他如何飞快地往方格稿中填入文字，填入自己的思想。完了，他搁下笔，长长地吁出一口气来。他拿起桌角上放着的一只保温式的凉茶杯来喝了一口，然后放下。突然，他意识到了什么，转过脸来，见到了正站在他背后的，全身的大部分都隐藏在了幽暗之中的她。

湛玉想，她当时的脸部表情一定是满含着一种笑了，一种兴奋的神秘的笑。兆正第一时间就猜到了，他说：这是真的吗？在这黄昏的光线中，他的那对乌黑乌黑的眸子深邃悠远得就像是一条没有尽端的巷弄。她使劲地点了点头。他一把拥抱住了她，他在她的耳边热切而深情地反复说道：“谢谢你，亲爱的，谢谢你！……”他的声音遥远含糊朦胧得有点像是一种梦呓。

一个月之后，他们便搬到那套二室户的工房里去住了。

又过了半年，他们有了女儿秀秀。秀秀生下来之后，他们又请了一个安徽小保姆——就是现在仍跟着他们的这一个——专职洗炊、打扫和领孩子。他们让保姆与孩子睡一间，他俩睡一间，于是，他俩便有了属于他们二人世界里的更多的时间与空间。而且，现在客饭厅是客饭厅，厕所厨房是厕所厨房；他们又将主卧室的室内露台用铝合金材料封闭起来，变成了一间与睡房能直接相通的阳光书房。白天，湛玉上班去，兆正则在阳光与书堆间从事他那份名成利就的职业；傍晚，湛玉回家来，常见到的一幅人生景象是：兆正站在老工房的公用的门廊口前等她。周围邻家的孩子和主妇们跑进跑出唧唧喳喳,但他却笑吟吟的,一动也不动地望着她远远向他走来的姿态,不发一言。每逢这当儿,她便知道,这是他一天创作进程顺利时。他们便索性不回家吃晚饭了,就近找家干净一点的个体小饭馆,坐下来,叫一扎生啤、一碟炒鳝糊和两碗宽汤肉丝面什么的,吃得热乎乎晕东东地再回家去。他们很默契地,甚至可以说是合谋了地将女儿和保姆提早轰回自己的房中去,熄灯、就寝。他俩有他俩自己的亲热方式,她老喜欢先去香喷喷地洗个热水澡,然后,换上件宽大腰带的浴袍,完了,再与他一块儿坐到客厅电视机的矮柜前那张三人长沙发上去。那些年,他俩做爱的频率一般一星期都有好多回,而且还需要一段相对从容的时间以及一个从客厅到睡房的宽敞的活动空间。对于性生活,她有她的习惯。她的习惯是:要她来主导全过程,操控全过程之中气氛的上落和涨退,而不是对方。而他,偏偏又是个甘愿永久充当配角之人——其实,那种情形,从他自背后偷偷瞅她的少年时代已经开始。

对于这段时期他们生活之中的一切细节,湛玉都觉得很满足也很受用。其中的一条主因是:这能为她找到一种感觉;因为就感觉而言,而且从逻辑上来说也一样:这一切都是由她为他和为这个家所带来的。她很喜欢这种感觉,也很享受这种感觉;她觉得兆正的成功之中毫无疑问地有她的一份,她绝对有权来享受他的一切人生荣誉。况且,那种荣誉在当时来说,也并不显得比她自己的更光彩夺目多少。他俩相辅相成,在他们自幼就向往无限的文学天空中很有点比翼双飞的味道。

当然,旧居生活令她怀念的原因还不限于此。

那段日子,也正是湛玉自己在人生事业上平步青云的日子。从报社调去出版系统后不久,她的能力与才智便开始受到领导的重视。这还不说,最令她出乎意料的是:偏偏以前从来就让她在学校和社会上最矮人三分的家庭出身,不知从何时开始忽然变得愈来愈吃香了。再没有"剥削阶级"一说了,现在在民间悄悄流行起来的意识反倒成了"剥削有功,创造繁荣"了。人们说,以前三四十年代的上海为什么那么繁荣、那么富裕、那么国际大都市化?后来到了五六十年代,上海为什么又愈来愈变得清贫起来、闭塞起来、故步自封起来?那还不是因为消灭了所谓"剥削阶级"的缘故?

这些话，她都听得很是入耳。

再渐渐地，甚至那些从来就最强调阶级立场与观念的党团干部也都开始转向了。一般说来，他们对形势嗅觉的敏锐度总要比常人高出若干百分比，他们是政治学科上相对成熟的一族。他们的集体转向是颇能体现出一种社会风向的改变的。如今，他们采用的手法通常是：先着手模糊自己以前曾无数次填入出身栏目中的三代劳动阶级的成分，说，他们其实在祖辈族谱上的某代的某个人也曾创业，也曾是个开过一爿半爿店铺的小业主，又说某某的某某不一早去了香港去了台湾去了海外？只是年久疏于联系（当然，那些年的形势也不容你去联系），后来改革开放了，人家寻根寻了回来，大家这才抱头相认，泪眼对笑眼地认了这门亲戚，云云。如此说法，当然叫人真伪莫辨。而且说多了，听者麻木，信者也变得愈来愈稀少了，倒是湛玉，不用说，才是个大家一致公认的真货。这令领导和同事们对她都刮目相看，更加眼露敬慕之色了，说，大人家出来的大家闺秀毕竟是大人家出来的大家闺秀，大人家出来的大家闺秀就是与众不同，如此这般。

这些话，她听来就更加入耳了。

这样的人才，理应才尽其用。于是，她在出版社里的被重用就显得有点合情合理，也颇合众望所归了。几乎没有什么太大的人事障碍，她从编务人员、助编、编辑、副编审一路升迁上去，最后终于停留在了编辑部主任这个行政职务上朝前不动了。但她已很满足，她连大学都没上过，而如今社里头的硕士生也有好几个。再说，这个不大不小的职衔，在一家出版社来说，也算是个相当有实权的中层干部了，外面的世界她见不着，也用不着她去想象和操心，反正在本单位里，凡人见着她，笑脸与哈腰一类的姿态还是少不可免的。

这种形势至少在 1989 年之前一直是如此的。然后便到了 1989 年，中国逼近了她那 20 世纪的最后一个十年。

晚春的某一天，湛玉一早上班来到编辑部。她见到编辑部里人人都显得很兴奋，大伙儿围成堆，谈论着什么。连长病号也都赶来单位了，还有那些个平时在办公室里存在了等于不存在的木讷之人，现在也都站立在人圈的外一层，结结巴巴的，想插嘴，但又插不上嘴，急得脸都憋红了。

湛玉感到好笑，她在自己的座位上坐了下来。

这些天来，谁都没有心思上什么班了。社会上的形势已经开始变得风起云涌，大有山雨欲来风满楼的感觉。这股飓风的成形处是在北京，准确地说，应该是北京城里的那一片广场上。广场上有一座纪念碑，开始的时候，纪念碑的四周堆满了花圈，有人在碑座前发表演说，有人写诗和朗诵诗。人群激愤了起来，于是，旋风的中心气压便一点一点地形成了。后来，飓风从广场刮上街去，刮遍了整座北京城，再从北京吹向全国，吹来了上海。

湛玉从中感受到了“文革”初始，各校停课，各厂停工闹革命时的那股子猛劲。那是1966年初夏的事，她才十七岁。就像这回一个样，当时，每个人的心中扑腾着一种莫名的兴奋，都以为改写历史就从这一刻开始。但后来，证明酿成的是一个空前的长达十年的历史悲剧。这一次的结果会不会也一样呢？她相信不会：因为，时代毕竟不同了。

当然，从十五年后的今天回首，一切已清楚不过。然而在当时，就谁也弄不清究竟是怎么回事。整个社会就像是一条被斩断了缆绳的大船，在波涛汹涌的海面上滴溜溜地打转。各单位在看市里，市里看中央，局势怎么发展？没人知道。

湛玉整理着自己桌面上的文件和稿件，显得有些心不在焉的样子。她见到有几位同事正向她的桌旁靠拢过来，他们站到了她的办公桌前。下午，社里要召开全体员工大会，会后，再一齐上街去游行。他们要求湛玉也能代表编辑部在会上表个态，说几句。湛玉不语，但决心已经悄悄下定。

其实，在这之前，一些文人早已在蠢蠢欲动了。他们在暗地里振臂激昂，在台底下摩拳擦掌已有好多年了。他们踏上红地毯，登上世纪讲台，他们呼吁说，先有了物质文明才会有精神文明，历史的脚步不等人哪，而只有纳入了国际大潮流的民族才会有自己真正的生存空间！这类话都说得很有感染力很有鼓动力，这类话换来了千千万万民众的欢呼。

湛玉毫无疑问地认同和赞美这些观点。而她的自我感受却有点是跨于两者之间的：她当然是属于那千千万万欢呼人群中的一个，但她似乎也属于那一批批登上台去慷慨激昂中的某一个。她平时一般都很冷静、含蓄,也颇有克制力,但在那会儿,她真有点激动了。那天下午的员工大会,她一反常态地上台去,做了一篇措辞相当激烈的发言。她说,这是我们这代人不可逃避的历史责任——难道不是吗?它落在我们的身上,就像七十年前的五四时代它落在了我们的父辈身上一样。我们的父辈摧毁的是一个腐朽不堪的封建体制,那要等待我们去摧毁的又是什么呢?她没说穿什么,她只是提出了一连串的反问句,她认为这样的提法会更有力。

她的发言博得了全体与会者的热烈掌声。她从讲台上走下来,回到自己的座位上去,她的双颊因激动而变得嫣红剔透,显得比平时更加光彩夺目。她的自我感觉好极了,她觉得,只有在此一刻,她才真正走进了一个属于她自己的生命角色中。

但事情并不像湛玉,也不像许多人预料的那样发展。后来,出版社里就有人提出也要同她来个秋后算账。而提出秋后算账者正是当时对她的发言报以最热烈掌声的人。但毕竟,群众的大多数还是讲道理的,而经过了"文革"洗礼后的领导也是有理智和理性的。他们都出面保她,说她也只不过是受了点社会上某种思潮的影响罢了,根子不在于她本人。再说,那次的发言,她也没说什么呀;她一贯积极上进,工作认真负责,品行又端正,她爱国爱党之情不容怀疑。如此这般,才让她的事情不了了之过了关。

其实,湛玉自己倒并不太在乎这些事的,她的性格中素来就有一种敢做敢当的成分。只是在"敢做"之先,她一般都会有一种深思熟虑的习惯。而一旦做了,也就做了,她不会推更不会赖。那一个时期,不知怎么地,她的思想空前活跃,情感也特别躁动,有一种像是沸腾着的岩浆在地壳之下涌动,时刻准备攻其薄弱环节喷柱而出的强烈的豁出欲。她本来就喜爱看那一类书,现在,她更是去资料室找来了几乎所有的18、19世纪的世界经典名著,没读的读,读过的再读一遍。这都是些写实主义大师们的巨著力作,作品气氛浓烈,场景庞大而逼真,人物更是一个个地被大师们雕凿得入微肌里,呼之欲出。她完全沉湎到了这些小说的情节与氛围之中去了。其中尤以法国大革命时期的文艺沙龙,那一片片星罗棋布地存在于那个腥风血雨时代中的艺术与人性的绿洲最叫她醉心。小说往往是以一家或几家沙龙的聚会活动为主轴背景来做辐射式的情节开展的。而那个时代,这类沙龙的主持人往往又是一两位贵夫人,高贵、美丽、富有,同时又精于学识艺术音乐哲学，拥有迷人的社交手腕；所有的大作家大画家大艺术家以及革命者都不约而同地来此聚会，他们围着她(们)团团转，一个个地与她(们)发展各种不同形态的暧昧的情爱关系。湛玉向往这种生活，她几乎都将自己幻想成了其中的一名女主角了。

但这段历史和这幅历史场面并没有在 20 世纪末的中国社会重演。1990 年过后，中国进入了一个全新的价值观时代。

那种一日千里的经济形势和排山倒海的市场阵容反而令湛玉有些感觉不适应起来。同时感觉不适应的还有那些昔日曾经登台呼吁物质文明时代赶快来临的文人。他们先是困惑，次是怀疑，再是有点不知所措，最后，竟然都愤愤然地都带点儿对抗情绪了。情势是这样演变过来的：物质先开始“文明”了不久之后，便很快全线泛滥了起来。天底下的事情，尤其是中国的事情，不做则已，一做往往过火，这回也差不多。作家文人们的社会身价开始贬值，形象淡出，影响力也随之而降低了。这是因为社会自有它愈变愈强烈了的兴奋灶，那便是钱。它压抑了人们对其他一切的兴趣。别的道理暂且不说(其实也无法说清)，千不该万不该，最不该的是：社会居然也漠视起了他们这一批精神贵族的存在，要知道，中国历朝历代走过来，无论当政者换谁，他们从来便是某种社会特权的当然享用人啊。但没用，从西方全盘借鉴过来的实用主义的价值观绝对蔑视这一套。传统？传统算什么？尤其是中国特色的传统。不是说，我们正是在这种传统的腐朽气息的熏陶下足足滞步缓进了几千年么？不是说如今国门打开，我们都要迎接国际大潮流的神圣洗礼么？所谓“国际大潮流”，其组成的主流文化便是西方传统和全套西方的价值观，懂吗？文人们哑了口，好龙的叶公们如今谈起龙来，也都显得有点色变兮兮了。

恰巧，兆正和湛玉的搬家也赶在了这一个时期的前后。

于是，她搬来新居生活后的压抑的心情便显得有点儿有迹可寻了。但严格说来，它的成因应该是双向的：不单是那些名人住客对她造成了某种心理压力，反过来说，她也没从心底里去瞧得起过那些名人。她太了解他们了，尽管囊中羞涩，但还得一个比一个装得更阔绰、更豪气、更显赫、更见惯大场面和更脱俗离世，当然也就更不能与常人一般见识。他们暗中觊觎的当然还是钱，但当着人面却总是扮得十分洒脱，表示说，钱这东西算个啥？我等从来就没将它放在心上过。他们生活得其实也很累；他们最理想的赚钱模式是：既能保住面子（在他们的圈子里，名声的面子很重要）又能赚到“夹里”（在他们的圈子里，钱的“夹里”也一样重要）；不花什么大力气，便能将自己名声的软件于对方的不知觉中将他们钱财的硬件给诱引了回来。湛玉看得真切，想得明白，她在心里直发冷笑：瞧你们折腾的，这年头，我看，难！她从来就是个傲气过人的女人，这会儿她看不起她的这班芳邻就如当年在学校里，她从没看得起过那些从穷街上出来的，却自以为自己有着红透三代人的家庭背景的狗屁同学一样。她一直有她很强大的直觉，而她，又是个毫无疑问地跟着直觉走的女人。她的直觉是：眼下，能令她心仪的男人还没出现，反正这人绝不会是类似于这幢大楼住客中的某一个，当然，也包括了兆正在内。

与此同时，她也开始敏感到出版社，其实何止是出版社，而是整个文化系统里的某种不寻常气氛的渐渐成形。此处彼处，这里那里，人们似乎都在背地里悄悄地酝酿着一种巨大而又根本的生存形态上的改变。如今清雅清淡清高换不了饭吃，怎么办？社长总编压力最大。他们找湛玉来商量，说，你父亲以前开过厂做过大生意，你也一定会在这方面有特殊的天分和头脑。接着，又召开全社中层干部会议，压下各种创利创收的指标和任务。所谓领导，都是这样的：上面压下来，夹在中间的他们便将指标加了码分流分压到下边去。完了，待到收割的季节到来时，除了能收获到向上交差的那一份之外，自己这儿还能多留一份额外的，以备不时之需。湛玉觉得大家都有点不务正业的味道了，但什么才是“正业”？领导解释说（领导的领导也是如此解释给他们听的）：只要能赚到钱而又不犯政策错误的，就算是正业。她当然不很同意这种提法，乍一听，甚至都有点儿起反感了，但她却也说不清楚个中的道道来。再说，这么多年来，服从领导也服从惯了，体制决定了他们那些当下属的人不需要，也不必要，更不应该去多想点什么。思考是人类的一种功能，长期不用，也就退化了，而退化了也就安分了。现在，领导又指明了方向，不朝前奔，行吗？

不过有一点，她是愈来愈深刻地意识到了：如今只有钱这一样东西才具备了能压倒一切的气势、气概和气魄，因而也只有钱才拥有了真正的发言权。

说是这样说，但对于赚钱，其实，湛玉也与别人一样地一窍不通——

她觉得，家庭的遗传特质到她那一代或者已经退化？但她还是搜肠刮肚硬着头皮向领导提出了一些所谓的“创收”的方案和计划。比如说，卖书号出书；又比如说，向上头申请一个刊号，办一份畅销型的软性类生活杂志；再比如说，与港商合资搞一家彩印厂承接社内行内甚至社会上的各种印刷业务等等。甚至于，有一些建议都几乎要豁出到文化的圈外去了（你不是要我们大胆设想吗？——她笑眯眯地向听取她汇报工作的领导做出如此解释），诸如开一家书店，再兼经营几张咖啡台座，让客人们可以边喝咖啡边聊天边拣书来阅读；或索性就开一家以文化特色为招徕的饭店，来个一不做二不休，索性下海去大干他一场，等等之类，乱七八糟一大堆。

领导当然不会全部采纳，领导毕竟是领导，领导有领导的地位和权威，也有领导的艺术和胸有成竹。再说，除了湛玉，别人也有交上来的一大堆方案。然而，就其中一二，经过上上下下的反复研究和探讨，还是有了些共识。于是，便准备一试。但不试不要紧，一试便知道了深浅。凡纸上谈兵的方案，一经实施，十之八九都是以失败还以招惹一大堆麻烦事而告终的。还有一二也最多是打个平手，不来不去，做了等于不做。看来，生意经这东西不好搞，钱没那么容易给你赚到手的啊！湛玉想念起了自己的早已去世了的父亲，心里有些怅然，更有些难过。她突然明白：原来，她是那么地爱着父亲的；童年时代、少女时代的她只是将这种情感压抑着，没曾也没敢充分表达出来。但等到她希望表达时，却已没有了机会。她觉得自己有一种说不清楚的前所未有的失落感，在这个辨不清东西南北价值观的混沌时代，人老像是吊在半空中的一件悬物，任凭空穴来风，将你吹向这边又吹向那边。

但有一样东西是绝对信实的：那便是钱。钱是一根绳索，不攀紧它，谁都会跌入到一个无底的深渊中去，万劫不复。

从表面上来讲，她开始对一切能赚到钱之人，尤其是那些能不露声色、举重若轻赚到钱之人——比如说自己的父亲，还比如说谁，连她自己也说不上——产生出了一种别开生面的认识和由衷的崇敬之情；但就内里而言，她感觉到的是一种焦虑和渴望的煎熬：焦虑她会永久地失去点什么以及渴望能拥有和被拥有。她朦朦胧胧地意识到这可能是她的某个童年情结的延伸与形变。

拾柒

让时光再一次倒流。1968 年，1968 年的一个清澄的夏夜

Let time roll back once more. In the year 1968, a clear summer night of 1968

让时光再一次地倒流回三十五年前。1968 年，1968 年的一个清澄的夏夜。

亮晶晶的星斗在墨蓝色的天幕上静静眨着眼的时候，整座城市都辗转反侧在一个巨大梦魇的压迫中。街上，已空无一人了，打粗红杠的、姓名倒贴了的大字标语沿着灰褐色的工厂围墙一路张贴过去；也有直接蘸着黑色或鲜红的涂料挥写在墙上的，“紧跟”还是“打击”一类的标语，即使在这静夜里也有一种呐喊的知觉。

我不敢行走在空旷的大街上，尽量拐弄抹巷，假装成一个忙碌了一整天的“革命小将”正急急赶回家去睡一宿的模样。但我却从未在任何一个门牌号码前驻足过，事实上，我是有家归不得。我是在黄昏时分离家出走的，那时，家刚被抄，抄家队伍还没有离开，我就从后门溜了出来，在街头一直踯躅到现在。不，我绝不能回去，我知道，一定会有人在家中等着我的。他们要抓我去隔离——隔离审查是那个时代的那个国家常见的群众专政的手段之一。

这是我一生之中最长的一夜。清澄的盛夏之夜，有流星曳着长尾巴从天空上飞过，掉到弄堂砖墙的那一边去了。从弄堂窄窄的甬道望出去，不时能见到头戴藤条帽、手持长矛的文攻武卫队员走过的身影，二更天的月光在他们的金属矛尖上闪着冷辉。那时代，上海人早已被禁养狗了，但猫，尤其是游荡的野猫的数量仍然众多，它们在深夜的墙角或屋脊上发出凄厉的叫春声，互相拱背趴爪地诱惑对方，或呼的一声从你胯下冷不防穿

过，吓出你一身冷汗来。

那时，我十九岁。

后来，我去了香港。在往后的几十年的噩梦中，仍会有那幅场景的变了形的反复而又反复的再现。20世纪60年代的上海东区那一带的弄堂，一条衔接一条，一弯尾随一弯，垃圾箱、小便池、老虎灶、供水站，我就怎么走总也走不出它们迷宫般的版图。一切都逼真得很：有月光有流星有野猫有冷辉闪动在矛尖上。我想，我是在寻找出路要去到某处，某处类似于出境关卡的地方，那里有我的护照，我的行装，我的正焦急地等待着我的亲人们。但我是怎么搞的呀？我不是早已脱离了那片土地了吗？我不是下了决心永不回头的吗？我怎么又会重投罗网，我是怎么搞——怎么搞的呀！在沉重如跋涉在外星球的梦境里，我始终悔恨不迭。

我踢开了被子醒来，有时发觉自己仍在香港，有时是在上海。梦的一部分是现实。而人，一只脚已踏进了清醒里，一只脚还留在梦境里。是啊，为什么我还要回来？我问自己，而且还如此热切地时时刻刻地盼着能回来？或因她，或因他，或因我自己？或因那无数个你你我我他他（她她）所组成了的，而后又遗失了的记忆细节？或者就是因为了那块土地的本身？总有那么一条半条生命的基因在我灵魂的深处呼唤，叫我无法抗拒也无法躲避，不论是对了还是错了。

但结果，我还是被隔离了。不是我回家去自投的罗网，而是我在街上经过了两夜一天漫无目标的溜达后，终于让人给发现了踪迹。

我被关了起来，关在东虹中学教学大楼的顶层。教室那时已不做上课之用了，课桌合并起来，让我们这些被关押的师生当床睡，课椅则堆垒在教室门口，阻止有人逃跑。教室里空荡荡的，黑板上方的一大幅毛主席在天安门城楼上向红卫兵挥帽的相片，为的是让我们这批罪犯或准罪犯在每日早晚一次请罪时能有一个做三鞠躬的方向。

我们这些罪犯的嫌疑源头是：约莫一星期前，在大楼扶梯转弯处的男厕所发生了一起“反标”事件。“反标”是手写体，极其潦草的字迹匆匆地写着“打倒白面奸臣××！”几个粉笔字。标语写早了三年，三年之后就是这同一个××，盗机出逃，最后坠死在异国的荒原上。但在当时，“反标”的出现是一件足以将整个东虹中学师生的情绪都煮沸腾起来的大事件。

霎时间，操场的检阅台、篮球架和扩音喇叭的支架上都吊挂满了墨迹未干的大标语和大字报：“敬祝我们心中最红最红的红太阳毛主席万寿无疆！万寿无疆！”“敬祝我们的×副统帅身体健康！永远健康！”“谁炮打毛主席司令部就砸烂谁的狗头！”……人们争先恐后地表达一种忠诚，并开始全力清查那个躲在暗角落里放射反革命毒箭的阶级敌人。

“反标”不是我写的，当然不是。我之所以会被莫名其妙卷入其中的直接缘故是有一天入晚时分，我恰好完毕工序从男厕所里走出来，就有一道手电筒光向我照射过来，问：谁？是胡伯，这位一直保持高度革命警惕的老校工。每晚，他都有握着一支电筒巡视校园和大楼好几遍的习惯，始终就没发现过有什么异常的敌情。但后来，便出现了“反标”。于是，一切便都与我挂上了号：家庭出身，海外关系，只专不红，思想复杂等等，还有，为什么一贯逍遥在家的他偏偏会在这个节骨眼上回校来？

我意识到事件的严重，就尽力提出理据来解答造反派们的疑点。我说，那天我是与某某约好几点几分去学校的，我向他借一本书，不信你们可以去问，去问！

但解释似乎不起作用，成见是一早已经确定了的：这小子，即使“反标”事件与他无关，也绝不会是咱们革命派的同路人！清查他，非但正确，而且很有必要！抄家队伍气势汹汹来到我家时，带头的便是那位脸膛酱红色的“长脚”体育老师。他穿一套军服戴一顶军帽着一双军鞋，入屋前，还带领着一队人马站在我家门口，举着语录呼了一阵口号。

兆正也来了，拖在队伍的最后，当所有的人都从载送他们前来的黄鱼车上跳下来集中到我家门口去的时候，他仍坐在车的栏杆上，不动。那时的兆正，已是一个在全校甚至全学区范围都很出名了的造反队的笔杆子了，所有那些操场饭厅礼堂中的句词精美、语法严谨、推理有信服力的大批判文章一概都出自他的手笔。他愈写愈喜欢写，得心应手，思如泉涌。作家的理念，从那时开始，其实已在地平线的那端向他做出遥远的呼唤了。

他一直没动，甚至当他见到我从后门慌慌张张溜出去的时候，他假装什么也没有看见地将目光全情地投入到对街心的那片火灼灼的阳光的凝视中去。我轻轻地自他身边经过，他毫无动作也毫无反应，但我很有把握：他绝对明白正在他身边发生的一切。

一个十九岁的他与一个十九岁的我，在1968那个疯狂的年头。

后来，"反标"事件终于侦破。作案者是一个比我高一班的学生，姓谢。当时，他和我关在同一间教室里，就两个人。每晚，我都眼睁睁地望着窗外有流星飞过的暗沉的天空，无法入眠。我的心情颓丧得几近绝望，想，这下可完了！我倒并不是害怕"反标"事件会硬栽赃到我的头上来，我担心的只是我那一大批被造反派们抄走的东西，其中有我多年的日记本、诗歌习作簿和自学外语的心得与笔记手册。内容虽然隐晦些，但假如一旦被上纲上线，其严重程度也并不亚于打倒××的"反标"。那年头，在街角处张贴的，让红笔给勾去了姓名的人的名单中，就有不少个是因写"反动日记"而定罪的。

我愈想愈紧张，愈想愈害怕，在硬邦邦的课桌之上来来回回煎饼似的翻身，汗湿了一片之后再换一片凉爽些的。谢似乎也睡不着，我经常听到他身子底下的课桌在叽嘎作响。他坐起身来，同我聊天，他说，你这些问题算些啥问题啊，嗨——他仰天长叹一声之后又再次躺下。半夜里，他惊跳起来，用含糊不清的嗓音呼喊着："不！不！不是，不是……"让那个还在望着星空无法入睡的我紧张地走下"课桌床"去，走到他的边上。见到他已气喘吁吁地稍稍恢复了清醒，浑身上下大汗淋漓。

但没过几天，一大清早，就有几个穿军服戴袖章的人来到了我们隔离室外面的走廊里来来回回地走动。再不一会儿，学校的操场上便开始人声鼎沸起来，我与谢一同被人前呼后拥地押送到了学校的饭堂里。还有几个嫌疑对象也从别处汇集来这里，全饭堂的革命师生一齐站起身来，呼口号，并将目光射向那几只反胆包天的落水狗的身上。

我们被安排就座于正对主席台的第二排的中间座位上。假如今日里观看春节联欢表演，这是安排给首长们坐的位子；可见当时，我们这些人的主角地位了。我们的前后左右都坐满了军服和红袖章，从饭堂的侧门望出去，能见到一辆草绿色车壳的吉普车停在操场的树荫里，几个穿蓝制服的公检法人员正摘下圆顶帽扇着凉风。

一切肯定会有大事发生。我已经忘记了自己在当时的情绪状态了，我只记得谢就坐在我的边上，因为是长排连椅，所以我感觉到不断有椅背和椅座咯咯颤抖的震动波传来，我望他一眼，只见他的脸色与嘴唇都灰白得可怕。

台上在说些什么都千篇一律地在我的耳膜上震动为一种嗡嗡之声，我只有一些那位酱红脸膛的革委会主任在领呼口号时的青筋突暴的模糊印象。突然之间，就有几只戴红袖章的胳膊一齐伸过来，在同一刻采取行动，将我身边坐着的谢从椅子上一把提拎了起来。一条胳膊按头，两三条胳膊拗手，他，便像一只大蛤蟆一样地从我面前，从排与排的隙缝之间挤了过去。

我忘不了那最后的一瞥。这是当我与他，这两个仅同室了几天的难友的目光交错而过的刹那间。我望他的最后一眼也是他朝我望的最后一眼——这是一种不聚焦的目光，恐惧已涣散了他的全部眼神。

谢的故事的后文，我倒是几十年之后再从湛玉那里听到的。后文的场景变成了刑场。

那年头，每逢节日必定都有大规模的镇肃运动，以确保革命人民能有欢度佳节的权利。而那时候的文件与指示的传达又特别多，最高指示之外，还有副统帅的、旗手的、中央“文革”小组成员的、市革委会头头们的。这一年，就有某位通天的显赫人物在某次市革委内部动员会上讲了话。他说，现在国内外形势一片大好，而且从没有像现在那么好过！但反革命势力还很猖獗，他们人还在，心不死，还想做最后的反扑！所以，我们这一次的打击反革命分子，尤其是“现反”的力度一定不能小，决不能心慈手软了！为了庆祝象征属于全世界革命人民的伟大的70年代的来临，我看，这次的人数就凑他个七十的总数吧……而谢，就被包括在了这一批人的名单中。

湛玉说，应该就是在第二年的冬天，元旦前夕吧。那时，我们这几届学生的毕业分配工作都已完成。湛玉去工厂干了半年后，就被上调到一家报社当见习通讯员。她后来的出版社的职务便是从那里转调过去的——不错，在那个年头，这种职务本不适合她那类出身的人去担任的，但无论在哪种年代，她都能证明自己是个例外的幸运者。

又是某回床第之好后背靠着床头板半躺半坐的休息期。湛玉听我说完了我那一次的惊险经历后，一脸的惊奇，“原来是他啊。”她说。

因为要写报道的缘故，所以他们这些传媒机构的工作人员站得距离行刑线最近。她是亲眼看着经过游街之后的犯人们如何一个个地被推下卡车来的，谢首当其冲。她马上认出了他——之前一早，她已经得知有个东虹中学的学生。眼神？她说，她有点记不清楚了，或者正像我所说的那样，是涣散得无法聚焦的那一种。她只记得他穿一件土黄色的人造棉棉袄，有机玻璃的纽扣偶尔在冬日的阳光之中一闪。他似乎已无法再朝前迈一步了，一推下车便双膝软软地跪倒在了地上。在刑警出手将他架空而去前，他死鱼般的目光迅速地扫过所有在场的每一个人的脸，像是在做最后的一次恳求。最后，竟滞留在了她的脸上。可能曾经是同学，她对他有点儿脸熟的缘故？湛玉说，她只觉得在这刹那之间有一股寒气从她的脊梁骨的底部冒升起来……

我说，这人差一点就是我，而这目光，也差点是我的！我俩差点在那刽子手满布的刑场上相面对，而不是在这张温软的床上相拥！但幸好，不是。

她说，这是她第一次也是唯一的一次看人遭枪决。她永远无法想通的是：那束目光怎么顷刻间便消失了？随着砰的一声脆响以及一缕淡淡的蓝烟，那束在几分钟之前还停留在她脸上的目光便永久在这世间消失了，人们开始散去，该回报社去写报道的回报社去写报道，该回工厂去抓革命促生产的回工厂去抓革命促生产，该回家去煮饭喝酒打牌聊天的回家去煮饭喝酒打牌聊天，但那颗灵魂呢？那颗可怜的、年轻的、被恐怖吞噬的活生生的灵魂呢？现在去了何处？她想不通这一切，她当然想不通的，这令她好几个星期都寝食不安。

再说回我自己。我的问题并不因“反标”事件有了个水落石出而告一段落。既已入了网的鱼，造反派们是不会甘心把它再次放归水乡的。批斗会、交代会一个接连一个，对象们多半是老师，唯我一个是学生。

那一次批斗会，兆正也来了。

口号声此起彼伏：“革命无罪，造反有理！”“坦白从宽，抗拒从严！”“谁不老实交代，就叫他灭亡！”别人都一个接一个地发了言，唯他保持沉默。站在我一边的是教地理的乐老师，挂着牌子，低着头。他被众人从“反右”年代的反党罪行一直数落到“资反”路线对青少年学生的毒害。批斗惯了，他竟能熟练地弯腰出一种姿势来，一站数小时，就像在练习站桩功。这令我大开眼界。我用眼角的余光望过去，见他两眼半开半闭，花白稀薄的发缕之下竟然还隐隐地浮动着一丝笑容！这更叫我大吃一惊。再望过去便是一长排的课桌了，课桌的后面坐着革命师生们。我留意到兆正从他坐着的座位上站起身来，提着大包的什么去到在课桌长排的中央坐着的那位长脚主任的身边。我的心猛烈地跳动了起来：尽管隔有一段距离，但我能辨认出自己的那本草绿硬封皮的日记本。

我见到那张酱红脸膛抬起来迟疑地望着他。我眼角的余光望不见他的表情，只有他脸的侧面、他的动作和他的手势。总共也不过三个：指指物件，摆了摆手，又摇了摇头。我清晰地记忆了它们三十年，就像刚发生在昨天一样。

而它们竟成了我与他之间在视觉交往上的绝响。

这次之后的没几天，我便被释放了。再以后，勉强内定了个"反动学生嫌疑，不予分配"的含糊结论，退回街道了事。

我后来才听说，是兆正向校革委会写了一份情况说明和做了担保。他说，从我家抄去的那些东西他都很认真地看了，没什么，小资情调而已。这账就是要算也要算在万恶的"资反"路线的身上！他说得言之凿凿又义愤填膺的样子，让人听了半信半疑但又不得不信。那时候，对于这一类问题的看法与评断，他有一种发言上的权威性。

我逃脱了。没有公检法，没有吉普车，没有壮汉的胳膊和手铐。当那张险恶的大网正企图收拢时，我及时滑脱了。这是一个自己向自己不知重复讲了多少回的惊险故事。每次，只要当我的记忆的触须触及其中的任何一个细节时，故事便会一丝不漏地再重新放映一遍。人生之途险哪，每一个人都在漆黑之中用脚探摸着前进，差一步就是粉身碎骨的悬崖边缘，但因为你跨出的是另一个方向上的另一步而令你因此拥有了可以再多活几十年的生存权。

他、她、她以及我。于是，便徐徐地织网出一个可以互相贯通的人生故事来，而当一个局外人的谢姓的他突然失足，跌进深渊时，他绝望了的惊呼从三十年前的谷底传上来，至今让人听了毛骨悚然。

天色已经黑透了。三十多年之后的那个傍晚，我步抵上司徒拔道与山顶道的转接口上。山势已经相当地陡高了，远远望去，被灯火燃烧着的香港全岛与九龙半岛隔着黝黑黝黑的海面互相对峙着。我转了个大弯，决心顶着迎面吹来的强劲的山风继续向山顶的最高位置攀登。我呼吸着的这股带潮腥和叶绿素味的空气就是三十年之后流动在香港半山区的空气吗？我突然感到连自己的存在都有些不真实起来了。

拾捌

财富的背面

Behind the wealth

夜色愈来愈深浓起来的时候，雨萍还是一个人坐在大客厅里，她没有去把灯打开，她待在黑暗中。

权将它当做是我从酒柜上取了串钥匙，换了双鞋，然后轻轻带上了大门，沿着大坑道一路走去的那同一个黄昏。这样，也许会更方便故事的叙述和增加它逻辑上的连续性。其实，如此情景几乎可以剪接进雨萍的香港生活的很多章回的上下文中去。可能，这个夜晚与那个夜晚压根儿就是毫不相干的两个时段，但在回忆中，它们贴近得几乎重叠。当然，最终她还是会去将客厅中的大吊灯打开，让它放出一屋的光明；她也会跑到露台上去张望点什么，然后又跑回客厅中来忙碌些什么，坐下来打个电话或接听一个电话之类，但在此一刻，她什么也没去干，她只是坐着。

客厅很大，她就一个人坐在它的一个角落里，感觉着暮霭如何从露台的那边渗透进来，然后将客厅中的陈设一点一滴全部吞噬干净。她经常这样来度过时光，慢慢地习惯成了自然，而自然又演变成了一种癖好。事实上，雨萍也喜欢这种情趣，她从来就是个心安静得下来的女人。这从她当姑娘的时代已经开始。她有一种随遇而安，不太会让烦恼上心的个性。而来到香港这么些年，她完全像是个被抛入了一片沙漠里的孤独的旅人，周围的一切对她都是绝缘的；而渐渐地，她也把自己向周围的一切关闭了起来。人们说，香港是这人世间最充满诱惑力的一块地方，但当她从铜锣湾花花绿绿的街景中经过时，她感觉这是一片一望无际的物质与欲望的海面，而她人性的小舟在其中载浮载沉。

这儿与她童年时代上海的记忆太不相同了。那个时代的上海虽然贫困，虽然脏穷，虽然还时常会有些担惊受怕的日子，但不知怎么地，在这社会的表象之下，总少不了还会有一些生命情趣的绿色在那里萌动、抽芽。就好比一声遥远的叹息，一旦叹息出来了，其中倒也包含了一种抒发一种感慨一种释放了。或者说，那是一帧差不多已有点儿发黄了的黑白老照片，再差的影像设备、技术以及光线，都消灭不了相片上那些人物和景致的韵味。而今天，在香港，虽然天天都在出炉着一幅又一幅的彩色生活的海报，色泽艳丽，科技精湛，成本昂贵，材料优质，但却没有任何情趣可言，也缺乏景深度，她觉得这生活薄，薄得像张纸。

她不知道，这会不会是她的错觉或者偏见？她从来便不是个自信心很强的人，她需要借助些什么来增强它。于是，她就将兆正表哥的作品拿出来再读一遍。这是她在苦闷孤单的香港生活中唯一可以汲取点什么的精神泉源。当她将作品一页一页地翻阅而过时，他们那代人共同经历的日子便又奇妙地复活了。在那个政治强迫人们必须将一切隐私的窗口都打开的时代，人们都不懂遮羞地生活在一个精神完全裸体的社会大群族中，资源共用，喜乐共享；没有隐私意味着不分你我，从某种意义上来说，人性的交流在那个时代充分得无法再分清彼此。从相隔了时空的今天来回首，那倒成了一种怀旧，带上些苦涩的温馨的怀旧。

这种病态了的怀旧感后来在 20 世纪 90 年代末的中国大陆也逐渐地弥漫、流行起来。只是雨萍要比一直生活在大陆的人们早了十几二十年。原因就在于她在 20 世纪 80 年代初就来到香港定居。

其实，当年雨萍申请来港并与我结合而共同生活纯粹是一种偶然机遇的撮合。我早她几年来港，她如今体验到的港式生活我早她几年就开始体验。上海存活在记忆里：既是恐怖又是温情。而当那温情的一半呈夸张形态地投影在了我的记忆屏幕上时，我总是会自觉不自觉地去寻找出那个聚焦的中心来，它便是雨萍。就在这时，我接到了雨萍的来信，我迅速回信，语气真切而诚恳，我只想找回自己丢失在上海的那一半的梦。

人的感情有时是可以寄生的。她将她对兆正的感情寄生在我的身上，而我则将自己对青春岁月的怀念寄生在她的身上。我俩结合了，互相吸取着对方寄生体上的营养成分，成长为了一株另类的感情植物。

如此说法，其实只是人在过了天命之年后的一种回首与反思时的结论，在哲学与心理学的层面上或者还有点意义；对于身临其境者，充其量只不过是一种理所当然的活法罢了。如把人的感情比做是一条长河的话，它既有源头，也有出海口，如此而已，并不深奥。有一次，雨萍委婉地自我表述说，其实在当时，她是完全不知道我的家庭原来还是香港的一家有钱人家。她说此话时的神态显得羞涩而文静，还带上了一点小小的局促不安。我笑道：那又有什么不同？她说，假如当时她就了解实情的话，她或者……她将话头在此打住，她生怕说出来会伤害了谁的什么感情。我说，当时？当时别说你，就连我自己也一无所知。你想，像我父亲这么一位守旧而传统的生意人，不到关键时刻，他能将他财产的实情随便透露给他的一个在红色大陆生活的儿子知道？这倒也是……她笑了，笑得有点苍白。

应该说，我与她都是心照不宣的，我在其中藏进了一份狡黠。她指的是她给我写信的那一次，而我却故意将时间再朝前推移了十年，我俩一块提着一张小板凳去街道办事处学习听报告的那会儿。

然而，大家终究都没有说穿。

雨萍将话题偏出了一个小小的角度去。她说，她从小家境清贫，也清贫惯了。清贫有时不是件坏事，清贫之人清贫之家多了点生活的负担，却少了些生命的负担。她还想说，她从没将贫寒贫穷看做是一件不能忍受的和不光彩的事儿，其实人需要的是：即使生活在穷困之中，人与人之间仍要有一份真诚、体谅、关爱和互慰，这样的人间才有温暖。当然，那后半截话她并没有直接向我说出来：这是我站在一个作者的立场而非一个听话者的立场代她说出来的。

她不会说出口的话还包括如下一些她对于钱的感受：时至今日今时，她对钱产生的更有一种浅浅的厌恶感；她说不清太多的理论，但她感觉到在钱的花花绿绿的背后藏着点什么。

雨萍对钱的这种态度我是有所悟觉的。但我始终惊讶于：在这钱之诱惑泛滥成灾的香港，她是如何能持平她的这种心态的？她从不过问我家的生意事，甚至当我的父母都老了，全盘的家族生意都由我接手了之后，她也从不置喙。对于这一切，我已习惯。我白天忙于工作，晚上与人应酬交际。我不太清楚她平时都在干些什么。我只知道在我不用车的日子，她会驾着我的那辆银灰色的平治车到海边或郊外公园里去坐坐，望着大海和山色，消磨一个整天。有好多次，我很晚回家，见她一个人独自坐在不开灯的大客厅中，有时将头靠在那张贵妃躺椅的枕把上，已经睡着了。有时还没有，见我回家，便起身，顺手将大灯打开，让一屋都亮晃起来。她笑哈哈地向我走来说，回来啦？她一般不会问我吃了晚饭没有——她知道我一定是吃了。假如见到我一身酒气，醺醺然的脚步都有些不稳的话，便会立即安排我去大露台的一张藤椅上坐下来，先让夜风吹吹额头，随即替我取来了拖鞋、睡衣裤和宽大的晨褛给我换上，且吩咐菲佣说，快，快去沏壶浓茶来；顺便放水洗浴缸，让先生洗个热水澡再说。我很感动，甚至都有点内疚了，几次都站起身来，表示说，让我自己来，还是让我自己来吧。但她每回都很温柔地将我推回椅子上去，说，没什么，没什么，你辛苦一天了，就先坐着吧。

我洗了个热水澡，重新精神奕奕地回到露台上来，而她也已经多搬了一张藤椅来与我面对面地坐下，中间隔着一张藤质小圆台，一壶香浓的铁观音和几只紫砂小茶杯散布在桌上。露台临空，之下万家灯火万点星光，互相辉映钻闪。我们就这样坐着随随意意地聊着，聊着一个个无关宏旨的题目——我们从不谈及钱或生意上的任何事情；虽然，有时我也有点儿想，但我却未必肯定她也想，事实上，我可以肯定，她并不想。

这种情形，终于出现了一次例外。

那一年，1997刚过，香港回归不久。正当港人还沉浸在一片色彩缤纷的想象中时，正当人们将当家做主的那种感觉都寄托在了特区首脑那一头修剪得很整齐也很得体的寸短白发上时，一场覆盖整个东南亚地区的金融风暴已席卷而至了。

在这之前，香港一片繁世盛景，股价楼价日升夜涨；餐厅酒楼夜总会卡拉OK游戏房，样样消费场所生意红火顾客爆棚。人们盲目投资，辟地开店，认定：遍地黄金，哪有袖手不拾之理？街上出现了排队轮筹的人蛇阵，好几百万一层楼，买起来就像去肉档切两斤腿肉一样地随便。恒指天天破纪录，都达到一万八千点的历史新高了，但报上还在一个劲儿地鼓吹说：三万点不也指日可待？

三万点终究没有到来。恒指在突破了一万八千五百点的顶峰后，便像爬上了极致把位的小提琴音阶，一个带哨声的长音飘忽而过，其后便掉头向下，沙崩而去。音符急速滚落，还没等你来得及反应过来，音程已向下调了整整三个八度。最后，当指数终于在六千点的基准音上一个长奏地喘定，人们才开始醒悟到原来自己虚幻的身价已掉去了三分之二以上。

社会开始了大恐慌。而刚刚只是竖立起个架构，还未及能站稳重心，展开管治招式的香港特区政府迎头劈面就遇上了这么场大风暴，忙手慌脚，操戈应战。

说起来，事情还是有那么一点巧合让人颇费寻味的：1997 年 7 月 2 日清晨，就当参加完毕回归典礼的香港新贵们一个个地卸妆沐浴，然后在柔软舒贴的席梦思床上躺下后不久，好梦还来不及做个开头呢，远在曼谷的金融交易场里，来自大洋彼岸的金融巨鳄们就打响了金融大战的第一枪。他们是经过了长期的擦枪屯弹的战备的，在接下来的几个月中，他们金融的十字东征军气势如虹，所向披靡；下了一城又一城，陷了一国再一国。泰国泰铢、韩国圆、印尼盾、中国台湾新台币、菲律宾比索、新加坡元、马来西亚林吉特，他们的炮口所对之处，一座座的金融城堡溃塌如泥，一国国的政府乱作一团。

马上，就剩下香港一座孤岛了。

都有好几个月了，一向都与美元汇率挂钩的港币实际上已陷入了四周密不透风的各路金融人马的重围中。但一切平静，港币的币值非但奇迹般地岿然不动，还似乎比以前更坚挺了。一场决战的态势渐渐拉开，在香港，这块弹丸之地上，西方的金融大亨们与新生的特区政府以及特区政府背后站立着那个面目模糊的对手互相对垒，各自使出招数。新上任的财政司长满脸自信地在电视荧光屏上露面，他不停地抚摸着他的花领结的边缘，说："狙击港元？——天方夜谭！"一切便扑朔迷离起来，各种政治的、经济的、情报的暗流在香港冲击、回旋、汇合，然后平息。外表看不出什么，内里张力之大恐怕还不是八颗十颗原子弹的威力可以比拟的。

香港坚持了下来——金属铀的体积并没有超越其临界状态。但香港付出的代价却可怕地惨重。在之后的多少年里，香港一直都没能从这么一锤的重击之下恢复过来：楼市股市暴跌七成，无数公司和家庭破产，失业率屡创历史新高，几乎一半的中产阶级都徘徊在负资产的阴影下。香港争到什么了呢？除了面子，就是深重的内伤。当然，这些都是后话了，在当时，人们只知道，那个刚回归不久的香港又再度成了全球新闻目光聚焦的中心了。在这围城的中心，一切人——官员、商人、市民——都像生活在一只即将要炸裂开的闷罐之中一般的窒息、难熬。

其实，在此之前，清醒的西方传媒已在反复地传送和提示某种信息了，这是有关经济在膨胀之中可能形成的巨大的泡沫，并预言了一场泡沫一旦爆破时的末日景象。但一个社会就像一个人，谁愿在好景之时听逆耳的忠言？这也是一种社会的羊群效应（在上帝的眼中，人类从来不就是一群迷途的羔羊？），之前的盲目跟风和之后的互相践踏都出于同一类唯恐不及的心态。

而事情的可悲就可悲在：有人冒领了上帝的这根执羊鞭，抢先将群羊赶进了绝谷。而我，也是这群不幸羊群中的一只。

我几乎将公司的全部产业都押注了上去。人在那种时候是很难抵抗住诱惑的。事后回想起来都有些脊梁骨上都会滚下冷汗来的后怕。我把父亲留给我的全部固定资产都转化为了可供流动的现金，现金的拳头握起来，一下又一下地出击。那些年，我频频得手，公司的账面资产值上涨了好几倍，而这也不断让我获得一种巨大的成就感——至少，我想，我没让自己落伍于这一日千里发展的经济形势。但又有谁能想到呢？这种所谓“成功”其实正是为日后灾难埋下的祸根。铺天盖地的金融风暴降临了，首先高速收缩的便是现金——流动现金。刹那间，一家家公司的不动产——即使再庞大——也都变成了一艘艘搁浅在沙滩上的大船，动弹不得。

银行来电话了——香港银行扮演的角色只有一种：好景时的锦上添花者而决不是逆境里的雪中送炭人。电话说，某某先生，敝行素仰阁下卓越之商誉，只是鉴于形势，我们也不得不收回部分贷款。这是不得已而为之，还望阁下见谅。两周之内，还盼阁下能办妥，云云。语气十分客套，也很谦恭。但两星期的期限，就是再长一点，在这各处银根都十分紧绌之时，谁又能到哪里去调度来额外的头寸？这点，其实，催款人的心中比被催者更明白。但办法还是有的，银行说，事实上，他们已对你搁浅的每一条船都已做出了详细而精确的估值——你还不至于资不抵债么，他们说，他们是愿意助你一臂之力的，开闸放水到你的船底下来，让它重归商海的，要知道：船一旦搁浅，可就什么都不是了啊！当然，这样做是要有代价的，他们又说道，您是明白的，天底下从来不会有免费的午餐。

于是，选择只留下了两条：要么全军覆灭；要么将自己最优质的资产恭手让人，而后再为自己留下一条华容小道，撤退。据说，这便是物竞天择、弱肉强食的天理。谁叫你自己不开银行的？银行才是永久的赢家。市道好的时候，他们与你是同一条战壕里的战友，枪口一致朝外，从市场去攫取利益、利润；当市道变坏，市场变得再也无利可图时，他们便会突然掉过枪口来指着你，说，你不是也曾赚到过钱吗？那就把它统统缴出来吧。事实上，他们才是最有资格说此话的人，因为你有无赚过钱，赚了有多少，谁还能清楚得过他们？他们稳稳地坐在钓鱼台上，愿者上钩。一旦非常时刻来临，他们的客户才突然发觉，原来自己一早已经成了他们的网中鱼瓮中鳖。怪不得香港政府从来就反复强调，香港的金融堡垒是坚固的，银行体系十分稳健。如此作业程序，不稳健才怪。

1998 年 8 月 14 日。我丧魂落魄地驾着车向家的方向驶去。我的思绪乱极了，所有的有价证券的价值都差不多跌去了一大半。在此价位上全数沽出，蚀定了，今后很难再有翻身的机会；但假如坚持不卖，眼下这一关如何闯过？我浑身乏力，精神颓丧得几近崩溃。到家门口了，雨萍笑意盈盈地前来开门，一如往昔。她替我取来了拖鞋，又吩咐女佣沏茶洗缸放浴水。但我说，我不愿再上露台去坐了，我只想回房中去，在床上摊手摊脚地躺下来。我说，我疲惫不堪。她陪我进房来，坐在床沿上。我将头摆在两只叠起的枕头上，望着她的那一张仍然在辐射着笑意的面孔，想，你可知道外面世界正在发生的一切吗？我说，雨萍，我们可能会破产。

但她平静地回望着我，并没有一点儿要将笑容收敛去的意思。我有些惊讶，心想，她不会没听清楚我说了些什么吧？于是，我再说一遍。她开口说话了，脸上还留着些笑的余波。她说，我们一无所有地来到这里，最多，我们再一无所有地回上海去。

一句话，把我说得从床上坐了起来。这是一句意料之外，却又是情理之中的话。我应该明白：这才是雨萍会说出来的话。

我认真地望着她，我必须承认她变了，在岁月的风化作用下，她变了。她变得皮肉松弛，变得有不少细皱纹爬满了面孔，变得目光都有点混浊了，但她分明还是三十年前的那个街道学习班上的雨萍。在之后的那么多年中，她无声无息地消失了，而今天，当人生的困境再度来临时，一个真真实实的她又站到我面前来了。

我很感动。我一把拉住了她的双手，在这外面世界一片惊涛骇浪的海面上，我感觉自己终于踏上了一片安全的甲板。其实说来也有点不太合逻辑：她又哪来拯救这一切的能力？但不然，仅此七个字：一无所有回上海，就将某种藏在我心灵深处最大的安全感给激活了；这是一条生命的底线：再失败，再潦倒，再绝望，回到母亲的屋檐下，我们不照样能像从前一样快乐地生活？我说，雨萍，你再说点什么，再多说点什么吧——我愿听你说。

她笑了，笑得很美很灿烂，又有点腼腆。她说，你要我说什么呢？我是个什么都不是、什么都不懂的人啊。

但接着，她还是说了。她说，我们不要太多的钱——我们干吗一定要很多很多，多得可能一生一世都用不完的钱呢？从前在上海，我们并没有很多的钱，更不知道自己将来会不会有钱，以及会有多少钱。我们甚至根本没去想过这个问题。但现在回想起来，那时的生活并不见得就不是另一种令人向往的生活。钱的数额以及用处仅仅是用来过活的——在这条标准线之下，钱的作用是正面的。再超过，钱就会逐渐变质；它会变成一个掠夺者（其实，钱之本身不也是一件掠夺来的战利品？我偷自想），钱将本应属于人的很多东西都一一掠夺了去：理想、时间、情趣、宁静的心情，还有良心良知的原始美。完了，它还叫人去爱它，爱得它疯狂爱得它盲目爱得它甚于一切，包括生命的本身。这，又有什么意义呢？——你说说，我的这个关于钱的道理是对呢，还是不对？

我想说，雨萍啊，雨萍，你要我怎么来回答你呢？在这么个时刻说这么一番话，如此朴实如此高深又如此真诚！但我却选择什么也没说，我保持沉默。在以后的日子里，随着形势的逐步转危为安，虽然，我对她的这番话的记忆浓度再一次地又愈变愈稀薄了（我不得不坦承这一点），但理智永远在远方的某一处提醒我说：雨萍，只有雨萍，才是那个会在危机的黑暗背景上突然向你显现的一具戴上了光环的形象。

但无论如何，这席话对我今后生活的潜在的心理影响仍然是十分巨大的。自从那次之后，我便开始对钱的这个主题变得心灰意懒起来，我隐隐感觉到，人对钱的拥有之中是藏着一份宿命的。对待这个问题的最佳态度是顺其自然。因为有时，让你千方百计给争到了的未必就能证明是件终极意义上的好事。

也出自这同一个思考角度，我便开始对一切人的对于钱和赚钱这类主题所表露出来的过分热切都会怀上一种本能的警惕。有些事，我永远也说不清，也不愿去向着一张张迷惘的、却又是辐射着强烈的好奇以及兴趣的面孔去企图说清——我直觉这将是一条通往不果之路。

再回到那一晚的记忆中去，应该还有些情节上的延续的。

我想，我当时望着雨萍的无言的目光一定是充满了感激感动感慨以及各种其他复合情绪因素的，这与那一回，在东虹中学的食堂批判会上，当我望着兆正拿着我的那本草绿封面的日记本向长排课桌后的那位革委会主任走去的情形有点相似。然而，雨萍好像并不太受落于我的那种目光，她的眼神走了，望去了别处。她将手从我的双手之中抽出来，起身，取来了电视的遥控器。她说，我们做些其他事，我们看一会儿电视，好吗？

电视荧光屏上正在实况播出政府出面召开的一次记者招待会。港府的三位负责财经事务的最高级官员一起出镜亮相，中间站着的便是那位打花领结的财政司司长。此回，他神色凝重，再不做微笑状，也不摸领结的边缘了。他一字一句宣布说：从此一刻开始，港府将高调介入，正面对抗国际投机家在金融市场上对港汇港股港币的操控和一切狙击行为。战局终于明朗化，坦克阵地战拉开了决战的架势。我一骨碌从床上跳起来，抓住了雨萍的肩膀。我说，你知道，这意味着什么吗？她摇摇头，她不知道什么——她当然不会知道什么的。我说，我们有救啦！

我熄了电视，也熄了大灯，只留下一盏幽幽暗暗的床头灯映照着全房间。我拉起了雨萍的双手，说，今晚，我不想再干点别的什么了，我们……我们就早点儿上床吧。她有些困惑地望着我，但随后便明白了。她笑笑，没做任何表示，只是顺从地再次在床沿上坐下来。

从事后的角度回望，我很难准确地描述出当时自己的心理状态（无论是静态的还是动态的）。我只感觉自己的那类欲望突然变得出奇地强烈。这是一种欲望的混合体，带有报复也带有补偿的性质；这是绝望之中盼待希望能重新降临时的一种心理变奏。我已记不太清楚那时我与湛玉的关系已经发展到什么程度了；反正，在此一刻，我只觉得我需要一个“她”，不管“她”是谁。

雨萍没有拒绝我。她平坦地躺在床上，任我一颗颗地解开她衣服的纽扣，然后再将它们除掉。我是双膝跪在她的身边，干完这些的。现在我记起来了，在我与她新婚后的头几年里，这类情形经常发生，她只是顺从，除了顺从还是顺从。她的表达习惯是：要在一切都成为了过去之后的某个不经意间才会向我暗示些什么。

于是，顷刻之间，我的欲望便开始急剧退潮。当她已经一丝不挂地完全展现在我的眼皮底下时，我感到自己已经到了那种临阵脱逃的地步了。我望了她最后的一眼，我见到她也正用眼睛回望着我。或者，我把她当做是谁了？又或者把谁当做是她了？而她呢？她又把谁当做我，把我当做谁呢？

也许，我与她的心中都明白。

我感到全身乏力，我在她的一旁平躺了下来，久久，不再有动静。她悄悄伸过一只手来，在我俩躺着的中线上握住了我的一只手。她用手指叉进我的手指间，就这么地停留在那儿，静止着，谁也不说什么，谁也不干什么。半晌，她才抽出手去，侧过身去，睡了。她将一大片裸白的背脊对着我，我听到了她发出的一声若有若无的叹息。

拾玖

那本叫《从丑小鸭到女明星到超级富婆》的畅销书

That popular book *From an ugly little girl to a movie star and then to a super wealthy woman*

俗话说，财来运来推不开。指的是人追钱难，钱追人易。因为钱总是跑得比人快，你追她是追不上的。而假如哪一天，钱看上了你，你要做的只是站在原地，不需再做任何劳动，待她主动靠上来便是了。

终于有一次，湛玉的编辑部也逮到了一个能赚大钱的机会；但说是说能赚钱，开始时，还差一点是让湛玉自己给放跑了的。

这是一本由一位著名女影星自爆内幕的类似于文字写真集的自传体小说。小说还采用了一个别致而渐进式的书名：从丑小鸭到女明星到超级富婆。其实，小说的题目已经一步到位地蕴藏了必定会触发一场巨大市场核热效应的一切潜因了。理由无非有二：首先，书名之本身就描绘出了一条最能贴近目前中国社会正在历经的心理曲线；其二更是：这位常让人仰其艳名却不识其庐山真貌的女星此回竟一反常情，开仓派米，在书中将与其缠绵的好几位本来只是存在于传说迷雾中的男主角从内到外、从上到下、从性到情逐一地来个洋葱剥皮层层深入，真刀真枪，绘声绘色。这不能不对她的千千万万的痴迷者产生一种望梅止渴的功效。正如作者自己在后记中十分煽情地写的那样：我的广大的观众与读者才是我永久的情人。就这样，她将本来只有一顶的情人的帽子，魔术般地幻化出千顶万顶来，分戴在了一切的她的仰慕者的头上。

这样的一本畅销书，一笔送上门来的赚头，首先交到了分管文艺书籍类的湛玉的手上。她浏览了一遍稿件，竟然怒不可遏起来，她提起笔来，几乎不假思索地批了几个字：败风坏俗，低级下流，不出！于是，稿件就被搁置了下来。后来又过了个把月，头头不知道从哪里风闻有此事，便将湛玉请去了总编办。总编与社长一起，找她“随便聊聊”。他们笑眯眯地首先表示肯定她的立场和赞赏她高雅的文学和文字品位。他们说，他们自己的看法其实与她的也十分相近嘛，像他们的这么一家享誉全国的一级出版社出这样的一部媚俗的作品是要掉身价的啊。但……但怎么样呢？两人欲言又止，社长笑笑望望总编，总编也笑笑回望望社长，余下的话，其实不说也罢。

书很快便出了。一上市，果然大获成功。一时间，洛阳纸贵，一抢而空，而且屡版屡销，还很快成为了城中茶余饭后最热门的话题。本来嘛，既然是社领导定下的事自然有其理由，这又哪是她的意思可以左右和应该左右的呢？他们找她来婉言一谈，只是为了给她砌几级下台的台阶而已，这点，她又何尝不懂？所以说，根据领导的话去行动还是应该定为一条千秋不变的定律的。那次离开总编办后，她便立即又将书稿捧回了编辑部去，并日夜赶班，亲自督战编校审和版面设计等一切操作流程，以确保书能以最佳的面貌、最快的速度、最高的效率面世，因为这些，才是她的分内事。

但后来的一个意想不到的结果竟然变成了：连湛玉自己也偷偷地迷上了这本书了。她当然不会去赞赏它的文学性、文字品位和创作技巧，她更不会在编辑部当着她的部下们的面去读它和谈论它。明里，她仍然坚持她从前的那个观点(有什么不好坚持的？领导不也说与我的看法一致吗?)，但回家后，尤其是当兆正去了外地创作时，她就一个人靠在床头板上，就着一盏光线幽幽的床头灯，将书琢磨着琢磨着地读了好多遍。她尤其对作者如何能审时度势地从影星向所谓“富婆”身份转变的这一节描写印象特别深刻。在女星长长的恋爱季节中，曾出现过导演、编剧、作家、官僚、摄影师和武打明星等各种男人；对于他们中的有些人，她是情不自禁，有些是逢场作戏，有些则因工作需要。这是一个老故事了，没什么特别，几乎全世界所有的女星的成名史都是同一种模式的不同版本。但后来，女星遇到了一位仰慕她的香港商人。那人先是写信来的，一副战战兢兢的口吻。他说，他也是二十年前从国内出去的，当年他才三十来岁，在江西的一家单位工作。而女星那时刚开始她的银幕生涯不久，十八九岁的光景,但已令他茶食无味,单思苦恋了好多年。他说,他现在已经很有钱了,事业也做得挺大,挺成功的;他今次写信来不想求点什么,只是很冒昧地盼望如果有可能的话,大家是不是可以互相通通信,如此而已。

女影星把信看了一遍又一遍,想了一回又一回。她甚至能想象出那个写信人假如站到她面前来的模样:矮胖,秃顶,大肚腩,六十开外,油亮光光的脸上闪动着俗里俗气的笑。(后来她见到他时,她真吓了一跳,他与她想象中的那个样也相差无几。她说,她自己是不是有特异功能啊?她,真神了!)但她还是当机立断给他回信,非但回信,而且还约他见面。

命运证明了她的成功。如今,她已与他分手了。不也就是三几年的工夫?但她却因此而积累了经商的第一笔资本,更重要的是,她向她自己也向社会证明了她人生的另一项潜能:她也能赚钱,赚大钱;管钱,管大钱。如今,她已不需要再去迁就什么或迁就谁了,在爱情这个问题上,她可以随心所欲地找一切她真正喜欢和真正能令她动心的男人;以她的财力,以她的影名,以她还未完全褪色的风韵,每回,她都能如愿以偿。所以说,她在书中如此拓广了思路地写道,一个国家与民族要及时完成与时代的接轨与转型,一个人不也一样?想想如果现在仍未能建立起足够的经济上的实力的话,又人老珠黄,又后辈笋出,又戏路愈窄,往后的结局会是个什么模样?——至少,不会像今天这么一般潇洒。

湛玉不得不有点佩服她,有点羡慕她,甚至有点嫉妒她了。

在此之前,湛玉是从来没瞧得起过那位影星的——事实上,她很少有瞧得起任何一位国产的影星,无论是男还是女——她看过她饰演角色的一两部戏,她说,天底下凡缺乏演技的女演员讨好观众的方式都是千篇一律的同一种,那便是卖弄风情。而这点,又恰是最令她反胃的。湛玉的眼界很高,1990年之后的中国娱乐市场,美国的好莱坞和不少西方影片虽还没能明目张胆地登堂入室,但源源不断的VCD翻版片实际上已将它们的影响带进了这个城市的几乎每一个家庭之中。她最喜爱这类影片了,而且看看都看上了瘾。有时下班顺路去专门有出售翻版碟片的市场上逛一圈,挑它个十张八张回来;有时则与人交换了来看。总之,她每晚必看一盘。其中有一些是日本和台湾地区拍的获国际奖项的文艺片,当不少女人都为高仓健或三浦友和型的亚裔明星而神魂颠倒时,她始终保持头脑清醒，也坚持不为所动，她觉得自己是更属意西方风情的那种中国女人，假如让她有机会选择的话，她的选择一定会在李察基尔和汤姆·克鲁斯之间。

有时，中国的电视台也会全过程转播奥斯卡金像奖的颁奖大会的盛况，每逢有这种机会，她必不放过。那一派星光璀璨的场面一下子将她从18、19世纪的古典场面拉回到了现代。每次，她都不可自控地沉湎在了一个女人复杂而又激昂的想象里，她的那份从来就是过强了的自信心，这会儿又在她的心态的天空中高翔盘旋了起来。我只是没有机会认识他们之中的一个罢了，否则，她想，她也完全能拥有嫁给他或他的资格。她也应该一袭晚礼服一串珍珠链地出席这种钻光熠熠的场合，她会挽着他们其中一个人的手臂，得体大方。对着无数嚓嚓闪亮的相机镜头，她将展现她那迷人的脸蛋、身段、肤质和她的那份与生俱来的高贵气质；她不相信，她绝不相信，她就没有这份资格。而假如是这样的包装，这样的场合，这样的传媒，这样的地位，这样的一个他和她，她不也一样会引起全世界的轰动才怪呢！正因了这类想象，她有时甚至会对在电视或杂志上偶尔出来露一下面的那些巨星的现妻、前妻或前前妻都怀上了一种叵测的、遥远的，几乎都有些不着边际的嫉恨。当那些庸男俗女的同事正兴致勃勃地对他们或她们说三道四，发表着各自市井不堪的论点时，她往往会在别人的不留神间已经悄悄离场而去了。

如此的一个她，怎么会瞧得上眼那位由丑小鸭和三等电影明星演变而来的所谓“富婆”呢？当然不会！但这一次，情形似乎有点儿不同。湛玉不仅将那本《从》书与她所钟爱的大师们的经典名著并排而立在书柜里，还时不时地将它取出来，选章就节地再多读一遍。那一次，当她在自己的房中百无聊赖地翻阅那本《安娜·卡列尼娜》之前，她就是又读了一回《从》书的。她读着读着，就感觉心中有些烦躁郁闷和蠢蠢不安起来，这是她在阅读该书时常有的心情状态。她停下阅读，将书又插回书架上去。顺手，她将它边上的那本《安娜·卡列尼娜》取了下来，重新回到床边，躺下，翻阅了起来。就在这时，她听到门铃开始唱起了圣诞歌，安徽保姆的脚步声向着大门口走去。

是谁会在这个时候来呢？绝不会是兆正又回来了，这点她可以肯定。

这些日子来，他只是变得一次比一次地更盼望能找个什么机会和借口离开她，离家外出多待几天。这回，他去的是太湖湖畔的创作之家。他说，是人家请他去的，全程接待，而他，也正好有去一个安静一些的环境写点东西的计划，云云。那一天，当他拎着一件简单的手提行李打算离家的时候，正是黄昏时分，湛玉刚下班回到家后不久。对方来接他的车已经到了，停在公寓的大门外等他。她站在客厅的中央位置上，望着他离去的模样。她感觉，他在转过脸来朝她笑一笑时的脸部表情复杂得有些难以言表：有担心有紧张有尴尬，但也混合了些歉意和内疚。然而更有一种压抑不住的轻松心情的流露，仿佛他正在摆脱一种是非之地对他的引力圈一般。就这样，他走了，才几天，他不可能马上就自觉自愿地再回到这圈地引力中来的。但，这又会是谁呢？她好奇地搁下书本，打开房门，探出了头去。

湛玉在我看到了她的一霎也看到了我。而我，就这样从此走进了她的地心吸引圈中去。

后来，当她在平静和冷静下来的某个孤处独坐的夜晚，她也会将当时的那个生命的一霎再放慢了播放速度地重映一次，她会把当时自己的那种种感觉的细节再找出来，回味、品尝、核实一遍，并做出一番定量和定性的分析。（有些，她后来告诉了我，甚至还做了些笔墨深浓的心理描绘；有些，她只是轻描淡写地一带而过；而有些，她则从未，也永远不会向任何人透露，包括我。以下，我要说的恰恰就是那第三类中的“有些”——而我之所以能有如此做的理由、权利和资格，因为在此一刻，我又站回到一个小说作者的立场上来了。我经常在这种小说的角色与小说的作者，我与“他”，“他”与我，他人眼中的我以及我眼中的我自己的立场之间转换、改变，其感觉虽然有点困惑和迷惘，但却趣味盎然。）她觉得她当时思想的第一反应是短路，是那种会激放出带蓝电光火花的思想短路。它们先是跳向了他（指兆正），接着又跳向了“他”（指我），然后，然后索性直接奔她（指那女星）而去了。事后，湛玉甚至还为此事感到有点惊奇，她不明白，原来人的思路也可以具备那种类光速的。

或者还因为有一点：在这之前的湛玉事实上已完全掌握了我在文学、生意两个人生层面上的发展。她甚至都了解到我近期以来频频回上海的行踪。她早已在心中将我称做是一个“儒商”了，她觉得，她其实也没多做点什么，她只是重复了一切与她有着类似文化地位的人所可能给我下的那同一个定义而已。而且，这个定义似乎是铁定的，是不容怀疑不容改变也不存在任何商榷余地的。这个定义在她将我与她自己的生存定位做出对比时，可以使她产生出一种朦胧的安全感来。她不太说得清这种安全感的实质是什么。反正在今后的相处中，她觉得她与我会各具生存的特质、特色以及特点；至少相对于兆正的存在而言，这种安全感便不再是一种虚构的东西了。她强烈地敏感到：我的出现与介入能给她今后的生存光谱增加另一道色彩；这是一道暖光色，而她眼下的生命不就是因为太冷调、太青紫、太寒色了吗？

接下来，她反而倒过来告诉我说，你现在在上海的厂开在哪里哪里——对吗？职工有多少多少——对吗？产品销往何处何地——也对吗？又说，每次回上海来我住的五星级的酒店通常是哪一家，酒店的日租金要多少（她说到这一点时的表情有些夸张和激动），我觉得租金太贵，常如此花费也不划算，于是，便打算买一套侨汇公寓来久住，但就一直还没能找到一处合适的和满意的，等等。我当然觉得十分诧异。是吗？是这样吗？她问。这都是谁告诉你的？我问——我自然会这样问的。湛玉神秘地笑了笑，说：是莉莉。莉莉的丈夫在香港曾是我生意上的合伙人，后来我回上海来发展，他们夫妻俩也来了，还在机场的出入境大堂里遇见过好多回，这点没错。但她说，原来莉莉也是她失散了几十年的童年时代的密友，这点我当然就无法知道了，再听下去，竟然发觉故事中还有故事。于是，一下子，我便又回到自己作为一个作者的立场上来了。有些，我想，我已在前面讲述过了；而有些，只要我还在将这部小说继续写下去的话，或者总有机会提到。

还要补充一点：其实，当湛玉在对自己当时的感觉做出定量和定性化学分析时，她发现原来她还是在心底隐藏有一份暗暗的羞耻感的。是的，应该称做是羞耻感。不因为他，也不因为我，仍然是因为那位女星。她痛骂自己说，你又怎么可以将自己去与这种人相提并论的？这种人？但这种是什么人？什么才是这种人？这种贱女人！她故意在心中将“贱女人”三个字说得相对地理直气壮，说得清清楚楚，说得明明白白，说得响响亮亮,以及绝不带上半点含糊。她赋予了它一种正义性、批判性,一种似乎要镇压住某个魔瓶中的邪念不要在一不留神拔瓶塞的刹那间逸逃而出的煞肃性。然而,事实还是不容改变:她在第一时间念及的恰恰是那个"贱女人"。

贰拾

那幢红砖的犹太老洋房：记忆从哪儿始端，也从哪儿隐去

That redbrick Jewish old house: from which memories refreshed and disappeared

若干年后的那个街灯、车灯、人影缭乱的傍晚，湛玉坐在麦当劳餐厅圆环形落地窗边的那张座位上，沉思、迷惘、心不在焉。这种情形已经维持了有很长一段时间了。直到此一刻，她才突然变得有些果断起来。她将摆放在她面前的那只大口纸杯端起来，抽出吸管，摘去杯盖，动作表现得有些毅然，有些夸张，还有些义无反顾的意思。她下意识地朝杯中望了望，杯底上还留剩着一层薄薄的乳白色的液体，却已完全凉了。她昂起头来，将这最后一口牛奶喝完。她想，一切不都已经这样了吗？那也只能这样了。

她是这样的一种女人：表面冷，内心却火热得很；她也是这样的一种女人：表面傲，内心有时也自卑得很；她又是这样的一种女人：不跨出这一步时也就一直不跨出去，一旦跨出了，也就无可救药地跨出了。她不明白，同时也永远不想去弄明白，究竟她跨这一步出去的真正意义何在——发泄，平衡，报复，还是真为了去满足一种长期被压抑在心中的冲动？

所谓女人是感性的动物，至少，这个定义于湛玉是相当适用的。

但她却完全理解影响她接触异性的全部障碍就是她的那份霜冷的自恃与自傲。但这是一副她与生俱来的面具，一旦戴上了，好像注定了要一世戴下去了，脱下了就不再会是她自己了似的；而戴惯了，连她自己都搞不清了，究竟这是一种伪装呢，还是真实——或者所谓真实就是坚持了一世的伪装？女人到了这个年龄，是会经常不由自主地在心中对她在生活

中遇到的各种男性做出评判的。起先,一个男人对她是否会构成某种吸引力的标准很苛刻:外表,地位,学识,人品,还要不乏幽默感。但渐渐地,她感觉到,所有这些标准似乎都在向一条准则归拢过去。她问自己:这是什么?后来,她肯定地说:这是钱。她向自己解释说,作为一个女人,你不一定要用上他的钱,但在如今的社会里,唯钱,才是一个男人的人生最综合,也是最具说服力的成败指数——难道不是吗?她又即时向自己追出这么一句反问来,因为她希望为自己找出个理由来反驳她自己。但她找不到,于是,她便可以十分心安理得地接受这个结论了。

对于钱,应该说,湛玉从来就是在心底暗藏有一份敏感的,这极可能是源自她父亲的那份遗传基因。其实,在半个世纪之前的上海,钱已毫无疑问地具有它在今日里拥有的那种地位了。但后来,不知怎么地,钱一批再批地给批臭了。人们似乎宁愿清贫而匮乏地生活在一种高调的理想之中,一个比一个装扮得更虔诚。而钱的本身就臭了,臭成了某种庸俗人生和低级趣味的代名词。在暗地里,尽管人人仍在偷掖着它,但明里,大家都得躲着点它,生怕不要沾着了什么腥气和臭味。而那些曾赚到过钱和拥有了钱的人都好像是犯了罪似的,在别人面前都抬不起头来了。他们成了另类人,社会赠送了很多顶帽子给他们,诸如吸血鬼、剥削阶级、寄生虫等等。在湛玉童年的遥远的记忆里,她始终就对她父母间的那种奇特而隐晦的关系保持着一种戒备心态,同时也时不时地夹杂着点惶恐感。这自然不是她一个小女孩所能够明了的关系,但那时的她已能朦朦胧胧地领悟到:很多时候,这都是围绕钱这一主题或由钱所引发的其他相关主题而起的。

湛玉的父亲大她母亲近二十岁。父亲读书很少,但他勤奋、聪明、好学,他是那种从十来岁便开始给人当学徒,从此便一边小心伺候着师傅一边认真学习技术的人。他省吃俭用,一个铜板一个铜板地攒钱,所谓成家立业,他是将此词组倒过来理解的。他从小便有志气,便立志要先干出一番属于自己的事业后再谈其他。他的理想在他三十出头的年纪时实现了,他办起了一家小型的铁制品加工厂,之后,他才成家立室,娶了她的母亲。

这是上海解放前不几年的事。那年母亲只有十八岁,刚从苏州的一所艺专毕业。母亲长得很漂亮，这是湛玉从小便有深刻印象的事。母亲抱着她的时候，她还能记得母亲半边脸腮上的雪白的皮肤和光滑曲线的侧面。那时的红砖法式洋房还不像后来那么地残旧，它从前的犹太屋主刚回国，事业正开始蒸蒸日上步入盛期的父亲便用二十多根大条子将它顶租了下来。洋房的正面有一大片花园，花园里栽种有几棵树，一棵白玉兰、一棵法国梧桐树、一棵夹竹桃和一株蜡梅。在幼年时代的湛玉的记忆里，花园里永远是一片藤绿花盛的景象，父亲那时还雇有一位花匠，每周都来打理花园两次。后来，花匠来得少了，再后来，就不见再来了。绿藤开始疯长，乱攀；再再后来，当然，绿藤都枯了、死了，只留下一年四季都是那么一片光秃秃的泥地。只是大树们倒是一直留在那儿，直到几十年后，红砖洋房又被粉饰一新，开成了一家海鲜饭馆，大树还在原来的地方长着。

那时候，屋子的底层是她家的客饭厅，湛玉与父母一起睡在二楼临花园的大房里。客厅的一边有一间偏房，偏房有两扇落地的朱红油漆的百叶长窗。推开长窗，再走下几级花岗岩石级便能走到花园里去。偏房被用做书房兼母亲的画室。母亲是学国画的，阳光灿烂的日子，她总喜欢站立在她的那张临窗而放的画桌边上，作画。画桌上铺满了白色的宣纸，一边是墨砚、笔架和灰瓷的小水缸，母亲穿一件紧腰身软缎面的小夹袄，披一身亮晶晶的阳光，美丽极了。有时，她作画作得得意时，便会转过身来，一把将小湛玉抱起来，她用她那光滑的脸颊紧贴住女儿的脸颊，死命地亲吻，嘴里心肝宝贝宝贝心肝一个劲儿地呼个不停。

隆冬腊月季，花园里铺着积雪。蜡梅花开了，阵阵馥郁的幽香飘入屋来。父亲有时会让司机阿根开车来接她们母女俩去他的厂里。于是，母亲便穿上了一件海虎绒大衣，一袭高开衩的呢质长裙，玻璃丝袜，高跟鞋。她烫着一头的卷发，又搽了点口红，又扑了点香粉。海虎绒大衣是深棕色的，有三颗硕大无比的本色纽，母亲的双手插在一截毛皮的袖筒里，显得十分雍容华贵。

那时候的弄堂十分宽敞也十分安静，安静到整天可以不见有几个人影。（其实，弄堂一直就是宽敞和安静的，即使在“文革”的那些最混乱的年代里。反而是到了改革开放之后，弄堂拓展成了马路，洋房也开成了饭店，周围这才开始不可救药地嘈杂和车水马龙起来。）整条弄堂只有三幢同式同类的洋房，前后错落排列。小奥斯汀车一直开到她家的花园门口才停下，母亲牵着她的手走下石级走出花园去。

司机阿根是个当时年龄不会超过二十的“大哥哥”，皮肤黝黑，体形健壮，梳着一种中分头路的油亮光光的发型。每次，母亲见到他时都很高兴，话也说得最多，并盛开出一脸的笑容。母亲将湛玉安排在后排的车座上，自己则坐在司机位的边上，一路上与阿根有说有笑，去到父亲的厂里。

父亲的厂开在闸北的一条偏街上。这条街上开设的都是同类型的厂家：低矮的厂房，锈铁皮瓦楞覆盖的屋顶。锈烂的铁制品毛坯堆得满街都是，而半截烟囱这里那里地冒着惨白色的烟雾。车在一扇粗糙的水门汀门廊前停下，她们钻出车来。立即，就有一股震耳欲聋的冲床的机器声浪将她们团团围住了，空气中弥漫着一股浓浓的铁腥味。母亲与她就是在这种环境之中走进厂去，走过车间，让那些满脸油黑的工人都转过面孔来，目不转睛地望着他们的那位亮丽如花的老板娘如何在这一片巨大的声浪之中从机器与机器的窄缝之间通过。

父亲一般都是预先站在厂门口等她们的。他穿一件工装背带裤，披一件粗蓝布的工作棉袄，满手油污。别说是他人了，就连从小小的湛玉的眼中看出来，父母在容貌与外表上都是很不相称的。那时候的父亲的厂其实已经发展到了相当的规模了，工人也有百十来个，但父亲还是闲不下来，仍会像他从前当学徒那样地亲自上机床去干活。他领着他的妻女来到他的那间设在厂区的小小的办公室里，办公室里很暖和，生着一只旺旺的煤饼管道炉，煤饼炉的铁盖板上嘶嘶嚓嚓沸腾着一壶开水，几只烘熟了的山芋疙瘩搁在一边——这是他充当午饭的食品。晚饭通常都是由父亲亲自驾车，带着她们娘俩去馆子吃的。无非也就是那么几家，不是二马路上的“老半斋”，就是城隍庙的老饭店。父亲最喜欢点的几样菜她至今都记得：镇江肴肉，生煸草头，红烧圈子，还有扬州干丝。后来，当湛玉自己也成了家有了孩子，而当那两家老字号的饭馆又在原地头上经营起原特色的菜谱来的时候，那儿便成了她老向兆正建议去吃饭的地方。她还是点那几样菜，并不是那些油腻腻的本邦菜真对她的胃口，而是其中藏了份旧梦重温的感觉。

一直到那个时期为止的她的童年的记忆中，钱以及其他的因素还未在她父母的关系间太明显地浮现出来。一切似乎很公平：他有他的事业和经济能力，她有她的美貌以及年龄上的优势。

后来便开始变化了。“三反五反”，“公私合营”，“反右”，父亲从他主导全家经济的地位上逐渐地滑落下来；与此同时，母亲反而走出了家门，走上了工作岗位，她被分配到上海的一家工艺美专当教师。

穿上了解放装的母亲还是那样漂亮。不过，她已经不再烫发了，她剪了个女干部式的短发，显得干净、利落、大方。她经常伙同她的那班搞艺术的同事说说笑笑地回家来聚会。每逢这种场合，父亲都会很知趣地先同客人们打个照面和招呼，然后便将客厅让出来，自己一个人退回二楼的卧室里去。倒是童年的湛玉，还能在大人们膝腿之间来往、穿梭，这个叔叔那个阿姨地叫一通，逗一逗，哈哈呵呵地热闹一番。她父母亲之间的话本来就不多，现在似乎更少了，气氛总有那么一点古怪和僵化。湛玉从小就是个聪明过人的孩子，她能阅懂母亲望着父亲时的目光：她有点看不起他。有时，他俩之间也会有语句上的龃龉，而每次，总是母亲稍显激动和激烈一点。她听得她在高声地说着一些断断续续的词句，什么“铜臭气”，什么“剥削阶级世界观”，什么“俗不可耐”，什么“难道还想继续坐在别人的头上作威作福吗”等等。这些话，都是以后到她完全长大成人了才明白了其中的含意的。但父亲就显得比较冷静和大度，每当母亲的声调高昂起来时，他便反而默不作声了。他是个随遇而安之人，什么事情都讲究个实惠和实用。其实来说，他从来就是个跟形势跟得很紧的人。抗美援朝时，他捐钱又捐衣物；“公私合营”时，他带头上街敲锣打鼓放鞭炮庆祝，仿佛这场运动不是令他失去什么而是让他获得了些什么，因此叫他有充分的理由由衷地高兴出来似的。之后，他又积极争取，进了区工商联做事。这会儿，父亲是不会去与母亲有明刀真枪的抗辩的，他是个识时务者，他还希望通过母亲的人事关系，请莉莉的爸爸老郝在暗中替他动作动作，晋升去市工商联工作呢。但此事就始终没有能够实现，等到“文革”爆发时，父亲已经老了。一般说来，父亲有着很强的自控能力，也不会轻易失态，哪怕就是在自己的亲人面前。以前，他虽然抽烟抽得猛，但却很少喝酒，“文革”遭批斗后，他沮丧得厉害，酒也因此喝多喝凶了。有一次，他说：那会儿，假如我没钱，你母亲会跟我？这话是只有湛玉和她父亲两个人在场时他说的。她见他喝酒喝得很有点醉了，睁大着两只充满了血丝的眼睛望着她——这是父亲的一次失态。还有几次，也都是在酒后。父亲会进入一种如梦如忆、似幻似真的恍惚境界之中。他说：那些年，真是你爸爸的黄金岁月啊，每一天都有钞票哗哗地流进我们的家中来；每年到年底一结账，哪一年的保险箱里不会多出几十根大条子来？钱哪钱！不管怎么说，钱都是样好东西。但他们把我的钱全抢走了，完了，再将我一脚踢开，于是，我便什么都不是啦……他说着，都有点老泪纵横的味道了。他又说，孩子，你要记住，钱这样东西是永远搞不臭的，也永远少不了的！总有一天，你会明白，人生在世，没钱缺钱的苦哇！……

父亲说这些话的时候是在“文革”的那些清教戒律统治中国最严酷的年月里，但湛玉全听得懂；非但听得懂，而且全都能理解；非但能理解，而且还有一种深深的认同感。她伸出两条手臂来环抱住了父亲，轻轻安抚着，安抚着他那都已经弯驼了的背脊，背脊上上下下激烈地起伏，又像是在呼吸又像是在抽泣。她从小便是这样的：在感情上，她是站在父亲一边的；而在对气质和对人生理想的赞美上，她又倾向于母亲多一点。待到她长大成年了，这两个自幼年起就形成了的逆向情结经常会交错轮番地在她的心中上上落落，出出没没，不可捉摸得有时连她自个儿也未必能感觉得到或分辨得清楚什么才是什么。就像这会儿，当她突然看清小保姆挡着的手臂后面站着的是谁的时候，在她霎时之念的闪光中，除了那位女影星，应该还有其他的一些什么的。

反正，她决定跨出这一步去。

贰拾壹

夜，深沉的夜，房内没点灯

That Night. That deep night. No lights in the room

兆正还在想着那件“千结衫”，当他沿着街灯惺忪、树影婆娑的淮海西路一直向着徐家汇方向走去的时候，他还在想着那件“千结衫”。

他现在可以毫无疑问地肯定这件“千结衫”是存在的，但它会在哪里呢？他真后悔当初自己在把它撇下时没多留个心眼，或让母亲代他保管一下，或索性将它搁在自己的衣柜里，万一以后能派上用场呢？假如是这样的话，至少，他还有一条线索可供追寻，还不至于等到哪一天回首时，竟然发现自己对于这件往事的记忆几近于空白。

当时，他真是太没把它当回事了。

倒不是这件“千结衫”真有什么连城的价值，在这物质充裕到几近泛滥的年头，谁还会去留意一件用断线头编结成的旧毛衣呢？但话不是这么说的，生活现代了，人倒反而越会留恋起一些旧物来，例如老式唱机、脚踏缝纫机、粗纹唱片、线装书、旧杂志、古钱币，诸如此类。还说这些旧物中藏着某类文化含量。这是现代人要为自己空虚的精神世界找寻的一种填充物。然而，这也不能完全算是兆正此一刻的心情，他当然觉得这件“千结衫”中藏着点什么，但这是另类含量。

他想，它一定还在的，在一个什么地方静静地躺着。他一直就有这样一种预感。

兆正的判断没错。毛衣确实还在，就在雨萍那儿。这是我作为一个作者恨不得立马就能告诉他的一个事实。我还想告诉他的是：当年他撩下毛衣去崇明岛屯垦围田后，他的母亲便将毛衣收藏了起来。因为在此一早，她已经知道毛衣是他表妹送给他的。后来有一次，雨萍去他家帮姑妈整理橱柜的时候发现了它，她便一声不响地又将毛衣重新包裹好，带回了家去。她甚至连姑妈也没告诉一声。就这样，那件毛衣便无声无息地在兆正家消失了。再后来，雨萍获准来香港定居，随身的行李虽然少，但还是包括了这件毛衣。

当然，我不可能这样做；我不能把自己在不同时空间的格性关系给打乱了。

其实，同时作为小说中的一个人物，我也曾见过这件所谓的“千结衫”有好几回。而其中的两次印象最深刻。一次好像是因为要找东西，我翻箱倒柜找了一通。在箱底处，我发现了它。我将它从众多衣物的重叠间抽出来，揭开一看，发现是件宽大重甸的男式毛衣。那种粗糙硬质的线头，一看，就知道是几十年前另一个时代的产品，而那几百上千个毛线结头更让人感觉它是件有点儿来历的东西。我将毛衣重新叠好，放回原处。后来，等到有了某个机会，我才向雨萍问起此事，但她支支吾吾，我当然就不便再追问下去：既然她从来就不过问我的任何事情，我也自觉没有权利向她多打探些什么。

还有一次，是在晚上。那天我一样很晚才回家，客厅里的大灯没开，只亮了一盏幽暗的角灯。我用钥匙开了门进屋去，里面仍然一点动静都没有。我轻轻地掩上门，换了拖鞋，见到雨萍侧身在贵妃椅上，已经睡着了。在椅把和她的头颅间就枕着那件毛衣。我去房间拿了条毯子来为她盖上时，她便醒了。她睡眼惺忪地与我打了声招呼后，便立即将那件毛衣从颈后抽出来，塞到了自己的身子底下去。她的动作很快，还带点儿慌乱，而我则装作什么也没见着，踱步，走开了去。

所有这些细节，当然，我也一样无法超越小说中特定的人物立场与境界层面去与我小说中的另一个人物做出沟通。虽然我明白，他很渴望能知道这一切。我所能做的也不过是当小说情节进展到将来的某一刻时，看看是否有机会能添上一笔来为他释疑。假如有，固然好；而假如没有，也只好作罢。

再回到我们的小说中去。现在，我们的小说人物兆正正在他的书房中工作。他的创作习惯是很放松，也很放任自己。他的创作过程，乍一看，有点像是在玩一场内容和兴趣都很别致的游戏，全然没有那种屏神苦思，一地烟蒂或浓茶连连的凝重情景。他的书桌上堆满了各种各样的书册，东一本，西一本，姿态凌乱。有的书合拢着，有的做叠摆状；有的则摊开了页码，倒合在那儿；但更多的是在书页之中夹着一瓣瓣的书签，书签的半截露在外头，密密叠叠。一切的书籍都处在一种不稳定的状态中，似乎它们的主人随时都准备将它们其中的一册打开，重阅一遍。而假如你有兴趣再查看得仔细一点的话，你会发觉，这些书的内容、题材以及体裁也都各异：有文学的、哲学的、宗教的、历史的，有古典的、当代的、现代的、后现代的，有中国的、美国的、俄国的、东欧的、英法的和拉丁美洲的。体裁则有小说、诗歌、散文、随笔、游记、纪实文学、史料汇编，还有一厚本一厚本的词典辞源辞海。这些书，有的是别的作家送他的赠书，有的是他自己从新华书店买回来的，有的是他从图书馆或资料室借的，还有几本则是他自己的作品集子——他会时不时地翻阅翻阅它们，他要看看那些生活的瞬间当年是如何被他自己的思维系统做出消化后再定型下来的。

他的写字台其实不能算小，这是一张呈 L 形格局的大班台。但就是这样大的面积和空间也都一点不显阔绰，层层叠叠的书的屏障将他团围其中。在他面前留出的那么一小片桌面的平原上，站立着一只已用了不知有多少年的、已老掉了牙的保温型茶杯和一只老花眼镜的镜盒，并不见有正规的方格稿笺或电脑设备碟片文件盒之类，只有几小块被他称做“印象稿”的碎纸片摆放在他的眼前。纸片上记录着密密麻麻的字迹与符号。这是从他的诗歌创作年代遗留下来的一种习惯。这些绝不起眼的小纸片才是他创作的命根子，他将他的一切勃发着原始生命力的文学感觉都在第一时刻记录在了（照他的话讲是“钉死”在了）上面，在他的感觉中，这是一口口生态极佳的池塘，等到什么时候，当他有此需要有此心情也有此冲动时，他便会闲悠悠地拿着根渔竿，坐到池塘边上来，钓起一条条鲜蹦活跳的鱼儿来。

说是“闲悠悠”，其实只是一种形容，表示一种神定气闲、胸有成竹的模样罢了。一旦进入到完全创作状态之中去的他的内心其实一直处在亢奋的峰值上，情绪之潮汹涌澎湃；每根神经末梢都调动了起来，为了捕捉一切游离而过的感觉的流陨。他会面对着那几片“印象稿”凝视久久，久久凝视；一连工作整个白天连晚上。直到他感觉他已彻底将那些塘中之鱼捉完捉尽了，才肯罢手。他在曦雾已在悄悄升起的清晨熄了工作台灯，立起身来。他站在那儿，向着一桌散乱的稿笺望上一眼，深情得就像一个刚分娩完的母亲望着自己新生的婴儿一般。然后他才捧起那只保温杯来，把隔了夜的冷茶凉凉地吞下一大口去。他感到那种奋力过后的疲劳与满足，全身酥酥软软的就像喝醉了酒。他想，现在，他可以去美美地睡上一觉了。他觉得，这是一种境界，生命中最令人陶醉的境界。

兆正创作的另一个癖好是要让音乐来将自己全面包围。他搞来了一套环绕音响系统，并请专人将几只喇叭分置于了书房的各个角落里，如此一来——至少对于他的感觉而言，而感觉又是影响一个作家创作状态的首要因素——音乐的发生便成了立体的了，是从各个不同的角度向他辐射过来的，这让他有了一种沉浮在音乐海上的幻觉。近一个时期以来，最令他着迷的是俄国作曲家拉赫马尼诺夫的两首钢琴协奏曲。这是一个搞电影配乐的朋友送给他的CD片，说是让他听听，看看有感觉没有。还说当年殷承宗创作《黄河》，一举成名，其技巧灵感不就来自这两首作品？谁知兆正一听，便从此上瘾，每天非从头至尾听它个两三遍、三四遍是不肯上床去睡觉的。他正在从事一部大作品的创作，而大作品是他十年前另一部作品的续集，写的是一个20世纪初移居上海的欧裔殖民者与他的中国情人所生的私生子在这近百年的中国近代史的更迭变幻中的风云际遇。他感觉拉氏钢琴作品中的那种恢弘的气势恰好与他自己对这部作品的构思基调相吻合。

其实说来，他本是个音乐上彻底的门外汉。在他读书求学的年代，音乐这种高门槛的玩意儿不是他们那号家境出身的人有条件去问津的。但怪，他就是对音乐，尤其是西洋古典音乐，有一股骨子里的灵通。20世纪70年代末，意识形态刚开放。在一次贝多芬作品的专场音乐会上，他第一次有机会见识了正规的交响乐团在演奏《命运》时的实况阵容和场面。他激动万分，彻夜都淹没在了被音乐所唤起的种种幻觉中。当然，他根本无法听懂那么一部乐曲结构的交响乐，但他分明能感受到音乐之中蕴藏着的巨大能量，那种深不可测的音乐之海在涌动时的庞大、雄壮与神秘。他去买了部单声道的放录机来，又拷贝了包括《命运》在内的几盘带子，一天放到晚。应该说，他那时的音乐欣赏水平还仅仅停留在《蓝色的多瑙河》和《黑管波尔卡》一类的曲目上；慢慢地，换成了《月光》和《春天》；再后来是肖邦和德彪西。现在，他的这间书房的音乐占领者变成了拉赫马尼诺夫。这使他自己的作品，无论是诗歌还是小说也都跃动着一股灵性，呈现一种明显的诗性的飘逸。后来的许多文学评论家都能明确地感觉到他的文笔间漾溢着的另类味觉，但又不能很具体地说出个道道来，其中之玄因可能就与他的这种特别的创作习性有关。

就是这个样，说是个专业作家，但兆正每日的工作也就是那么随随便便地往书桌前一坐，心中根本没有任何工作计划可言。他只是坐在那儿，等待着。他东翻翻，他西想想，照例让拉氏的音乐从房间的各个角落响起。他很快便沉浸到了音乐的圣界之中去了，他摇头晃脑地随着音乐的节拍用手指在桌面上轻轻地敲打。有时，他会在一张碎纸片上涂写几行在别人看来完全算不上是什么的什么。但他的心中感到无比的充实和愉悦，还有一股小小的被压抑着的激动。但他要藏住它，不想让它过早地发泄出来。他想，自己不也正进行着另类创作吗？一种真正意义上的创作。

近黄昏了，光线一寸寸地晦暗下来。窗外不远处，复兴路上的梧桐树的树梢在夜风中摇动，莹绿色的树叶反射着夕晖消失后的天空还残留着的最后一抹亮光。城市的灯光一盏接一盏地醒来，远远近近的，一个又一个的窗洞像一只只开始睁开来的眼睛。坐在他的那个位置上，只要时不时地朝着那扇还没下帘的窗口瞥上一眼，他便能了解窗外的那个正处于光线不断变化中的世界一幕幕的景象。他拒绝去打开房中的任何照明设备，他喜欢一种暧昧——光线的暧昧，心情的暧昧。这是一天之中，他的文学感觉最佳的时刻。但他发觉他的一只耳朵老是在辨听着什么，辨听着大门口会不会有什么动静传来。仿佛他永远在担心着什么：这对他的情绪造成了某种妨碍。他很讨厌自己的这种习惯，他觉得这很无聊，也很莫名其妙。然而，无论他怎么努力，他都无法克服——也许，这是他那神经焦虑症的另类表征？他说不清楚，他也弄不明白。

他听见大门的门把扭动着打开了。但这一次是秀秀。根据脚步声，他就能分辨出来。脚步声没有在客厅里停留，也没有回自己的房里去，而是径直向他的书房这边走了过来——这种情形很少发生，这令他有点意外也有点惊喜。

脚步声在书房的门口停住，敲门，然后在他的一声带咳嗽嗓音的允进之后，门开了。秀秀站在门口，望着黑咕隆咚的室内坐着的父亲，她唤了声："爸。"

秀秀十六岁，已经是个大姑娘了。她的身材开始拔高、丰满，她有着与她母亲相似的鹅蛋脸形和白皙嫣红的双颊。她的本性应该是活泼和善言的——这可以从她在学校里与老师和同学们相处关系上看出来。但一回到家，她便变得沉默寡言起来。她很少有那种独生女在面对父母时的撒娇态。在这个家中，她待得最多的地方有两个，一个是她自己房间里书桌的电脑跟前，另一个是客厅电视机前的长沙发上。

女儿总是缠母亲的。因此，除了自己的房间和客厅外，她的第三个常去之地便是母亲的房间。母女俩，一个坐在床沿上，一个坐在化妆凳上，围绕着某个女性主题，有时又谈又笑地可以连续几个钟头。然而对于父亲的态度，秀秀便明显不同了。她很少会去和父亲谈点什么，甚至当她与父亲单独相处时，她都是尽量将眼光回避着他。兆正感觉到了这些，也理解这一切。这类情形明显得甚至连周围的朋友也都感觉到了，他们笑道：人家都讲女儿一定是亲爹，儿子才会亲妈呢，如此说法好像并不适用于你家。他摆摆手，尽量不让尴尬的神情流露在脸上；他说：女儿大了，男女有别，授受不亲么——但这只是他的托词，他在心中对自己的解释并非如此。

星期天，天气温暖、晴朗。他们一家三口上街去，顺便找一家什么馆子吃午餐。再说，也可以让安徽小保姆有一天难得的假期去找她的同乡耍一耍。

他们一块儿走在街上，通常的位置是：秀秀挽着母亲的手臂走在前里，有说有笑。而兆正一个人落在她俩几步之后。母女俩共同的兴趣是购物。几乎每经过一家装潢有点那么上下的服装店和皮鞋店，她们都要挽着臂膀进去逛一圈。留他一个人在店外的人行道上，两条胳膊弯搭在道旁的白铁栏杆上，望着人来车往的街景发一阵呆。等到她们从店里出来，继续往前走时，他才跟随了上去。

倒不是他真的不愿意与她们在一起并行。以前，他也是这么做的。

但总会令他有那么点儿无法忍受的难堪是:哪怕是再无聊的一句打岔话,也从没有谁来与他搭讪一回,好像他只是这一路上的无数个陌路人中的一个。他望望湛玉,她似乎一直处在一种谈话的亢奋状态,一个话题接连一个地与女儿说个不停;女儿有时也会斜过目光来睨他一眼,睨一眼正一声不吭地走在一边的父亲,但随即又将目光端正了回去。他不由得减小了脚步的跨度,以让自己能与前行的她俩保持一个距离,他觉得这样反而会令他自在些。于是,渐渐地,便形成了这一家三口上街去的一种固定模式:只要一出门,三个人便自动地分为了两茬。

进饭店了。女儿说,妈,快来这儿,这儿好坐,临窗,又僻静。他们便一起跟了过去,他坐一边,而她们母女俩坐另一边。坐定了之后,湛玉便将菜单推了过来,她朝着他说道,你喜欢吃什么,拣两样吧。再之后,形势便又复原了,复原成了那种她们娘俩自顾自说话,将他晾在了一边的局面。

邻桌上也是一家三口。一对年轻的夫妇外加一个婴儿车里的"啤啤"。婴儿车紧靠父亲的一条大腿的边上停着,他的一只脚踩在车杆上,来回不停地滚动着手推车,还不时地朝着躺在婴儿车中的儿子"呷!"地一个怪脸,随即从中钓起了一长串咯咯咯的奶声奶气的笑声。那女人穿一身艳红的套装,坐在她丈夫的另一边。她望着爷儿俩间的天伦嬉乐,盛开出一脸舒展的笑容。

兆正是因为没事可干,也没话可说,才将注意力投入到对这邻桌一家的观察中去的。他听见湛玉在一边说话了,她是朝着秀秀作为她的说话对象的。她说,你没见到邻桌上的那个男人吗?相貌堂堂,还一副气派不凡的样子。其实,湛玉说,她是一早已经注意到他们了,那个男的是开车来的,车就停泊在对街,她从窗口里指出去,兆正能见到一辆墨绿色的丰田轿车的车头,它的两只前轮子打斜停在了高出街面一级的人行道上。

是个大户,有钱。有钱还亲自带孩子,有钱还对自己的老婆那么温柔,那么体贴,那么好,那么会做,像个男人——

话说到了这个份上,大家才有了些不安的预感。兆正偷偷瞥了秀秀一眼,他见女儿的眼睛朝下望了去。白台布之下,秀秀将自己的那双新近刚买的带烧卖折皱边的皮鞋的鞋尖对准了一回后,再多对准一回。

但他听见湛玉的话音仍往下继续。她说，可惜的是老婆长得太难看了：蒜鼻子高颧骨，一张大而圆的面孔像只“烫婆子”。老婆难看还待她那么好，假如漂亮，那还不知怎么着了。

她把话打住，不说了。隔了很久，她才突然说道，秀秀，你可要记住了啊，将来长大了嫁人，就一定要嫁个像这样的男人。嫁错丈夫，女人一世后悔！

但秀秀的眼神，就始终没从自己的鞋尖上离开过。

幸亏上菜了。兆正夹了一块首先摆上桌来的凉拌糖醋黄瓜条，迅速地塞进嘴里。他狠狠地一口咬下去，一股剧烈的酸水从他的喉管中滚动而下，呛得他一阵猛咳。他甚至咳得都弯下了腰去，咳出眼泪来了。他咳着，只感觉到秀秀站在他的后面，不停地拍打他的背脊。她焦急地问道，你怎么啦？爸，你怎么……

现在，这口几年前吞下去的酸水仿佛又从喉管中冒升了上来，令兆正难受得皱起了眉心。他是站在一家床上用品商店的大玻璃橱窗的跟前，商店位于徐家汇商业中心区的一条车水马龙的大街上。街上仍然十分热闹，人熙人攘，街灯将道路照得光亮如白昼。晚饭的时间已过，人们纷纷从饭馆里出来；夜总会与晚间娱乐场所的霓虹灯光开始远远近近地闪耀起来。他在这家床上用品店的橱窗前再度驻足，连他自己也不知道他到底想看点什么，他漫无目标。橱窗的大玻璃抹得透亮，他望进去，他见到整个橱窗就布置成了一张大床——一张临街而放，因此也就消灭了一切隐私的大床。床上褥着厚厚的垫被、盖被和床罩，几只嫩粉底色的宽大枕头互相叠靠在一块，予人以一种柔软、温馨、舒适而又随意的感觉。橱窗的衬底背景是一幅放大了的彩照，彩照十分巨型而且不设边框；因为扩放倍数太大了的缘故，影像的画面颗粒显得有些粗糙，但这反倒形成了实物与背景之间一种美妙的协调。

照片上是一对西洋男女，女的穿一套宝蓝色的无袖丝质睡袍，平躺着。（你可以想象：她不就躺在那张用实物布置出来的大床上？）她的一条大腿拱起，睡袍宽大的下摆部分滑向一边，遂露出了她的白皙诱人的腿肚。男人穿一套浅底小花图案的睡衣，睡衣的上排纽扣敞开着，显露出两块半球形的胸肌和一小片朦胧的胸毛。男人体魄强健，他用一只手肘将自己撑起,另一条手臂则跨越女人而过,在她躺位的另一侧撑下去,他将女人置于自己虚空的环抱中。(现在,你的想象是,那男人不就将他的手掌按撑在了那张大床柔软的床褥上?)他俩互相对视着,眼神里流溢而出的是那种被称做情欲的东西。(而这一切不就发生在这张临街而放的前景大床上?)

兆正在橱窗跟前站了一会儿,也幻想了一会儿。他仿佛能闻到漾溢在他和湛玉睡房里的那股子气味:这是一种温温暖暖的,带着些挑逗性的气味,混合着女性的体嗅和各种洗身洗发奶液和化妆品的芳香。从前,他对此很敏感。每次洗完澡从浴室里出来,周身热乎乎的,血脉流动得很快,他分明知道,早过他洗完澡的湛玉现在正身穿浴袍,半躺在客厅的长沙发上边看电视边等他,但他还是忍不住地先要绕到自己的房间里去走一圈,吸一口那种气息后再说。但后来,不知道从什么时候开始,他对这股气息的心理反应变得迟钝了起来;气息应该还是同一种气息,而且也不会有浓度、程度和成分上的变化,但于他就好像有些“熟闻无嗅”的感觉了。再后来,它变成了他痛苦记忆的一个组成部分。

记忆又来作祟他了。有些不连贯的场景和记忆的碎片在旋转:某种光线,某种色彩,某种气息,某种空气的温度和湿度;某条门框的边缘和门框上的一块已被撞去了好多年的油漆的记痕。还有一对女式拖鞋,拖鞋的一只是反转过来的,鞋肚倒合在地板上。诸如此类,细节得很,但又抽象得很。而他自己就在这一片天昏地旋转动着的景物间走过:他要去到某一处——某一处,他不知道他要去那里干些什么的某一处。

兆正定了定神,发现原来自己的感觉正处于一种极其痛苦但又极其有诱惑力的无人地带。一些记忆在隐去,而另一些又在悄悄露面。这次是个深夜,一个很深很静的夜。不是别人,是他自己,他自己躺在床上。而一旁作响、辗转反侧的是她,是湛玉。

窗外,路灯橙黄色的光芒透过窗帘的缝隙泼泻几缕进房来,让房内那些平日熟悉的家具都变成了一团团陌生的黑影。

又是那同一种房间气味充盈着他的鼻孔了,他失眠了。他将双手插在脑后,想,他俩好像已经好久好久没“那个”了。他感到自己都有点儿憋不住的感觉了,而且,一旦想到了这一层,这种憋的感觉似乎变得更加强烈，强烈得叫他一刻都难以忍受下去。再说，他想，假如他俩老不那样下去，难道便从此完结不成？他绝少会有坚定的一刻，尤其在那种事上，但这一次，他决定采取主动。

他侧过身去（立即，他的浑身上下便有了一种燥热的刺痒感了），他伸出手臂，没头没脑地一把搂住了她。或者他想先对她说些什么，但他居然什么也没说。她在他的怀中无声地挣扎了几下，便马上平复了。她的肢体运动起来了，开始配合。有些动作他是熟悉不过的，但有些，则完全是新鲜的（现在，他的身体已开始冒汗了）。他不知道事情为什么会是这样。这令他兴奋莫名，他甚至有一种此生第一回搂住一具成熟女体时的冲动。他在暗中鼓励着自己的那种冲动，就像在创作时，当他抓住了一点灵感的暗示后便竭力要催化它们拔节发芽一般。他感到心底有一股呼声正一浪高过一浪：勇猛！勇猛！！勇猛！！！

他一个跃身骑了上去（此时，他已经汗流浃背了），只记得那一刻，他觉得自己生平第一次像个凯旋的骑士，高高在上，荣耀回归。

但这种美妙的感觉很快便消失了。后来，当他软塌塌地重新在她的一边躺下时，他已湿汗淋漓得好像刚从水里捞起来一般。整个过程，谁也没有与谁说过一句话。静默，可怕的静默。仍旧是窗帘，仍旧是路灯缕缕的透光，仍旧是家具的巨大的黑影。再后来，他听见了一些断断续续的抽泣声，抽泣声是从他的身边传过来的。立即，他又恢复成了从前的那个脆弱、犹豫、被动的自己。他慌乱，他后悔，他内疚；他不知道自己正在干些什么以及干了些什么。他抖抖颤颤地伸出一条胳膊去，他的手指尖触摸到了她的光滑的脸颊，或者还有一两滴冰凉的液体。突然，他感到自己的手臂被她的一只手给牢牢地抓住了，抬起来，再狠狠地甩回到了他的这一边来。

于是，大家便只能这样地躺着，一直躺下去。只留下了一团漆黑。记忆中断了。

一直到那个光线已经变得十分晦暗了的黄昏时分，当他见到他的书房门口站着秀秀，他才发觉他的记忆又突然接上了。因为在当时，书房门外走廊里的灯开着，背景光线十分明亮。从女儿带光晕的侧面望去，她很像那个年龄时的湛玉。他腾地从圈椅中跳起身来，但他告诉自己说，不，这不是真的，这是幻觉。他平静地走过去，将书房里的大灯打开了。他说，进来吧，秀秀。与此同时，他想到的是：难道秀秀不就是我俩曾轰轰烈烈爱过一场的活生生的明证吗？于是，他便感到了些许虚无的慰意。

秀秀这次来找爸爸也不为什么太大的事。她的话说得有点吞吞吐吐，她说，今天她班上语文课，读到一篇散文，散文是一位叫“流萤”的作者写的。当时，语文老师便当着全班同学的面将目光投向了她。语文老师说，“流萤”其实只是一位作家的笔名，他的真实名字是……秀秀问，是吗？他就是你吗？

他点点头，嗯了一声。但他的注意力已开始走神，他又在留意起公寓大门处的动静来了。

秀秀又说，老师在解析课文时说文章的语言美丽，故事动人，生活的哲理也很深刻。其中有一个妹妹在她哥哥去农场务农前用断了的绒线线头为他连夜赶结一件千结毛衣的情节，虽然写的是你们那代人的事，但到了今天读起来，仍很感人。是真有其人吗？

兆正的注意力有过片刻的集中，他望着秀秀，他想，女儿长大了，女儿正在成熟中的少女的敏感已能让她从那段情节中捕捉到些什么了。他有些激动，话都涌到了嘴边，但他还是将它咽了下去。

他拉开写字台的一只抽屉，从中，他取出了一本散文集子。这是一本封面上印有一幅多瑙河田园景色的作品集。他将书递给秀秀，说，我的这篇文章不已收进了我的这本散文集中去了？

女儿打开集子扉页时的神情呆住了，她一定见到了他给她的题字以及题字的日期。她抬起头来望着父亲，她想说点什么，但又不知从何说起。

就在这时，兆正听到了大门口的那只音乐门铃开始歌唱了，小保姆急速的脚步声向着门口而去。几乎是同时，女儿也从她坐的椅子上站起了身来，她说：“爸——”而他马上接过了她的话题，他说，你回房做功课去吧，啊。

当女儿的身影从书房的门口很快地拐了个弯消失时，他便又熄了灯，坐回到了自己的圈椅里。或者，他还是更愿意让自己重新回到记忆的黑暗中去。

贰拾贰

机场遇故

Bumping into old friends in the airport

自从那次“8·14”政府干预行动后，形势果然开始逆转，而我也渐步走出了财政的困谷。

人生的挫折经常会在日后被证明是人进入他的另一个人生阶段的转折点，这是因为来自横断方向上的那股巨大的受挫力往往会出其不意地将你推出你惰性思维逻辑的轨道之外。所谓“物极必反”或者“否极泰来”，就像古人形容月亮盈亏的道理一样，新月与满月是互为起终点的，如此轮回，永不终了。最近以来，一个特别困扰我的预感是：曾经也有过一百多年斑斓殖民史的上海会不会就是香港的明天？而今天，当上海已从一个城市命运的最谷底重新向上攀登时，它的那股上升动力同样也是不可被阻挡的。开始时，我让我自己的想法给吓了一大跳，但渐渐地，我又恢复原先的那种平静的心态，我觉得，我或者已经抓住了问题的某条本质脉络了。

那一个时期，我生命的回归意识特别强。

我开始着手处理在香港的全盘业务。我清理着、结束着一个又一个的账户。我将公司的会计唤来，吩咐他先把贷款一笔笔地给我勾画出来，再精确地计算出每笔贷款每日每月每年会在公司的营业利润中吸取的利息额度。（当我浏览那份明细表格时，我联想到的是一块巨大的海绵，一块正不动声色地吸收着周围的一切水分，然而，即使吸进再多的水分，表面仍显不出有任何潮湿迹象来的海绵。）然后，我走进银行，对着那位胖墩墩的银行经理说，我想把我的那些存放在贵行的股票和基金都沽出去。什么？胖经理先是瞪大了眼望着我，而后便展开了一脸的笑容。他将我请进经理室，并亲自站到自动咖啡蒸馏机前为我制作了一杯香喷喷的卡巴西诺,端上来。他说,阁下的公司从来就是我行信誉最优佳的客户之一;我们准备全方位地配合和支持贵公司今后业务的拓展。至于贷款额度和息率方面么,这些都好商量,好商量。我谢过他的好意,但我说,事实上,我已打算退休,而公司在香港的业务也正在逐步的收缩和清理中。我完全能想象对方惊奇万分地望着我的表情,但我故意不去看他。仿佛这是件天经地义的事,而他也是毫无疑问地能理解这一切的。一直当我握着一卷银行贷款的清算申请表格从经理室离去时,我还是保持着这同一种姿态。我仿佛感到自己的背后长着一对眼睛,眼睛一直在望着那位失望得几乎有点失控的胖经理正一动不动地伫立在那儿,望着我一步步走远去的背影。我感到很痛快也很过瘾。我在心里直发笑。我想说,抢窃分合法与非法,打劫也有文明与暴力之分,但其本质没啥两样——当然,我决不会当着他的面讲出这些不三不四的话来。

事情就在这么几天之内决定了。这符合我办事的一贯作风:静若处子,动若脱兔。所谓性格决定命运,人生活到了今天,回头一看,才惊觉自己的一生可以明显地分割成若干阶段;而每段之间的衔接角度又都是那么地陡然,当年我与雨萍以及后来我与湛玉,一切几乎都是发生在一念之间。

但我不后悔,我觉得人生的方程式是一个定数;无论你做出多少次移项、消移或者增项的推导以及演算,都终会达到那同一结果。我告诉自己说:余下的生命岁月应该只属于你自己的了,否则生命将失去它的本质意义。也许,我也应该为自己去建造一座"退思院",只是直到此一刻为止,我还不能决定,这座"退思院"到底应该建在何处。温哥华、悉尼、香港,还是上海?

我将自己的财产大致分成了三摊:一摊移去国外,一摊仍留在香港,再一摊我打算将它挪来上海。我感觉这是合乎逻辑的,因为从前的那个我以及我的父母一辈子所熟悉所认识所适应的香港已经分解。她的三分之一退回去了西方,三分之一横移来了上海,还有的三分之一仍留在原地。再说,这样的风险分配比例也符合今后世界的经济格局,甚至还包括了对我自己的年龄与心态的种种考虑。我松下一口气来,我预感到自己再一次地完成了人生之道的一个重大拐弯。

当然,我是不会去把我的想法和打算告诉雨萍的,她从来就没对我的任何商业安排表露出过有兴趣的意思。而我与雨萍间的那种生活,自从那次之后便完全消失了，她渐渐地变成了我的家庭生活中的另类成员。一件陈设，一件搁在一座精致玻璃罩中，可供你观看、欣赏和赞赏一番的，但绝不让你去触摸一下的陈设。而我也不会将我的打算去告诉湛玉：事关她又总是对我的商业计划显露出了太大太强烈的兴趣。连我自己都觉得有点儿怪：不关心不行，太关心又不行——你究竟要人家怎么着？其实，这个问题连我自己也说不清。我做很多事都凭直觉。

我还有另外一些直觉。比方说，我与湛玉的那段关系。我俩都不自觉地走进了两个不同的生命的角色中，且很投入地进行着一场人生演出。我扮演的是兆正人格的另一面；而她扮演的，则是她本位人格的另一面。于是，我们便结合了。日复一日，月复一月，年复一年，我俩都有一种行进在一片白茫茫的感情的原野上不知归宿在何处的感觉。而每一次的肉体接触，我都将它想象成是一种植物的灌浆过程：我们正在灌浆着一只果实，一只表皮艳美、口感苦涩、果肉更可能会含有某种毒素的果实。我想到伊甸园，想到人类的元祖亚当夏娃，想到那棵树，想到那条蛇，想到那只禁果——人都是带着原罪来到这个世间的呢，我这样来释慰自己。

有时，我会以一个第三者的口吻来向我自己发问（我老喜欢这么做，我的好些自以为精彩的诗句便是在这一问一答之间构思出来的）：究竟，在她们两个之间，你更赞美的是哪一个？我突然向自己发难的时候往往会拣某个月色乳白、夜深如水的夜晚，有时是在我香港家里的大露台上，极目远眺，思刃分外锋利；而有时也会在上海，当我从湛玉的家中出来，自己倾听着自己沙沙的脚步声，一个人走在路灯凄惶、梧桐枝叶交叉的街道上。我想了想，回答说：是她。（但我拒绝说出名字来，虽然在我心中早已无声地肯定了，所谓“她”，是指谁。）但你的选择为什么又是另外呢？扮演第三者的声音决不肯放松，继续追问。眼看就无法招架和回避了，我说，可能是因为酒精的作用吧。一个愈是喝醉了的人愈是可能会向一个幻影伸出手去的。于是，我便再没听到那第三个声音继续发问了。

其实，再想深一层，我将我三分之一的资产挪去上海的其中一个重要原因不就因为了湛玉？我自然十分明白她喜欢什么，而我又不由得在暗中盼望能在自己的身上再增多一些她所喜欢的色彩。但另一方面，我更清楚自己的真实追求是什么。这是一种生命的追求，在远远的另一端不断地唤着我，叫我欲罢不能，不得不循着那冥冥之中的唤声一路摸索而去。我经常会觉得自己是处在一种矛盾情绪的十字路口，怔怔地不知该往哪个方向上靠才好。男人以及女人，随着年龄的增加，生命带给他们的启迪和意识上的长进竟然是反向的。

我还知道，总有一天，在这生命的平台上，我与湛玉的关系也会走到尽头，走到落幕的那一刻。那时，由我代兆正扮演的那一部分人格又会与他的另一部分再度整合，让他成为一个完整的从前的他自己；而我又会再做回从前的我去。当然，我不知道那一天是哪一天。我不是自己命运剧本的编剧；反正，只要这一天还没到来，我就应该全情投入演出，一旦想到了这一点，你便会心安理得地活下去和做下去，认定这便是你全部命运锁链之中无法省却的一环。

每一回，当我从护照查验台上取回自己的证件，然后再从台与台间的那截短而窄的甬道间通过，远远地朝着行李输送带的方向走去的时候，心中都会忍不住地荡漾起一种如释重负的感觉，仿佛自己正领受了一份额外的赦免的恩赐一般。

这么多年了，我始终无法摆脱这种感觉。我到过世界上的很多国家和地区：欧洲、美国、加拿大、日本、新加坡或者台湾，但每一次，只要我一来到中国大陆，尤其是上海的出入境关卡跟前，这种奇特的感觉便会本能地浮现出来，并紧随着我，一直到所有的过关程序都告一段落为止。照理说，上海是我出入最多的一个地方，又是自己的故乡，应该感到更熟悉、更快乐、更安全、更有亲切感才对。但不成，这种感觉的产生是没有理由也不听理智之分说的。我要反复不断地向自己确认说：此刻，你拎着的那只手提袋中会不会携带任何违禁品，比方说，一本反动杂志？若干页大逆不道针砭时弊的文稿？甚至还可能夹带上了一本可以给人无限上纲的反动日记本之类？一旦想到了这一层，我便感觉手提袋的分量突然变得不堪重负起来，我站在队列里一步一人头地向着护照查验柜台的方向靠近过去。我幻想着，一个穿制服的官员会突然从查验台的后面站起身来，朝着正准备转身离去的我说："喂，是你。等一等！——"我的心突突地乱跳，时刻预备用一种强装出来的镇定来面对一场可能突发的事件。

对于任何着制服的人员，我都怀有一种遏止不住的、病态的恐慌。因为我觉得，他们是某种权力的象征。权力，随时可以叫你失去自由，进而按你个莫须有的罪名，将错就错地将你投进一间小黑屋里，从此便让你与世隔绝了的权力。在这样的人的面前，我感觉自己就像一只大脚板下的小蚂蚁般地缺乏安全感。我知道我的想象有点荒唐，也有点变态，我知道它们是来源于那次遥远了时空的记忆。少年的岁月，中年的岁月，哪怕到了老年，记忆都会变了形地来作弄人。它们像某类调味品，捣碎了，与现实生活的情节糅掐在一起，再发泡出一只只虚幻的馍馍来，叫你真伪难辨。

我向着行李输送带的方向走去，已有好些人站在那儿了。行李带开始启动，它唧唧地鸣叫着，将各种形状的行李东倒西歪地从黑色的胶片帘的后面输送出来。有人弯下腰去，将行李从流水带上费力地拖出来，核对着，装上小车，推着，走了。

我也拣了一件，准备离开。亮着浅蓝色灯光的大堂里，三三两两的出境人群，推着行李车，朝着标有禁区标志的玻璃自动门走去；空气中浮动着一种隐隐的说笑声，气氛显得格外安谧。我见到玻璃门前站着一小队人马，像是在等接谁的机，男的女的，一个个衣着趋时，面带微笑。一两个人的手中还捧着鲜花，其他有几个则扛着带电视台标记的摄像机。

20 世纪末 21 世纪初的中国和上海。又一个历史连绵进程中的特定的横断面，而人的生命是垂直的，我们都从中国历史的另一个断面之上洞穿而来。

一位周身 FANDI 名牌、肤质保养上佳的中年妇人朝这边走过来，她刚从护照查验台离开，她的身后跟着一位男士。立即，扛摄像机的和捧鲜花的都向他们拥了过去。但我发觉，FANDI 女士好像是向着我这里一边微笑一边走过来的，她并没太多要去答理摄像机和鲜花的意思。当我看清她原来是罗太太——也就是湛玉向我提起过的她的那位童年时代的好友莉莉时，她已经快走到我眼前了。她的身后边跟着的是提包的罗先生。

我急忙迎上前去。也真是的，只顾了胡思乱想，都快失礼于人了。我说，还没认出来呢，原来是你们两位啊。

“你是财大兼气粗，又贵人多忘事，怕是见了人故意不认吧?”莉莉边调侃，边吃吃地笑了。

“哪里。哪里。”

但我很快发现我们三人已被蜂拥而上的电视台工作人员团团围住了。大家好奇地注视着我们间的谈话，沉寂了一会儿。我发觉远远地有一架摄像机的镜头正对着我们——我、罗太太以及罗先生——红灯一闪一闪地亮。我慌忙退向一边。我说，罗先生罗太太，你们还有正事要做，我这……

但莉莉一把拉住了我，什么正事不正事的，还不是这里的电视台正在拍一部我与我家族的长篇纪实片。机场遇故人，她笑着说，不正好是一段可遇不可求的生活细节？——你说呢，导演？她向一个身穿牛仔装，扎着一截马尾辫的男人递去了一瞥眼光。

马尾辫导演挥了挥手，亮红灯的摄像机便马上停止了工作。大家重新围上来。导演是个高而瘦削的年轻人，三十来岁，菜黄的脸色，耷拉着眼皮，显得无精打采，一副严重缺乏睡眠的模样。他说，是啊，咱们的郝莉莉小姐是沪上的名门之后，自己又曾是个红极一时的芭蕾舞演员；去了外面这么些年，如今又再回上海来投资，她的人生故事很富有传奇色彩啊。

导演抬起头来，望了我一眼，他朝我折皱出了一个敷衍的笑容来。他顺势从衬衣的上口袋中掏出一包“中华”来：“嗯?”他向我与罗先生分别做了个暧昧的手势。在我俩一致向他摆了摆手之后，便独自弹出一支来，点上火，抽了起来。

“这位是……”他向上方吐出一圈烟雾。

“老朋友了，也是上海人。在香港，他曾经是我老公生意上的拍档。”莉莉如今说话，大大咧咧，声音也很响，还充斥着一种满不在乎的自我放任。这非但与湛玉从童年记忆里描绘出来的她不同，就是与我认识中的她也变化很大。从前在香港，我们应酬谈生意，莉莉总是坐在一边，身段窈窕，样子文静得来也很好看。她从不多嘴，只是偶尔朝她丈夫瞟上一眼。有一次，她丈夫说起，原来莉莉与我都是上海人，而且“文革”的岁月也都是在上海度过的。莉莉说，是吗？我说，是的。

我还说，那时，我是反动学生，处处受监管，日子难熬得很哪。她便问，你当时是哪一所学校哪一届的？我说，东虹中学六七届高中。她的脸上就有了点异样的表情，她说，她的一位童年好友也在那一所学校就读，好像与你是同届,不过……"不过"之后她就没再多说什么了,她多望了她丈夫一眼,那时的她决不会在不该多嘴的时候多一句嘴。我说,东虹中学的学生有几千人,就我们那一届就有好几百。当时,那间学校搞极左思潮在全市都是出了名的,遭殃的教师学生一大批,我,只是其中的一人而已,而且还是相对侥幸的一个。否则,我还能今天坐在这儿与你们一起把盏饮酒吗?于是大家便笑,都说,这倒是的,这倒是的。罗先生举起杯来,说,大陆的"文革"他是没有经历过,也不感兴趣。他感兴趣的只是钱——只要能有钱赚,就行!来来来,他说,为了赚钱,大家喝下这一杯!于是大家——包括我和莉莉——都举起了杯来,我感觉到莉莉迅速瞥了我一眼,在这一瞬间,似乎已经有了某种讯息的传递了。

你看,我又来了。我在对一个故事的叙述与记录的过程中,经常会有颠倒时空和记忆的事发生;事实上,我自己都无法辨清什么之后才轮到什么;而什么,又可能是在事后添补上去的一笔幻觉?从这层意思而言,你完全可以说我是个思路不清的作者,但我却绝对是个尊重感觉事实的作者。

就像这一回,当我在上海机场重遇罗氏夫妇时,我的明确不过的印象是他俩已肯定不再是从前在香港时代的他俩了,莉莉与她的丈夫的处世位置正好来了个颠倒:一个滔滔不绝,语直意骇,遣词泼辣;而另一个则是毕恭毕敬,谨行慎言,站在他老婆的身后,满脸堆笑,只有在偶然不得不要他作答之时,才挤出半句一句不咸不淡的港式国语来。

还有一点:莉莉也肯定已经不再是从前的那个窈窕秀美的莉莉了,她变了,变成了一位体形富态的中年妇人了。她朝着导演说道,你别小瞧我们的这位老朋友喔,他还是个才子呢,他是一位诗人。

导演"喔"了一声,再次抬起眼皮来望了我一眼,他的眼中有一丝迷惘:诗人,这个久违了的名称似乎与眼下的这摊子也扯不上什么关系。

我窘迫万分。

"不是说你们曾是生意上的合作伙伴吗?"

"合作伙伴?其实还不是主要靠我们这位朋友,靠他的资金,靠他的市场,靠他的人事关系?我们只是加点儿小股本凑凑热闹,凑个名义罢了。"这,才算是说到了点子上了,瘦导演一下子来了精神,他将吸剩下来的大半截烟蒂在一旁的一只不锈钢的烟灰坛里掐灭了，把脸转过来朝向了我："能否请问阁下在香港是做哪行的？"

我还在沉吟，考虑着该如何向眼前的这位仁兄作答比较合适时，莉莉已代我把话头接了过去，说道："他呀，在香港是搞房地产和金融股票的，还有项目投资——前不久在上海和海外报纸上都报道过的那家设厂在浦东金桥区、新近刚投产的成型地板厂就是他投资的！"

"投资额一千二百万——美金，统统是美金！"拎包的罗先生在一侧加重了语气。

这是哪里跟哪里的事啊！在这种时候谈这些，我恨不得当下就有个地洞，钻进去，一遁了事。

但我见到马尾辫导演的那对从来就不像是在望着谁和望着什么的眼睛在此一刻间突然放出了光彩。它们开始聚焦（可见它们并不缺乏睡眠），它们望着我。他说，他记起来了，好像是跟东北哪家林场的合作项目。

不，这是一种高压合成的纤维地板，莉莉纠正他。

合成地板？那一定是采用日本最新技术的那一家了……

不，是德国设备和技术，罗先生又说。

对，对，对。是德国技术，是德国设备，是合成地板。现在在浦东投资的外企也太多了，一天报道就有好几篇，都张冠李戴了。马尾辫自嘲自解，他的手指再次伸到衬衣的上口袋中，掏呀掏的。此次，他掏出来的不是"中华"，而是一叠名片。

他取了一张交给我，说，敝人小姓于，侧勾于。大家以后交个朋友——本来么，朋友的朋友就是朋友。他又说，说不定，咱们以后还可以搞些合作呢。电视台的节目现在搞承包，广告全靠制片和导演自己去拉。但我们电视台的广告效应大着呢，几乎覆盖半个中国，云云。

我说，是的，是的。下次有机会，下次有机会。但我又说，对不起，这次我倒真没备名片。

于导很大度地挥了挥手，说，免了，免了。认识了就是朋友，面孔就是名片。他又向人群远端的那位摄影师挥了挥手，说，先给我们照一张相片留念吧。我发觉他的菜黄脸色都有些泛红光的意思了。他用一条手臂紧紧地挽住了莉莉，另一条挽住了我；莉莉的边上站着罗先生。“咔嚓！咔嚓！”便立此存照了。只是至今为止，至少，在结束这部小说之前，我还没有见到这幅照片，我无法想象照片上的我会是个啥模样。表情木然、僵硬，还是一脸尴尬？

照拍好了，莉莉缓缓地又开腔了。她指了指我，然后说道，其实啊，我与他还有一层别人所不晓得的特殊关系呢……她吞吞吐吐的，故作玄虚，弄得周围人都一齐望准了我俩，还有人偷偷看了罗先生一眼。神秘够了，她才继续往下说。她说，她有一位童年时代一起学芭蕾舞的好友，后来变成了我的中学同学。“而且还是同届同班坐同一张课桌的同学，而且至今还来往密切，”她将脸朝我望来，笑得很古怪，“——究竟你俩是一种什么样性质的朋友啊？”

湛玉都向她说了和暗示了些什么，我不便问，更不便表态，但又不能过分装蒜。总之，我不便做任何事。我装作没听见，将目光望入远处，望入虚无。远处，还有最后的两茬出境者正推着行李车向大门口走去。

见有些僵场，她便自砌下台阶。她说，你可没见过我的这位女友了，于导，做姑娘的时候是个美少女，大了成了美妇人，就是到了现在这一把年纪，还韵味十足啊。决不比你导演的那部叫什么，什么《巫山云雨》中的女主角差多少——真的。

于导说，那好，那下次就请她来当女主角吧，只要你的朋友肯投资拍戏，其他的事都好说，都包在我身上！

哈哈哈。周围立即升起了一片附和的笑声。

接下去便又有点冷场了。于导说，走吧，吃饭去。我已经在“美林阁”预订了一间包房。又同我说，一块去。一共开来两部车，我坐前一部，带路；你与郝小姐和罗先生坐后面那一部。我说，谢谢。谢谢。高个子的于导便冲在前里先走了，扎起了的短短的马尾辫在脑后一跳一跳的。

我问莉莉，你们也来上海投资项目吗？

莉莉说，投什么资啊——你又不是不知道我们的情形。不就利用爹爹留下的那点影响和人事关系做些务虚性质的生意？如今的世道变啦，全变啦。变成了：老公要靠老婆，活人要靠死人哪，嘻嘻！

我，不禁瞠目。

大家边说，边走出机场大堂的自动玻璃门，站到了街上。别克车前一辆已经开走了，后边的那一辆眨巴眨巴着黄边灯正靠上来。我突然向莉莉说道，罗太太，很抱歉，今天我还是不去了，其实我一早已约了人了。

啊？

没关系，麻烦你向于导他们解释一下就是了。

就在别克车将车门打开的那个刹那间，我逃离了，如释重负。我知道，我的举止有点过分，也有点不太礼貌，甚至还有点上不了台面，但我只能如此。

两天之后，我才给湛玉去电话。她在电话线的那头一听是我的声音，便笑了。她说，早在盼你来电话了，但我知道，这次你来电话的时间一定会多推迟两天的。她没说原因，我也没问原因。她的过人的聪明和敏感从来就是毋庸置疑的。

我说，这一回，还是你来我这里吧。我住在波特曼酒店三十八楼行政套间的那一层。

她在电话里再一次地笑了，那好哇，她说，难得你这次会邀请我。我听到电话筒里有一种嗞嗞的呼吸声。她说，你，不想我么？……

我说，想。当然想。我感觉到有一股强烈的生理反应由下而上，直冲脑门，连心脏也开始剧烈地跳动了起来。我转了一个话题，我说，兆正，他在家吗？我想借机狠狠地给自己淋一瓢凉水下去。

对方的口吻马上平静了。她说，他去作协了，下午近晚的时候才会回来。于是，我便又有了那种手掌与手背在互相翻覆时的感觉了。

一小时之后，我与她已经坐在波特曼酒店三十八楼行政层住客的俱乐部里了。是一张临窗的双人座，有人在屋角的一架三脚钢琴上弹奏肖邦，轻柔的乐曲笼罩了整个厅房。厅房不大，分内外两间，地上都铺着很厚的彩织地毯。内室里散散落落地坐着几桌人，两对老外，一对衣着华丽讲究的华裔男女，还有就是我和她了。一个金发女郎站起身来，她毫无声息地从地毯上踩过，去到外间。她从自选的糕点水果盘里取了几样东西，再回到自己的座位上坐下来。一个白衣金扣的侍者不知在何时已站在了我们的桌边，他身杆笔挺，一只手摆在身背后，另一只手中握着一支用白餐巾团围着的冰镇过的香槟酒。“Please? (需要酒吗?)”他说,他用征询的目光望着我俩。在我微微颔首后,他便将金黄色的酒液注入到我们的杯中来。接着,一个利索的收酒动作,他向我们微笑着,退后,离去;无声无息地就像他来到我们的身边没被我们察觉到一样。

飘然的乐曲仍在继续,若有若无,时隐时现。我们面对面地坐在一张云石台面的方桌的两边,一旁,宽银幕式的大玻璃窗落地,正面对着上海展览馆的整片绿化带,俄式宫廷气派的建筑群落散布其间;每一座金色的屋顶都反射着中午时分的阳光,光耀得有点让人睁不开眼来。再过去,便是蟠龙逶迤的延安路高架以及玉带环腰的内环线在某个灰意蒙蒙的城市的远处相交。整个大上海此刻就在我俩的眼底下毫无遮掩地铺展开来,高低错落,新老割据,就像是一片在阳光下波涛起伏的海面,东西南北,一望无际。

这是一幅壮观的场面,那天中午,从波特曼酒店三十八层楼的窗口望出去,这是一幅摄人心魂的都市壮观图。

湛玉将目光从窗外收回来,她说,她太喜欢这样的环境和气氛了。我笑笑,没说什么。我当然知道她喜欢这样的环境和气氛,但喜欢又怎么样呢?

我举起香槟杯,说,来,我们干一杯吧。她望了我一眼,也将杯举了起来。我们轻轻地碰了一下,在玻璃杯发出的一声悦耳的当响中,我们各自喝了一小口,然后把杯放下。直到这一刻为止,我俩谁也没向谁提及过莉莉与我在机场相遇的那件事。现在,她从桌的对面笑眯眯地望着我,她的眼神中调皮着一种浅浅的酒的醉意。她说,怎么样,不肯给人面子啊,大老板?

我望着她,不知为何,沉默了。我突然语塞,竟然想不出一个言辞来答她,哪怕只是个敷衍性的答词也好。也许,我的想法带偏见,甚至还有点儿极端,但我控制不了自己情绪的流向。对于那些存着心要将什么都往“钱”字上扯的人来说,所有这些似乎都是有所图谋的;这更多的是一种手法,一种暗示,一种试探,一种隐喻,还不单是习惯与性格使然那么简单——这是生活在当代中国社会的文人和类文人们常会拥有的几个层次的内心世界,而最核心的那一层,有时,连他们自己也看不透;他们只是任凭着一种直觉和冲动来对事件做出言语和行为上的反应。

反感就从这儿产生了。

后来，我俩回房间去。我靠在床头上看电视，看一个新闻播报员播报新闻。播报员说，上海今年的外资流入总量又创新高；浦东新区建设如何日新月异，如何又创人间奇迹。我听着盥洗间里哗哗的水声，湛玉进去洗澡已经洗很久了，但她还没从浴室里出来。在床的左侧是一间布置得十分精致的，摆放着一张桃木写字台的小小坐起间；坐起间与卧室之间的分隔是用一圈虚设的阔条柚木板做装饰框的。从我坐着的位置望过去，能望见她进浴室之前除脱下来，挂在沙发把手上的外套、内衣和胸围，一双半高跟的露趾女鞋整齐地排放在沙发底下的地毯上。

这就构成了一个虚拟的她，正静静地坐在那儿观望着我。我再次将注意力转移到电视荧屏上去，播音员正在播出一条酷暑天市委和市政府领导亲自前往大桥建设工地，为奋战在第一线的工人们送上消暑解渴饮料的新闻。有几张脸在欢笑，有几张扭曲，好像在哭——大约是太激动了的缘故吧？

浴室的门终于打开，湛玉穿着一件雪白的、胸袋上标有酒店 LOGO 的毛巾浴衣走出来，长发散披在她的肩上。房间里的空调打得很强劲，但她的脸仍然通红通红的，像一只透熟了的苹果。

她先在床沿上背着我小坐了一会儿，无言。然后便伸直双腿，也躺靠到大床上来。我们一起面对电视机，看着一条又一条的新闻继续播放：郊县今年的收成势头一派大好之后，便是全国计划生育工作会议在京召开，全国妇联主席以及有关中央领导出席了会议并做了重要讲话。

她怎么啦？我怎么啦？我们怎么啦？在这六尺半的特大双人床上，如此柔软的床褥，如此雪白的床单，如此香气四溢的枕套，在这片最适合做爱的场地，我们怎么啦？

不错，我已经说过，我们迟早会有那一天，但难道游戏刚开始就已经宣告结束？我不甘心，我想，她也不会甘心的。

我走下床去，先去关了电视，再走到窗前，将房间宽阔的落地窗帘给拉上了。窗帘是双层的，遮光型的，房间顿时陷入了一片漆黑中。我只是凭借着浴室门缝里透出来的一缕光线，摸索着走到她的床边，打开了床头灯。我尽量将床头灯的光线调得柔和,然后再去酒吧台上,倒了一小杯巧克力味的雪利酒,钳了两粒冰块放进去。

她一直无声地望着我干完这一切。我一边摇晃着杯中的冰块,一边来到她的床边上,在柔和的灯光里,她的眸子明亮如晨星。我将酒杯轻轻地放在了她的床头柜上,我说,这酒好喝,甜。她点点头,但并没去拿来喝。她的目光渐渐变得朦胧,变得散漫;她平睡了下去,一颗头颅将厚厚的一对枕头睡出了一个凹形来。她的长发散乱在四周。

我也回到了自己的睡位上,然后再侧撑过去,将她虚空地笼罩在自己的环抱之中。当我将自己的嘴唇向着她的嘴唇缓缓地俯按下去的时候,我听得她在我的耳边说道:我知道,你是因为什么而不高兴。我说,是吗?

我不停地吻着她的嘴唇,她的脸颊,她的下颔;再一路吻下去,她的脖子,她的肩膀,她的手臂,她的腋沟。还是那股醉人的体香,现在更混合了一种茉莉花型的皂香。白巾的浴袍已经彻底松开,我将自己微微地撑高了几寸,以便可以俯瞰眼底下的这一片雪白的丘原和河谷;此刻,在台灯的光亮里,更涂上了一层秋熟季节的麦穗的金黄。丘原剧烈地起伏,两粒粉红色的乳头坚挺着,像两颗熟透了的红莓果,随着起伏的节奏颤颤悠悠地抖动。我再次俯下身去,开始用舌尖来舔它们:一下,两下,三下……终于,她忍不住了,她伸出两条手臂来,紧紧地箍实了我的脖子。她猛地一把将我拽倒在了她的身上,让我再一次地埋葬进她的气息里,淹没到了她的情欲中去。

是的,总会有一天;但,不是今天。

贰拾叁

世界，从秀秀的眼中呈现出来

The world spreading out in Xiu Xiu's eyes

路就是这么走成的，走成了湛玉独特人生的一条独特之路。（其实，有谁的人生之路不独特，不唯一，不是不可被替代的？）在某个人生的道口上，你决定向左还是向右，表面看来只是一种无意识的选择，一种情绪化了的决定，但就实质而言，这是一种强大得你根本无法摆脱的生命的潜因在暗中主导你的缘故。而这，就叫命运。

于是，我便再次出现在了她的生命中。当然，还有他，他并没有消失。湛玉这样想着，抬起眼来，偷偷睨了正与她并排行走着的秀秀一眼。女儿似乎并没有留意她，她在母亲的一旁走着，显得有些漫不经心，时而抬起脚来踢一块石子或一只空可乐罐。踢了几回，又都未能达到她的心理目标（她心中一定有一个无所谓什么目标的目标的），于是，她便朝前小跑了几步，将空罐又踢回来，然后再轻轻打横一脚，将它踢进了路边栽树泥地的一只凹坑里，这才算罢了脚。

湛玉紧走两步，赶上了站在泥坑边上等着她来到的女儿。女儿的眼睛不望她，仍盯着那只被她踢进了土坑中去的无辜的可乐空罐，她看不清她真实的脸部表情。她只听得她说："那后来，后来你为什么就突然停下不学了呢，妈？"她提问的声音不响，指向也不明确，甚至连语调都带了一种介于问话与自语之间的不确定性。但她知道，女儿想要问的是什么。

这个故事湛玉讲了有好多遍了，但从未有一次提及过她为什么后来会停下不学芭蕾舞的原因。而秀秀听这个故事也听了有好多遍了，她从来扮演的就是一个忠实听众的角色。她知道，母亲只是想一遍一遍地讲，尤其是当她的情绪有波伏的时候。当她讲够了，心情也就差不多平复了，心情平复了,自然也就不讲了,如此而已。唯有这一次,是个例外,秀秀不想问,但还是问了;想问,但又没有问清楚。

湛玉听得十分真切,瞬息之间,她已从纷乱的思绪中滤出了一切往昔记忆里的细节。她飞快地调整着自己的思路方向和情绪曲线,但她决定还是装作什么也没有听到。

一辆公交车(如今流行地称做“巴士”)从她们的身边轰隆隆而过。

当然早就不是那种一拖一的,车厢顶上装置有一只大的沼气袋的公交车了,现在的公交车都采用中央式的封闭型空调,车身低矮而平稳。所有的车窗都紧闭着,透过茶色的玻璃窗能见到高高稳稳坐在软垫司机位上的司机。而公交车的路线号也不再是 5 或者 42 之类了,如今都流行三位数,诸如 918、726 等等,用电脑控制的圆点数字亮闪闪地打在车额上。之下是一大块环圆形的挡风玻璃,左下角的某个方位上搁着一块横牌:本车无人售票,票价每人两元。

公交车给湛玉提供了一个最好的借口。当它轰隆隆过后,她便又立即做出了一种好像什么也没有发生过的样子,自自然然地与秀秀保持着一肩的横隔距,朝前走了起来,她们又再度进入了那种无言的状态之中。

其实,在这之前,母女俩在麦当劳的那排临窗的座位上也坐了有好长一段时间——大概有一两个钟头吧。她们说说停停看看,接着又看看停停说说。母亲的牛奶纸杯早已空了有好长一段时候了,但仍然轻晃晃地摆在了她的面前,女儿餐盘中的食物也早就吃完了,在这种顾客的流动量十分大也十分快的快餐店里,为了避免长时间地占据着两个视角优佳的座位而不吃不喝的尴尬,秀秀又去买了一份奶昔和一包大薯条来,放在面前一根根地取出来,蘸上茄汁慢慢儿消耗。

后来,她俩终于走出店来,天色已经完全黑透了,街道两旁的青铜路灯一盏挨着一盏地分两排展开去,在漆黑的夜的背景上显得格外地光明亮丽。秀秀不用母亲提示,便自动自觉地与她一道先踱过一条马路去,然后再转踱到另一条马路上去(恰似当年的那个穿一身芭蕾舞服的八岁的湛玉从牛奶棚到舞蹈学校时走过的路线),以此来抵达一个十字路口上的对角线目标。她俩从亮着炫目碘钨射灯的复兴别墅的弄堂口经过,并双双驻足朝弄内望了几眼。她俩是回家去,而如此路线是明显兜了个大圈的。但秀秀心里明白，这正是母亲的意图所在。从这小小的细节，其实，便已经不难窥探出当女儿的内心世界了。尽管她还未长大成人，但她是知晓一切的，她只是说不清楚，就像当年的湛玉自己。而谁又能肯定地说，当秀秀长大后，就不会长成为第二个拥有了另类童年情结的湛玉？

秀秀从未见到过外祖父——他在她出生前的很久已经去世。而外祖母留给她的印象也远不是母亲所形容的那般漂亮和富有气质。到了秀秀产生记忆的年龄，她已是个满脸皱纹的老太婆了，整天待在虹口的那幢红砖老屋的二楼，很少下楼来。她性格孤僻，猜疑心也重。母亲说外祖母的这种性格愈趋严重是在“文革”结束之后的事。那时候抄家物资已经发还，她整天就守着两只大樟木箱，轮流将它们打开，把里面的东西一件件取出来，看了又看，数了又数。几张定期存单和一本活期存折更是她寸步不肯让它们离身的东西，一会儿藏在箱底，一会儿又把它们取出来，塞到枕套芯里去。后来大约是要拿枕头到露台的阳光里去晾晒，她不要一不小心存单滑出来，掉到了楼下的花园里去，就麻烦了。于是，她又复将它们再度掏出来，放到了一处她记得应该是十分稳妥和隐蔽的地方去了。枕头晒完了，但她已完全记不起她的那些宝贝搁哪儿了。她急得团团转，满屋乱找，最后还是不得不把秀秀的父母都唤了去。在这之前，外祖母是从不肯向任何人公开她的半点私密的，尤其是这几份存单，这是她私密的核心。后来，存单终于在盥洗间水盆底下的一条已经废弃了的水管里给找到了。它们被揉成一卷，塞在了里面。其实，这是套老把戏了，“文革”抄家时，秀秀的外祖父就已经使用过，但最终仍没能逃过红卫兵锐利的革命目光。这回，秀秀的母亲便是根据了当年的那条线索才把藏物给找了出来。

存单找到了，外祖母终于松下一口气来。当时，秀秀的父母亲谁也没有去留意存单上的数额，一经发现失物，就已迫不及待地高声地叫了起来：“找到啦，妈！——”并立即将存单如数交还给了外祖母。唯外祖母却吞吞吐吐地向着她的女儿女婿解释说，这钱其实也并不是她的——真的，不是她的，是琴阿姨寄放在她处，让她给保管的。琴阿姨？琴阿姨不是在郝伯伯去世后已搬去与莉莉同住了？莉莉后来成了个专业的芭蕾舞演员，担任舞剧《白毛女》的 B 档女角，当年还红极一时。“文革”结束后，她才结婚，还分配到了一套四居室的住房单元，煞是叫人羡慕。而所有这些都是湛玉后来陆陆续续从她母亲那儿听说的。事实上，自从湛玉与莉莉结束了那段私人舞校的同学生涯后，就很少再有来往了。再以后，不知从何时开始就完全没了往来，那时的她俩都已长成大姑娘了，各怀心事，也各奔前程去了。

"文革"抄家最翻天覆地的日子里，湛玉倒是有过一次在某个无月的晚上偷偷潜近那幢位于淮海路常熟路口上的大公寓去的经历。她发现以前郝家住的那层楼全都给封了，印着"××造反司令部"字样和红泥章的两条气势汹汹的封条一个大交叉在大柚门的中央，周围是一片死一般的寂静。沿扶梯一直到大堂，再沿大堂一直到街上，到处都贴满了揭露郝某人的大字报。大字报用三个以上惊叹号的力度嘶喊着要将郝某人的画皮剥下来，说他是个美蒋特务机关和刘邓资产阶级司令部里的双重黑线人物，实属罪大恶极，十死都不可有赦！湛玉将她偷偷"侦察"来的"敌情"告诉了父母，那时父亲也正在单位里挨批斗，他听了非但不觉担忧和紧张，反倒有点轻松安慰的神情显露了出来。他说，当年还亏得没同他扯上什么关系呢，像老郝那样的人都落到如此下场，我们这些个还有什么可计较的？那晚，他多喝了两盅五加皮。

但这事过了不久，报上便见到莉莉的名字了，还有她扮演白毛女走出山洞迎接太阳出来了时的剧照。父亲便复又感慨了起来，他朝着湛玉说道："你看看人家！你看看人家！"言下之意是说，假如当年你也将芭蕾舞坚持学下去的话，那还不改变了全家的命运？母亲倒没说什么，她听听，就不知在何时走开了去。而当时湛玉自己的理解是这样的：莉莉是属于可以改造好的子女，可以改造好的子女的一技之长也是国家与人民的财富的一部分，郝伯伯和琴阿姨未必就能沾到什么光。——当然，她并没用此理由来反驳父亲。后来有一次，她在淮海路上见到莉莉了，那是在"文革"期间，莉莉穿一身当年文艺界最流行的江青式的连衫裙，一双蓝色的丁字形皮鞋，肉色透明的卡普龙丝袜，与一班看上去也像是文艺界的男女同行们嘻嘻哈哈，一副神采飞扬的样子。湛玉不想上前去，当然也不太敢上前去招呼这位幼年时代的朋友，她从来都认为自己在任何方面都胜莉莉一筹，但这会儿有点不一样了，她觉得莉莉怎么比小时候漂亮了这么许多。从这以后，湛玉便没再见到过她。不过，社会上倒是常有些疑幻疑真的谣传的，一说，某首长的公子看中了她；又说，某中央领导替儿子选妃的名册中，她也是候选人之一，等等。但最终，这些都不曾见有实现，倒是改革开放后，知识再度吃香起来时，她嫁了个搞理工科的青年教授，一时传为美谈，还登了报。再后来，便到了找存单的那一次了，湛玉才听母亲告诉她说，原来莉莉早已与她的教授丈夫离了婚，重新嫁了个海外华人的丈夫，并与他一同去了香港定居。当然，琴阿姨也随她同去了。那年代，对于香港，虽然也有很多传闻与想象，但毕竟是个遥不可及的地方，与他们的日常生活也没有什么太大的关系，所以也没往心中去。到了后来的后来的再后来，莉莉又从香港回来了，竟然在一个意想不到的场合与湛玉再次见面，并还告诉了湛玉有关“他”的近况。那时候，无论是莉莉的父母还是湛玉的父母都已作古，她俩自己也都是四十开外一大截的中年妇人了，生命的单行道在这个特定的时空交叉口上又再度相逢，一切是偶然，一切也是必然。

存单找到了，大家当然都很高兴。但外祖母却因此大病一场。病后就一直有些精神恍惚，后来就说是患了一种精神类的疾病，属老年痴呆症范畴，经常失忆、错忆和丢三落四，甚至几次还走迷了路，让人给送回家来。再后来，她便死了。她是一个人孤独地死在老屋里二楼的那张红木大床上的。秀秀听母亲说，这张床外祖母倒是真睡了差不多有大半辈子，该床连同那口柚木镶镜大橱、五斗柜、双床头箱甚至还包括那张弯腿摊把手的单人沙发等等全套房间家具都是老两口当年结婚时，外祖父专门去南京路水明昌家具店定做来的，据说质量十分上乘，打造的师傅也是当时第一流的。而那床，外祖母自从新婚第一夜睡上去之后便夜夜陪着它，一直到她断气的那一刻（谁也不知道她是在那一晚的哪一刻断的气）。秀秀的母亲是在第二天下午接到老家居委会打来的电话而直接从工作单位赶去的。她整理了外祖母留下的一切遗物。那两口樟木箱里的东西基本都让母亲给处理掉了，只留下一段英国花呢料，这是外祖父在“公私合营”前一年托香港的一位朋友买了捎来上海的，本打算做一套当年最新颖的窄膊西装，万一有希望上调去市工商联工作时也可出出风头。但后来，当然也就作了罢。这一回母亲倒是利用它替父亲做了件西式的春秋长大衣，也算物尽其用,蛮实惠的。还有一件收腰身的锦缎小袄,也就是外祖母最喜欢穿着来作画的那一件,母亲也保留了下来。母亲说,她舍不得将它也一并处理了,这里藏着她童年时代的一段美丽的记忆。

至于当时闹得最什么的定活期存单加在一块也没啥太大不了之事。父母亲两个人,一个拿计算器,一个读数字地加了一遍再一遍,连本带息总共也不过一万若干千若干百若干十若干元若干角若干分若干厘罢了。但居然,这已是当年外祖父毕生的积蓄了。对于秀秀,属于21世纪的这一代人来说,这非但有点滑稽,甚至都带点儿悲情色彩了;然而对于当年的父母亲,无论如何这都还算是一笔可观的财产。母亲用它来添置了一套当时在市面上最贵的亚光柚木贴面的房间和客饭厅家具;在他们还没搬来复兴路段这新居前,他们一家三口就是这样温馨而满足地生活在用这套家具布置出来的二室户的老式工房里。那段日子是秀秀童年岁月里最暖色的记忆了。哪一天,等秀秀也结了婚,有了孩子,成了个中年妇人,当她也向她的孩子们讲述她的童年往事的细节是如何如何展开之时,那套亚光柚木贴面的家具便无形之中变成了她的那些故事中的场景和背景的编织材料了,就如那幢红砖法式洋房,那棵夹竹桃和蜡梅树,那座拱形门窗和室内露台,那只柚木大衣橱以及那把弯腿单人沙发在她母亲的记忆场景中所占的位置相类似。

所有这些,便是在这个年岁上的秀秀眼中的世界了,它有它独特的记忆色彩、社群结构和人物流动:外公(听闻得很多,但就从未见过他的真实模样);外婆(她的音容形貌正在秀秀的记忆底片上逐渐褪色);母亲(与她最亲近的一个人,但又始终无法进入某个能真正互相了解的半径圈内);父亲(与她其次亲近的一个人,但当疏离达到另一个半径圈时,她又被身不由己地拉了回来);还有那个从小就把她带大的,暗地里也常会与她拗拗手瓜、闹闹别扭的安徽保姆。

当然还有,还有就是那位秀秀叫他"叔叔"的男人。母亲说,他原来还是父亲和母亲中学时代同校同级同班的老同学呢。秀秀见到他也就那么两回,一回在街上,另一回好像是在家中。他不应该是这个家的常客,但自从秀秀见到了他一次之后,她就老被一种奇特得甚至带点儿恐怖的感觉追赶着:她觉得,她家中的每个角落,都有他的影子的存在。她说不清其中的原委，她也不太愿意去多想这些事，因为一念及他，她的心中便会升起一股莫名的慌乱，她会下意识地强迫自己的思路立即离他而去。

至此，我不得不又回到自己真实的立场上来了。无论是作为小说的作者，还是这位奇特“叔叔”的本身、本体以及本位，我都抗拒在秀秀——他俩共同的爱的结晶品——的心理领域范围内做出更多的纵深探讨。我只能让这个故事的这条情节线头永久地隐没在一种暧昧的黑暗之中。

贰拾肆

那个香港之夜，那个香港之午

That night in Hong Kong, and that noon in Hong Kong

兆正向香港那头拨出一个电话去的时候，纯粹是被一个带预感性的冲动所驱使的。

那时候，他几乎已经走离市区了，灯光密集的大上海已逐渐在他的身后织网成一片光海，朝着夜空升腾起一缕缕橙黄色的烟雾，宛若另一类炊烟。离他最近的那座气势轩昂的巧克力色的建筑是一家五星级大酒店，此刻正灯光通明。大门进口处的喷水池中激射而上的乳白色的水柱仍隐约可见，而强光灯从水柱的边缘往上射去，透过一面面正迎着夜风招展的各国彩旗，再射向未可知的茫茫夜空。整个大酒店就像是一座站立在大上海最前沿阵地上的光明的哨所。

这是兆正站在立交桥上向后回望时的一幅景色。立交桥在内环线的外侧，他望见一条条亮着雪白灯光的车龙就从他不远处的环线公路上缓缓流动而过。而他的脚下却是另一番景象：出租车、十轮货卡和穿梭于其间的摩托两用车互争车道，竞擦而过，它们穷凶极恶的号鸣声在立交桥下方的空旷区域交响成一股强烈的噪音，直冲上桥面来，刺痛了他的耳膜。桥上的行人稀稀疏疏，人们都是一副匆忙赶路的模样，有一对年轻的情侣，互相依偎，在橙黄色的路灯光中，不停地接吻而过。在这嚣腾肮脏的立交桥面上，像这样前瞻后顾，踯躅徘徊，时而停步时而凭栏远眺的留恋者只有他一个人。

其实，兆正只是又一次身不由己地陷入到自己的职业习惯——深深的沉思之中去了。这么多条道路，纵横交错互占空间各据层面，且都从不同的方向上来又通往不同的方向去；彼此即使平行或叠交而过，也都无法真正沟通。这种城市的现代化规划与理念难道不是对于某种人生概念的精彩诠释吗？兆正从立交桥的一条扶梯上走下来，扶梯相当宽阔，劣质粗糙的地砖已开始呈现一种这里脱落那里爆裂的局面，不锈钢的圆把手上布满了泥尘锈迹和雨的斑点，操外地口音的小贩在扶梯的尽头叫卖，幽暗的路灯光下，花花绿绿的货品摆满了一地。

他就那么一路走下来，走下来融入到另一条生命的轨道中去。

现在，他在一条市郊的公路上一路向西继续行进。如今，连郊区的公路都已经消失了"郊味"：没有庄稼和田野，反而是绿色的草皮一路铺种过去。有六层高的工房群，亮着杂色的灯光，其间，也会有一两幢的高层，鹤立鸡群，兀自矗立，俯视着这一大片宽阔的城郊接合领地。兆正发现不远处的人行道边站立着一座半开放式的电话亭，金属的电话挂匣和电话线缆在暖色光的路灯的照射下发出幽暗的反光。他突然就意识到了今晚上，他带着它一路从淮海路走到徐家汇，再从徐家汇来到这里的那个莫名的焦虑是什么了。他向电话亭走过去，顺便看了看腕表，快十一点了，精确地说，现在的时间应该是十点五十八分。他在电话亭前站定了，无头无绪地想了一会儿。不知怎么地，他的心中充满了一个强烈的预感，他觉得，他必定能再一次顺利地达到他希望达到的目的。

兆正随一个作家艺术家代表团出访欧洲是在十多年之前的事了。回程时，他们路经香港，这是他第一次出国，也是他第一次踏足香港。

那时候，香港还没有回归，中环的好几幢巨厦的顶端之上都飘扬着米字旗。香港警察都一个个穿着深蓝的呢制服，佩带锃亮、精神饱满地穿梭在繁华大街上的湍急的人流间。而那时节的上海文坛却正沉浸在20世纪30年代的租界和孤岛文艺时期的复古潮里，这是由张爱玲的小说再度流行于沪上而引发的一种文艺思潮，虚虚实实，飘飘忽忽，梦幻一般美妙地作祟着沪上各式各派的文人群落。兆正向往能来香港一游的目的也无非是希望能感染一下那种在上海已经消失了有半个多世纪的殖民地氛围。也剩下没几年了，他想，再说，张爱玲的小说本来就是以沪港两地的场景变换来为她的故事和人物提供基本的背景布局的。

但兆正感觉不到什么。除了香港拔向蓝天的摩天大厦群和狭窄街道间的车辆与人流给他造成的强大的挤迫感之外，他全然找不到那种弥漫在20世纪三四十年代上海租界区的怡然自得、潇洒浪漫的情怀。或者，它们根本就没有存在过，这只是记忆在回望时的一种文学变形，谁又能担保说，从另一个世纪后的明天回望时，香港的今天也不会被描写成了另一个模样？

但他却想起了“他”来——每逢他在类似主题上做种种漫游式的想象时，“他”便会不期而至。他打从心眼里佩服“他”，在这种挤迫的精神环境之中写诗，而且写如此飘逸空灵精粹的诗，兆正觉得“他”比自己了不起得多。

他们一行入住位于港岛湾仔区的一家中资酒店。酒店的建筑物的顶部醒目地高飘着一面五星红旗。一踏进酒店，大家都说到家了，亲切与惯旧的感觉同时升起。但兆正对这种感觉的判断很特别：惯旧之本身就是一种亲切感，而亲切与惯旧在一种特定氛围的上下文中的转换非但是可逆，而且几乎是等值的，其中包含有一种惰性以及麻木。

他向柜台后的一位能操生硬普通话的女孩子走去，摸出了一张纸片来向她询问一个地址。兆正觉得她望了他一眼，眼神之中略略显出了一点儿惊诧。她随即便说，这在铜锣湾半山，你可以从这里搭的士，盘绕这山道上去。兆正记住了这些话，而那张纸片在他手中汗津津地捏了好久，手塞在裤袋里，像是捏住了一团藏在了黑暗中的秘密。

后来，他们那队人马上街去，三两个走在前面，四五个拖拉在后边。每个人的手中都拎一只长方形的拉链皮包，晃荡晃荡的，内装现金以及证件。这也是他们那队人在欧洲任何一个城市上街时的阵势，那会儿，还带个翻译，现在翻译不需要了，然而在那个年代，出去还是有规定的：一切行动必须是集体。兆正跟着大家一同走，心中别别扭扭的。后来，有人要去金店给老婆买首饰，一队人马便一下子都拥进了静悄悄的店里，对于一只吊坠或一条手链喧喧腾腾地发表着自己的看法和意见，接着就有人取出计算器来，几颗脑袋攒成一堆将计算器按个不停。晚饭通常是再远也都要赶回宾馆去吃那顿免费餐的。晚餐后就有人提出反正时间还早，再可以出去“溜达溜达”的建议，还笑着打趣说，顺便也可以“体验体验资本主义的生活方式”嘛，因为据说，湾仔一带恰好是港岛的著名红灯区的集中地。

其实，这忐忑不安的一群人是根本无法“体验”到什么生活的。当来到那一扇扇眨闪着彩光珠灯的夜总会的门前，还没来得及站稳脚跟，目光也没来得及在那一张张印有女人的白臀、丰乳与红唇的海报之上聚焦，就见有一个满脸涂得猩红、露出两只雪臂与肉腿的女人迎上了前来，说：“先生请进来玩玩啦……”于是，大家都吓得有点发愣，先是一个人向后倒让了几步，接着，便是一队人的集体逃亡。再后来，作为弥补，大家一致投票决定在湾仔的一家小影戏院看一场午夜场的三级片。但兆正实在是忍受不下去了，对于这一切，他只感到厌倦、虚伪、可笑、无聊以及不耐烦。他已顾不得什么纪律不纪律了，反正已经到了香港，这片中国政府素来就称为是我们自己的领土上了，行动也应该有些相对的自由度了。他在戏院门口唤了辆的士，独自离队，一路上铜锣湾的半山而去。

他很有点儿冒险，事先他连电话都没去一个。就如这一次在通往莘庄去的郊区的夜路上，这么晚了，他站在路边的公用电话亭拨一个国际长途出去，他绝不可能肯定来接电话的一定是谁。

但每次总是她，是雨萍。

那个香港的夜晚，有点儿像个梦，童年的梦，中年的梦，离散聚合的梦，失而复得的梦。我们常在梦境中有一丝后悔一丝歉疚一丝盼待一丝企望一丝说不清是什么的什么，梦一醒，便一切烟散了——就是这么样的一个梦。

载兆正的的士停下时，他见到一扇巨大的金属铸雕的大门，他钻出车厢来。有几盏强光灯从铸铁门的上方炫目地照射下来，透过铁门稀疏的栏缝，他能一直望到停车坪的尽头，那里有一大片镶着钻石一般闪烁的星星的夜空。夜空之下静静燃烧着的是一幅港九市区璀璨的夜景图，黝黑的海面、黝黑的天空和黝黑雄健的远山的背脊，他知道，这座大厦位于山坡上的一个很高的位置。

一个穿制服的管理员从大厦的铁门里头走出来，问他找谁。兆正说，他找我。对方马上就堆起了笑来，将他引进门去。他经过一片停车场，一个大厅，一架电梯，然后便站在了一条宽阔的走廊上。他只记得那里摆有两张古典沙发、一盏吊灯和几幅油画什么的。然后，一扇雕花的榉木大门便打开了，雨萍站在门口。

这一切，兆正都只见过一次，朦朦胧胧依依稀稀的，有一种明显的梦境感。他一直想能再回去，真实而清醒地重经一次，但他就从此再没有去过香港。

雨萍站在大门口，呆住了。（她后来告诉兆正：你猜我当时的第一感觉是什么？我的第一感觉是我们又回到了我们在老家的那会儿了。是夏夜，在那堆听鬼故事的人群间，你来了，你用手指戳一戳我的腰间，说："嘿！——"）仍然是那张圆而白的娃娃脸蛋，只是两眼角开始有明显的细皱纹放射开来。她穿一套极其普通的小花点布质睡衣，已经很晚了，她说，她没想到还会有客人来……但他说，没关系，没关系——什么没关系？没关系什么？没什么关系？兆正觉得自己说话的时候有些结结巴巴言不达意的样子，但他控制不了自己。他东张张西望望，随后便发现自己已置身在了一座奢豪的大客厅里，与客厅相连接的是一片宽阔的大露台。

他在她的指导下，先除去了皮鞋，换上拖鞋；再把拎在手上的皮鞋搁放到放置在进门玄关处的一只鞋柜上。鞋柜上已经摆有好多对男女皮鞋了，有一双紫色的高跟鞋，模样很纤细。兆正第一次如此近距离地面对一双女鞋的内里，白色鞋肚里的烫金字体已有些退损，这是脚后跟的摩擦部位。再过去也是一对女便鞋，软软的丝绒鞋面上镶着珠边。再过去，是一对圆头圆脑、式样别致的翻毛皮的男鞋。过了多少年之后，当上海市场上也有这类进口货卖了的时候，他才知道，这对叫"克拉克"的皮鞋是一种英国的名厂产品，尽管式样保守，但质量特佳，一般穿上十年八年是不会过时和破烂的。兆正选择在这双鞋的边上放下了他自己的那一双。

那天我不在家，我去了上海。这些都是在他见到了雨萍之后才得知的。事就有那么凑巧？当他来到的时候，他是做好了我与雨萍都会在家的一切思想与语言上的准备的，一个是他的老同学，一个是他的表妹，分开近二十年了，他又是第一次来香港，探望他们一下非但合理而且合情。但我不在家，他不知道该感到轻松点呢，还是更添了些不自在？

雨萍告诉他说，自从上海的市场政策开放后，我就去了那儿寻找发展的机会。起初是几个月回上海一次，后来是隔月都去，到了现在索性是待在上海的时间多过了在香港的。所以，她说，所谓事有凑巧应该解释成为：假如你事先不做任何通知突然就来到时，发现我恰好在家。他便笑了，并立刻在她的脸上捕捉到了一丝一闪而过的孤独和凄寂的阴影，但随即消失。雨萍的两截从睡衣宽大的袖口之中伸展出来的白而圆的手臂已开始有一点儿皮肉松怠的意思。兆正记起了那一年在上海东区的那条旧街上，窗外已经是一幅落叶飘飘的秋景了，在他家前楼的那盏晃悠晃悠的黄灯光之下，那两只手臂当时还很年轻、很细瘦，动作也很敏捷。它们正协助他的母亲一块为他忙碌，为他打点着前往崇明农场所需的行装：缝补被套、塞入棉花胎，为一双双纱袜缝制厚厚的布托底。后来，当他每月都有一次回家来休假兼探亲时也有过不少次能见回到那两只手臂的机会，它们正与母亲一起准备晚饭，它们舞动得很欢乐。再以后，再以后它们便开始从他的记忆之中淡漠了，消失了，直到现在，它们变成了眼前这两只。

那一晚，他俩就在我家的那座大露台上面对面地坐了很久。也是那一张藤茶几和那两把藤制靠椅，也是菲律宾女佣沏来的一壶香浓沁肺腑的铁观音茶。露台上有点凉意，二百七十度转屏式的港九夜景就在他俩的脚下铺展开来，让兆正感觉奢华得都有点儿不像是人间的景色了。那晚的记忆，无论如何，都有点不真实，隐隐约约地总有一种像是隔了层网纱的感觉。兆正只是很理性地明白了：我不在家，我去了上海。上海？是的，上海。我俩互调了一个生存位置。于是，在他眼前便出现了那幢位于上海复兴路与淮海路之间一条横街上的一幢六层公寓的外貌：深酱红色的泰山面砖中间间隔着几条奶白色的瓷面砖。几级弧圆形的花岗岩台阶之上是一扇老式笨重的铸花铁门。在四层的转角位上有一座环弯的大露台，在家的日子，他老爱一个人坐或站在那里。从那里，他能望见躺在晌午阳光中的复兴中路。赭红色洋房的尖顶一排溜地展开去，公交车褐色和白色的车顶在浓绿的树冠丛中隐现而过。那景象与眼下这幅港九夜景的鸟瞰图完全不同。那时的上海高层还没像现在那么多，尤其在他居住的那个区域。等到从他家的露台上也能望见彻夜不熄霓虹灯光的淮海路的时候，那已是在过了另一个十年之后的事了。

近半夜了，他就这样半梦半醒地与雨萍同坐在这个露台上。他觉得他有一种类似于好莱坞科幻片中的叫做“鬼眼”的灵异感。他总能透视到些什么：有一个人在他住的那幢公寓的那扇铸铁门前停下了，然后推门进去。他“见”到他沿着宽大圆滑的磨石扶梯，看着门号，一层一户地摸上去。最后，人影停在了他家的那扇深棕色的柚木大门跟前。有一盏乳白色的走廊顶灯始终亮着，有一片柔和的光线投射在扶梯的把手与石级上。那时，他家搬去那公寓刚不久，这是他自童年起就梦寐以求的居住环境，每天，他都生活在一种欣喜若狂的心境中。因此，他便对那儿的环境的一切细节都耳熟能详，记忆十分准确；唯有那个上楼去的人影是他的想象力添加上去的。

他应该知道这个人影是谁。人影是在他听说我去了上海，并且老是喜欢留在那里后突然之间冒出来的。其实，那时还嫌早了些。这一切以后都发生了，发生在几年后。事实的经过当然与他“见”到的会有一些细部位上的出入，但大致也就如此。

更奇特的是：在兆正透视眼的视野里，竟然还出现了那幅放大了的相片，就是搁放在他们卧室梳妆台上的那一幅，相片上的兆正和湛玉都灿笑在一只石舫跟前。他从来就是个心灵感应学说的十足信仰者，但他解释不了，那幅相片的浮现表示了些什么。

但他觉得自己的心态倒是挺平静的，没有焦虑，没有猜疑，也没有那种非得到什么和绝不能失去点什么的执著感。他只是混混沌沌的，像是被人催了眠一样。他不知道那晚他在那方露台上坐了有多久以及后来是怎样离开了那里和离开了雨萍的。

然后，记忆便直接跳去了第二天。第二天兆正搭乘的是晚上回上海的飞机，于是，雨萍便坚持要在下午请他去一家湾仔区傍海的超五星级的酒店用下午茶。

雨萍亲自驾车来接他。是一辆银灰色的 S 320 型的奔驰房车。房车在那家中资酒店的环形旋转门前兜了一个弧弯后停下。当时，兆正正双手插在裤袋里，鹤着头向对街那个方向张望，他认为，她一定会打那儿过马路来。

她唤他。他没能及时分辨清楚她是在叫他的名字呢还是直呼其为表哥。当他注意到她时，她已从驾驶座的窗口中探出头来了。还是那张白圆的娃娃脸，有一只造型十分艺术化的白塑质的大耳环在她的右耳垂上甩荡。

他一下子地感觉到他与她之间存在些什么了。这是一种距离感、等级感、层次感以及时空感。站立在酒店大门口的戴金红锅底帽的侍应生以及那位恰好走出门来招呼客人、会说生硬普通话的女孩都用一种带点僵直的目光向着那辆银灰色的奔驰车望去，毕竟在那个年代，这类房车再配上这么一位亲自驾车前来的女性司机的事情在这家中资酒店的门前不常发生。

他看清雨萍的全身装束是在他俩到达酒店大堂的咖啡厅后。她穿一套紫色镶边的套装，皮鞋是紫色的，手袋也是紫色的；衬衣外翻的大尖领是另一种浅一点儿的紫色，覆盖在外套的领面上，藏进了一份恰如其分的反差和协调。衣领敞开，在她白皙的颈胸处，有一串紫水晶的挂件闪闪发亮。他们在一位衣着笔挺的侍应生的引导下，踩着柔软的地毯通过大厅，兆正听出乐队正在演奏《夏日的最后一朵玫瑰》的曲调，他觉得那曲调像是为她而奏响的。

他们在酒店大堂贴窗的一张双人台上坐下来，浆得雪白硬挺的台布上立着一尊细颈的小花瓶，瓶里插了一枝艳红艳红的玫瑰花。兆正就是隔着这么的一朵玫瑰花望着雨萍的，她的背景是一片巨型的落地玻璃窗，窗外是醉蓝的维多利亚港的海水，海岸线一路逶迤而去，更远处中环傍海的大厦群错错落落在午后呈浅蓝色的阳光中，像是浮在水面上的海市蜃楼。

衣着笔挺的侍应生再次到来。他将银质的餐具一件件地从他的托盘上取下来，放到他俩各自的面前，动作麻利、轻捷而专业。他先用手做了一个无言的示意动作后，便开始在白瓷杯中注入浓汁的咖啡，然后便悄然离去。兆正突然便感到了一种如释重负的轻松，他强烈地敏感到自己的那套浅灰隐条的杉杉西服和那条金利来领带给他带来的窘迫。

从香港回去之后，兆正便将他在那里与雨萍见面的种种细节连说带笑地都对湛玉讲了，当然省略了一些微妙的心理流程。兆正说，他之所以会与雨萍单独见面是因为我不在香港的缘故，我去了上海，而且还经常喜欢留在上海。是吗？是这样吗？——湛玉突如其来就插入了这么一句反问，让他有些意料之外又有些意料之中。但他仍然不露声色地揉摸着热浴后的她的脚趾。有时还会顺着她小腿的圆滑曲线从浴袍宽大的下巴处一路溜滑进去再溜滑出来。他俩就这么样地一躺一坐，随随便便地聊着有关他们四个人之间的很多遥远得已经很模糊了的往事。那时，兆正可能已经对这段缘分有了一种宿命感了，但那时，他与湛玉的关系还不算太差，他们保持着每星期一至两次的做爱频率，只是他开始感觉到有些淡漠了，他不知道这是生理还是心理因素，或者两者兼有？反正那次香港回来之后，他开始憧憬起一种比较清寡的夫妻生活来，互敬互信的那一种，互谦互让的那一种，精神至上的那一种。他觉得他更需要被理解、被信任、被尊重、被感动，远比每晚都能搂着一具滚烫而软滑的胴体坠入醉潭、坠入梦乡对他更具有吸引力。

一切都是从那家五星级酒店的下午茶开始的。后来，兆正再没见到过雨萍的面，但他们经常保持通电话。一般都是他打给她，而且还都是带点儿偷偷摸摸的那层意思。兆正解释不出自己到底心虚在何处。但每次，竟都能如愿以偿：没有第三者来接听，也从没受过第三者的任何干扰。他告诉雨萍说，人长长的一生的记忆其实也就是靠那么一些平凡而难忘的瞬间串联而成的，那天的下午茶便是其中的一次。他们面对面地坐着，乐队在演奏乐曲，那样的断断续续，那样的谈谈停停，那样的喝喝想想，以及双方的脸上都挂有一份似有似无的笑意。他觉得很满足，不再需要什么，祈求什么。他不再需要年轻、漂亮、聪明和性的热烈，他只需要有一个人能与他面对面地坐着，恬静、平和，互诉互信，没有任何戾气、盘算和心机。他觉得自己的身心都已很疲惫了，性格与心情也都在产生微妙的变化。他倾听着乐队正奏出的电影《日瓦戈医生》的主题曲，这是一首飘逸得让人浮想联翩的乐曲。他想，能生活在一个非革命暴力的时代已是上苍对你的一种厚宠了。

《日瓦戈医生》是一部兆正一遍一遍地看了好多遍的影片。这部获得诺贝尔奖的文学巨著之所以令他魂陷神往的原因就是因为它所描写的那个时代与他和他的上一辈所经历那个时代酷似。

乐曲飘绕着，似风似露似润土无声的细雨。在那间废遗了的被白雪覆盖着的乡村别墅中，兆正说，日瓦戈医生和他的拉娜靠坐在一座又被重新燃起了熊熊烈火的壁炉前，谈诗、谈文、谈艺术、谈人生，谈着已成了遥遥远远过去的模糊岁月，然后，然后春便悄悄地来到了……日瓦戈走出别墅去,他穿一件米白色的扣肩纽的俄式棉袄,他大口大口地呼吸着田野里流动着的春的气息,一路向白桦树林走去。就是这同一首曲调,轻轻地溜进这一片画面之中来。雨萍静静地听他说戏,戏里的人物,戏里的场景,戏里的音乐,声画并茂。她神情款款,漆黑深邃的瞳人里有一种水样的波纹。她想起了她家老屋里的那个三层阁。她与表哥盘腿席地而坐,地板上摊着一堆劣质的糖果和食品。少年的他正给少女的她讲那些18、19世纪西洋文学作品里的情节和人物。那时的他充满了激情和憧憬;而现在,他的语调是那么地平静、沉着,有时飘逸得甚至与音乐的流动产生了一种同步效应。兆正说,他最忘不了那场戏,那个曾经坑害过日瓦戈医生和拉娜的科玛鲁夫斯基律师来到了瓦雷金诺,他骗走了拉娜。日瓦戈心痛欲绝,他飞奔上阁楼,用一张椅子击碎了阁楼的小圆窗。窗外是一片白雪茫茫的俄罗斯原野,载拉娜而去的雪橇已在远方缩成了一个小小的黑点,联系着他与她的现在只剩下了一条长长的弧圈形的车辙……又是那首主题曲的再现,而且全乐队都轰然加入,把情绪推向高潮。

雨萍说,她倒是对那个饰演日瓦戈医生的演员的印象最深刻。矮个子、宽肩膀、黝黑的脸膛围有一圈浓密的络腮须。他不像个俄罗斯人,倒像个欧亚人的混血种,他那对埋在深凹眼睑中的眸子带着一份永久的忧郁。兆正说,是的,他正是好莱坞的其中一名优秀的性格演员。雨萍又说,以他的面部特征与演技,如果能让他扮演某某角色,就一定会十分精彩。兆正一惊:某某?是的,某某。雨萍说,只是她不知道自己的想法对不对头,她知道,她是个艺术感觉十分贫乏之人。不,不,兆正急忙否认,但某某,某某不就是他自己的一部小说中的男主角?小说新近才出版,这是一部写近代上海百年人脉命运的长篇作品。作品的展开气势恢弘,沧桑感很强,也极富感染力;且创作手法现代,时空穿插自若,情节的安排相当错落有致。作品旋一问世,便立即引起了评论界不少的注目和争论。而其实,这只是兆正创作大计中的一个组成部分,他计划还要再写下去。

雨萍说,是的,就是那部小说。她又说,她能在第一时间读到这部小说,是因为我第一时间就在上海买了替她带回来的缘故。什么?兆正便很惊讶。他望着雨萍,目光流露出一种疑惑,一种信与不信之间的取位不定。他说,你说是谁?谁买了替你带回来?雨萍说,她说的是我,是我买了替她带回来的。雨萍还说，小说她已读了许多遍。不信？不信她可以说出小说中的每一个细节来，甚至其中的一些精彩段落，她都能断断续续地背诵一些出来。于是，兆正便更惊讶了。他问，你觉得小说写得怎么样？好吗？好，当然好。好在哪？好在……她举出了一、二、三、四，好多条理由，而偏偏，所有这些理由又都是在各种对这部小说的专业评论中从没或很少提及的。雨萍说，这些还不仅是她个人的看法，这是我与她对这部小说的共同看法。于是，兆正便更更惊讶了。他有些迟疑地问道，难道……难道他也常读我的小说吗？雨萍答道，何止是读，简直是投入成癖！事实上，他保存着你自从出书以来所有的作品集以及尽可能完整的出版版本。他常说，他为有这么一位老同学感到高兴感到骄傲；而我说，是的，我也为有这么一位表哥……

于是，兆正便更更更地感到惊讶了。

但无论如何，兆正还感到兴奋感到欣慰：这是一种激动与踏实兼而有之的感觉，就像一只船儿驶进港湾后体会到的那种泊锚时的安定感一样。这是对他作家人格的爱惜、肯定和理解，他需要这些。

接下去，他俩之间谈话的主题便自然而然地转向了我。兆正说我是个悟性和禀赋都很高的诗人。雨萍便急忙表示说，是的，是的，她也读过我的诗。兆正又说，就是去年出版的那一本么？什么？雨萍惘然。兆正便告诉她说，上海的一家出版社去年出版过一本我的诗集，而且还相当成功相当有影响。“——你难道不知道？”他问。

“我……不知道。”她开始显得有些吞吐、犹豫，还藏有一份淡淡的惆怅。但她还是很认真地坚持说，她真是读过我的诗的，不过都是手稿。

兆正说，他第一次读我的作品其实也是手稿，而且都是些写在粗黄毛边纸上的手稿，字体潦草。二十多年前的中国正经历一个比日瓦戈医生更日瓦戈医生的时代，一个能有那种毅力、执著与胆量来写那些大逆不道的文字的人，这是因为在他灵魂的深处永远存在有一种非呐喊出来不能令他得到平静的声音。他明知有杀身之险，但他还是拗不过那股一定要喷薄出来的欲望。这是一个真正的诗人的欲望。兆正说，当时这些诗句就让他读得全身热血涌动，他能感觉到这些文字之间跳动着的脉搏以及其中蕴藏着的一切：激情、愤懑、期盼以及思考……

是的，雨萍说，她也知道这一切……

兆正望着她，你知道这一切，你知道些什么？

雨萍便告诉兆正说我直到今天还经常会从梦中惊叫着醒来，然后面色苍白，然后大汗淋漓，然后迅速坐起身来，连神色都有些呆板地双手垫在脑后，两眼望着天花板出神，半晌都不动一动。

“他说，他又见到他了。一个真真切切的他，一个活龙活现的他，一个仍然停留在那个年岁上、并没跟随我们这代人老去的他。他，他是他的一个同学。姓谢。那时，他俩同关一间隔离室，后来……”

兆正终于明白了，她是个知道一切的人。

乐队的演奏又换了一曲主题，是根据法国流行作曲家 RICHARD 的钢琴曲改编的弦乐作品。钢琴在高音区一连串的水波样的流动后，提琴的音部便从高把位上飘飘然地切入进来。酒店宏伟的大堂里洋溢着一种舒适极了的安谧气氛，午后的阳光反射在它高耸的圆拱顶之上，金碧辉煌。戴领结的侍应生不时从你身旁猫步而过，不远处的吸烟位上，两个脸色红润的大胡子外国人十分兴奋地谈论着些什么，有一股淡淡的雪茄烟的香味飘荡过来。他说，多么不可思议啊，这是一种生活，而我们那个时代的那种生活也是生活。

现在，兆正正向公路旁的一座半开放式的电话亭走去，金属的话座架在橙黄色的路灯下发出幽幽的反光。他站定，塞进一张电话卡，然后拨出了一个一长串数字的国际长途号码。他想通过电话筒向雨萍讲的第一句话其实也就是这同一句话；他还想问她：还记得吗？十年前的那个下午，在香港君悦酒店的大堂咖啡厅里，海水与天空是那么地蓝，阳光是那么地耀眼，那么地好。

当然，还有一件事。兆正只是想装得很随便地在电话里向她提一提。他想说，这可能是一个幻觉，也可能不是。他记得有一件毛衣，上面缀满了线结。毛衣是灰色的，恰如那个时代的一切记忆色彩一样。在一片灰蒙蒙的背景上去辨别一件灰色的毛衣，你说能清晰吗？能不像一个轮廓模糊的幻象吗？

或者，他可以很打趣地向她说，会不会是他写东西写多了，想象连带想象，意象重叠意象，都分不清什么是真实什么是虚幻的了？

再或者，索性，他就来个单刀直入。他说，她在三十年前为他编织的那件毛衣他一直都小心珍藏着。后来搬家，他将毛衣交给了他母亲保管；再后来，母亲去世了，当他整理母亲遗物的时候，发现什么都在，就那件毛衣不翼而飞了。是她拿回去了吗？或者她应该知道那件毛衣的下落？

但他什么也没说，什么也没问。在那一次路边电话亭的通话中，他竟然什么也没做。

没有勇气。他害怕故事会是另一个结局。

贰拾伍

有一幅照片站立在梳妆矮柜上，正面对着大床

A photo was standing on the low dressing table, facing the huge bed

母女俩差不多要走完半条复兴路了。自从离开麦当劳餐厅的那扇自动玻璃门后，就谁也没同谁正式地说过点什么——除了秀秀的那个突兀的提问之外。

母亲偷睨过女儿一眼之后，现在轮到女儿偷睨母亲一眼了。她见母亲正在湍急的人流之中寻找什么。她问自己：妈在找谁呢？

她在找他，也在找他。其实连她自己也闹不清，她更希望在人流之中突然发现的是他呢，还是他？——这不一下子，我又不自觉地转换到了我小说中的某一个人物的立场上来叙述我的故事了？

还是让我再一次地转回去吧。

当然不可能是我。只要湛玉想深一层的话，她就应该知道，我是决不会在此一刻出现在上海的街道上的。因为我现在正在香港。而且再说，秀秀也在她的边上。上次有一回，她与秀秀一同在路上与我相遇，当时，我正在她家的附近盲目溜达，而她与秀秀又恰好在那时出门来买东西。突然见到我时，她情不自禁地站住了（我也同时站住）。她想，她的脸一定也是涨得通红通红的了，举止也会相当异常（因为当时的我也这样）。但秀秀就从未对此事说过、问过或暗示过点什么。现在，她实在不愿当着秀秀的面，与我在街上共同再表演一回了。

所以应该说，她要在人群中寻找的人还是兆正。两个小时前，街灯刚放亮的一刻，她是亲眼在露台上望着他向淮海路方向一路走去的，但她仍在希望，他后来还是绕了回来。他会不会此刻正在家的附近这一带徘徊，

打算回家来呢？她希望他那样。

这一段时期以来，湛玉就这样地生活着，生活在我与他之间。满足交织着失落，兴奋混合着内疚。她有时怀疑有时肯定，有时犹豫有时又坚定不移；她半真半戏，她似梦似醒；她不知道这种日子何时了，她也不知道这种日子的终端会是个什么样的结局。

起初，她只是一种浅尝，但想不到后来竟演变成了一种饕餮大食；起初，她只感觉自己是生活在一个矛盾对立面的拉扯之间，后来，渐渐发觉这是一个旋涡的中心，她已有点身不由己了，她正被一寸寸地拉陷进一个深渊中去。她感到一种命运的正在迫近的挑战，感到一种莫名的英勇感和悲壮感，就如风暴来临前的一只穿行疾飞于低压云层下的海鸥，它啾啾的叫声中含着一种疯狂了的欢乐。她对自己说：难道，这就叫不枉过此生吗？

人们常有这样的对梦的体验：上半夜是一场梦，梦里有些人物有些场景也有些情节，纷纷扬扬、断断续续、朦朦胧胧。然后醒了，周围一片漆黑，人声寂然。你从窗帘的缝隙间望见了半瓣白月，你懒懒地翻了个身，想，噢，原来是在做梦呢。随即便有些模模糊糊的感觉了。你努力想保持清醒，想弄明白，究竟此一刻的自己是醒着的呢，还是又入梦乡了？但你很快便发觉，这种状态的保持并不容易，意识以及肉体的极度疲软很快便会令你放弃一切努力，随波逐流，梦河东去。而所谓清醒的另一个实际效应反倒变成了：原来又已经进入了梦乡的思路还自以为是清醒着的，于是，便有了梦与醒在逻辑判断上的犬牙交错。

其实，所谓梦，只是一种氛围，一种自始至终都笼罩着的氛围，正因为有了这种氛围的存在，梦才存在。梦可以没有连贯性，情节可以荒唐，人物可以张冠李戴，颠三倒四，但这种氛围的存在却必须是一贯而且强烈的。然后，你便进入下半夜的那场梦里去了。在这场梦里，又会有些新场景、新人物和新情节的介入；场景更纷扬，人物更朦胧，情节更断续，这是因为上半夜那场梦境的余波其实并没完全消失，它的氛围的残余会很轻易地从梦境本身之编织就十分稀疏的缝隙之间渗透进来，注入到下半夜的那场梦境里来，从而使你一生的上下篇似乎更显得连贯，更合情合理，更像终一了某种内涵的一生。梦，是一部最好的意识流小说。

湛玉觉得，她就是有点像是生活在那样的一场梦里。

比如说，她与我的第一次，一切就有点像是一片有月光的梦境。梦里有溪流有天籁有松林有叹息。然后一切才开始轮廓鲜明起来，而我们却已干完了那事。

我说，这是一场迟到了三十年的缘分呢。而她说，当我将她拥入怀中时，她幻觉，我便是三十年前的他，三十年前的兆正。

她只记得——而于我，却已经有点记忆模糊了——那是我俩重新见面后的第三还是第四次的事了。那晚，我们先是去一家什么馆子吃的晚饭——不过，肯定不是皇朝海鲜馆，“皇朝”是她第一次请我去的地方。那时，我俩还正儿八经的，似乎还有点绅士淑女的拘谨，压藏着一种热中之冷，冷中之热。而那一次，我带她去的是一家专吃海派传菜的菜馆。她发觉，我好像是那里的常客了，一进门，就这边那边地点头微笑一通。漂亮的女招待和领班们都一个个地上前来打招呼，殷勤地替我们俩取衣、挂衣、递毛巾；她们都喊我做“大老板”。

（很可能，就是那一次记忆的暗示令她后来在波特曼酒店三十八楼的说笑中脱口而出地唤出了个“大老板”的称呼来。但她至今还是有点弄不太明白：为什么我能容忍那些女招待一个个地上来这样称呼我，偏偏对她就无法容忍——哪怕仅此一回？）

这是一家布置很有风情的饭馆，不大，但档次相当高；菜价贵，但菜肴的口味很别致。幽暗的双人座上方挂着一幅幅老上海的历史照片。吃完饭，我们走出店来。我提议说先走一程散散步，一方面可以欣赏欣赏今日的上海夜景，另一方面也有助消化。她立即表示附和，说，这也正是她所想的。我俩走经人民广场的绿化带，天色黝黑黝黑的，路灯在树丛中放射出光亮来。广场上正播放着录音机，一对对中老年男女搂在一块跳舞。她记得（我好像也有依稀印象），我当时说笑了一句。我说，前二十多，要近三十年了吧，这里是我们常常高举着反美的标语，呼喊着“誓将革命进行到底”的口号，列队通过主席台的地方；如今，这里成了这副模样，这里是我们这代人的失乐园和复乐园呢。后来，我们又去了茂名路，找了一家咖啡馆消夜。偏偏又是灯光幽暗，装饰深色调的那一类。这一切都令她产生一种强烈的幻觉：十四五年前，她与兆正不也经常在那种棕色护墙板的咖啡馆里度过一个又一个的周末之夜？再之前，宝大西餐厅的那一回，光阴已将记忆的斑点冲洗得影影绰绰的了，好像也是那同一种色调，同一种光线，同一种气息；这是一片时光的背景，在这背景上隐隐约约地移动着一些人影和物体：有莉莉，有白老师，有她，有他，还有……还有一件湖绿色的泡泡纱长裙，它的裙边在半明半暗中飘动。这是她藏在心底的一块恒久的痛疤，几十年了，她从来就不敢去点触它一回。但这一次，她思路的端点怎么又触及了，这，又意味着什么？

但她已完全记不起那晚我俩是如何回到她家去的一切细节经过了，以及在我们开始往回走的时候，我向她或她向我都说了些什么或暗示了些什么。她只是靠事后粗略的理智推理才得以判断出来：那晚，兆正肯定不在家住，肯定又是找了个什么借口去哪里开笔会或写东西去了；而那晚，我俩肯定是在外面待到了很晚才回家的，晚到保姆和女儿都已睡死沉到对一切声响都不可能起反应了之后，我们才蹑手蹑脚地开门、关门；蹑手蹑脚地穿过客厅，穿过走道，去到他和她的那间主卧室里，然后再轻轻地关上了房门。但有一个细节她记得特别清晰：当我刚与她在床上开始缠绵时，她突然发现了那幅照片，照片里的世界一片阳光，兆正和她正站在一只石舫的跟前开放着一脸灿烂的笑。照片镶在一方金属质的镜框里，镜框站立在大床对面的梳妆矮台上，直面地望着我们两人。她轻轻地推开我，起身，找来了一条手绢，将照片给遮上了。而她发现，她所干的一切，我都躺在床上一点不漏地观看着。我面带理解的微笑，很有耐心地等待着。等待着她一言不发地再回到大床上来，和我继续下去。

其实，就在那一刻之间，湛玉觉得自己的精神状态又有些涣散，所有的注意力忽然都找不到一个聚焦点了。这是因为上半夜那场梦里的兆正的记忆又渗透了进来，替代了下半夜那场梦里的我的缘故。关于这种现象，她记得，我有一次也曾求证于她。但她告诉我说，这没什么奇怪和可怕的，在梦中，她不也经常会将我与兆正的表情与形象互相颠倒错位吗？就像在这一个晚上的这一刻，当她与秀秀一同回家去的那一路上，她的梦境感突然又变得十分强烈而又逼真；她在人流中焦急搜寻的目标又像是他，也像是我——或者说，现在更令她害怕的倒是反而变成了：千万不要在这里遇到我们两人中的任何一个。她虽然得到了我，但她又无法让自己面对一个万一会失去他的现实;无法失去他就如同无法突然放弃一场已经做了几十年悠远而温馨的梦一样,让她无所适从。她经常会转转绕回到那一场梦的源头去,在那里,她与兆正都是个戴红领巾的少年。后来,他俩都长大了,长大成了一对恋人,一对谁的一天之中都不能缺少谁的恋人。虽然,兆正下乡去了崇明农场,而她仍留在上海的工矿企业里,但他照例每天都会从农村给她写来一封长信。一天的劳动强度再大,干活再辛苦,或拔秧插秧或三秋抢收或筑堤围田,他都一定会在全寝室的灯都熄灭了人都睡熟了之后,一个人趴在他的上层铺位的那叠被子上,就着一盏手电筒的微光,给她写完这封长信。信,因此每天都不间断,一封接连一封,雪片似的飘落下来,铺展在她书桌的台面上,飘成了一片小小的白色的雪原。信中,他用他奇特奇妙的语言和想象力表达着他奇特奇妙的内心世界,逼真得就像每天都在与她做一次眼神对峙着眼神的促膝对话。当时,她并不太理解为什么读他信的感受会如此强烈如此神奇。多少年之后,她才意识到:原来,这正是一个天赋型的作家的一生之中最华彩的岁月呢,而占据这段华彩岁月的他的全部心灵的就只有她一个人!每天,兆正都将从他心井里不停顿地汩汩涌出来的最新鲜的感情化作文字,文字横竖撇捺在信纸上,信纸折叠着地藏进信封里去;之后,她又将信封拆开来,将信纸取出来,展开;每天,她读着由那些她最熟悉的字形所组合成的句子,那些由句子和句子结构出来的画面和图像,她觉得一个活龙活现的他又站到她面前来了!

那些年,她感觉她爱他都快爱得不行了!每月都有一次,他从崇明岛回上海来休假。在这珍贵的三四天的时间里,他俩几乎天天在一块。一般,都是兆正来她家,但有时,她也会上兆正家去。这是一条位于虹口旧镇区的老街,林林总总的旧式里弄房子鳞次栉比。打开了窗叶的斜顶的老虎天窗从乌黑乌黑的屋顶上探出头来,街两边的水泥灯柱高高的顶端上,路灯有气无力地吊下来,光线昏暗。夏天的黄昏,两边的人行道上坐满躺满了密密匝匝的纳凉人,有些人更索性将晚饭都端到街上来吃。每次,当肤质娇白、穿着花点短裙的她打街中心经过时(人行道上已拥挤得无法让人能顺利通过了),她感觉到两旁赤膊打扇的纳凉人都向她刷刷地射来目光。

湛玉来到了一扇低矮木门的门框跟前，里面很黑很暗。她走进去，经过一只湿漉漉的水斗，半截阴沟渠道和一间类似灶披间的地方。地上很滑，她小心翼翼地用脚探索着，摸到了一条很陡很窄的扶梯把手。她开始高声地叫唤兆正的名字，只见楼梯上方的某处有一盏电灯拉亮了，他也大声地回应着，跑下楼来，再在那条叽嘎作响的窄扶梯上一路把她引上楼去。

这一切的场景在几十年后回想起来虚幻缥缈得完全成了一种梦的残片了，失散在记忆庞大而广浩的背景上，无从打捞。唯那个氛围仍然存在，而且十分强烈，贯通全篇，向她证实说，这，便是那个时代。她走进一间旧屋的前楼，这是他家的主室：天花板低矮，被石灰水刷成了惨白色的墙上挂着他父亲的遗像，遗像前供着一束塑料花。但整个房间还是打理得十分整洁而且井井有条的。有一张大床靠墙而放，床上硬邦邦的，垫铺着草席，碎花点图案的布单被子叠放在床的一端，拉扯得一丝不苟。她与兆正就坐在床沿上——事实上，这里也是全屋最能坐得舒坦和宽敞一点的地方。正面对着他俩的是一排木窗，木窗打开着，街上的车铃声和人噪声不断地传进屋里来。临窗而放的是一张方桌，被抹得一尘不沾的桌面都开始有点发白了，上面用绿纱网罩罩着几碟中午吃剩下来的小菜。屋里亮着一盏二十五支光的电灯，就是戴着半顶皱边奶白灯罩的那一种，一根纽纹的花线从天花板上挂下来，吊着一只灯头连灯泡。夏夜的微风吹进屋里来，电线颤悠颤悠的，把他俩并肩坐在床沿上的身影投射在白墙上，也晃荡了起来。

兆正的母亲是个矮矮胖胖的能干的老妇人，每回见了湛玉似乎都显得很高兴，应该说，每回见了她儿子见了会高兴的人，她也都显得很高兴。家中地方局促，因此，每一次当湛玉上楼来了之后，老妇人都会借故离开，以便让他俩尽量能有单独相处的时空。而她自己则去到楼下的灶披间里忙出又忙进，不一会儿，就黄黄绿绿白白地备出了一桌菜来，招呼他俩坐到桌前来吃饭。

有时，他家还会有一位与他俩年龄相仿的少女，湛玉对她的印象已经有点模糊了，只记得她胖乎乎的白脸蛋上有两粒唇角涡。事实上，她也没见过她几回。首先是因为湛玉并不经常去他家，再说，在她去的时候，唇角涡的少女也未必就一定在。兆正告诉她说，这是他的表妹，名叫雨萍，小他三岁。她家是开南货店的，就开在他家后弄堂对出的那条街上。就这些了，他说起她的时候，神态平静得甚至都有些淡漠了，似乎像是偶尔谈及一位不常见的远亲那般。但湛玉观察到的情形是：雨萍与兆正母亲的关系似乎格外亲热；她随老妇人上上下下、里里外外地一块儿忙，开饭前，更是由她一次又一次地从窄扶梯上往房间里端汤送菜。最后，当一切都准备停当了，连充当大厨的老妇人也在围裙上搓着擦着手，笑眯眯地上楼来时，雨萍才怯生生地在方桌的一角坐下身来。她从不直接招呼湛玉，好像根本就不存在有湛玉这么个人似的；她只是用眼光望着兆正，轻声轻气地说道，可以吃饭了吧，表哥？

但湛玉却似乎总能从她偷偷瞥她一眼的目光中读出点什么来。这是两个女人之间，尤其是两个有着特殊立场和身份的女人间的沟通方式，微妙但很确定。其实，第一眼见到雨萍时，湛玉就惊觉到一种异常感了，就好像从前一世开始她们之间就有着某些隐隐约约的瓜葛了。她当然有点瞧不起她：哼，一个开杂货铺小业主的女儿，她想。但第一次，一向以绝对的自信来直面人生的湛玉罕见地感到了一种虚怯：她拿不准，对方到底会用一种什么样的眼光来评断她？还有，对于她，一个以这么一种身份突然出现在兆正家的同龄女性，这个叫雨萍的女孩子的始终没说出口来的潜台词会是什么？——因为湛玉确信：雨萍是不可能没有她自己的感觉与想法，以及埋藏得很深的潜台词的。

湛玉突然很想知道这一切。而直觉更告诉她：虽然在眼下，雨萍还成不了她的对手，但将来？将来的事，谁也说不准。

再听说雨萍，那是在二十多年后的事了，她已变成了我的老婆。这事其实也是莉莉首先说起的，那一天，莉莉和她的香港丈夫一同到出版社来洽谈印刷设备和印刷业务的合作事项。在此事之前，鉴于湛玉也曾做出过类似的提议，社长于是也请她一同来出席该项目的洽商会。她走进会议室的时候，就见到有一位衣着华丽、颇显富态的中年妇人忽地从靠墙而放的一张沙发上站起身来，她们互相望了对方一眼，便呆住了。一刻之间，她俩都有过冲上前去互相拥抱对方的冲动，但又都不约而同地改为了长时间的热烈握手。那些年，有谁在一个意想不到的场合突然发现一位已散失了多年的海外亲友也算是一件不太常见之事中的常见事。在场的社长、总编虽都有些惊愕,但同时也与她俩一起真诚地分享了那种重逢的欣喜。大家都觉得,以湛玉的出身和家境而言,这类生活情节发生在她的身上是一件颇合逻辑的事。

是的,也就是在这一次,湛玉听说我了。后来说说,当然就说到了她。开始时,莉莉也说不清楚什么,莉莉只知道,她的这位童年时代的朋友的丈夫现在已经是一位很出名的作家了,而作家有一位表妹,就是她。莉莉说,就是那位,那位……但湛玉一听,便立即明白是指谁了。她浅然一笑,当即打岔地提了些其他的什么。这些事都提得恰如其时也恰如其分,必会引起多少年后重逢的她俩的共同兴趣,于是,她俩便立即遵循另一个谈话逻辑而去了。等到再回过头来,莉莉已忘了刚才她都在说什么和说谁了。湛玉当然还记得,并且还记得当时自己的那种感觉:那是思想的一片漂白状态。

贰拾陆

"SOMEWHERE IN TIME"

"Somewhere In Time"

再回去那一晚。

我离家后，大宅便又恢复了原先的寂静，静得都有点可怕了。菲佣回到自己房中休息去了——她很可能一早已经估计到了今晚的结局，看来她是不会再被人唤醒起身来洗浴缸、放热水和沏铁观音一类的活儿了。我有过好几回这么晚离家，后来都证明是一次通宵的外出，她有这方面的经验。

两张藤椅面对面地空放在露台上，小藤桌摆中间，之上放着一盘削好了皮的水果。雨萍依在通往露台去的落地趟门的门框上向外望去：是暮霭笼罩中的香港岛和九龙半岛。千百幢巨株一样的大厦盘根错节在这片土地上，参参差差，重重叠叠，东西南北，南北东西，几乎不留下一小格经纬的刻度，全方位地、密集型地铺展开去。这是一片森林——一片现代文明建造起来的原始大森林，人很渺小，一旦走入其中，便会立即迷失方向，且永远也别想再找到回归自我的出路了。

灯光开始在大森林里一朵一朵地展放出来。不一会儿，一幢幢黑影憧憧的大厦便变得生动起来；透过一扇扇闪烁着各式各样灯光的窗洞，它们变得愈来愈像是一件件正在被雕琢成的剔透玲珑的巨型工艺品。其实，灯光也是有生命的，你可以把它们看做是一个又一个故事的讲述者，在它们各自光照的领地上，多少人、多少家、多少心灵、多少情爱、多少期盼和欲望、多少梦想和思念构成了各不相同的人生与命运的故事——这是这个大森林中不息的生态循环。

看够了，雨萍拖着腿回到屋里去。屋里没亮灯，就靠通往露台去的玻璃趟门间透几缕光线进来，一旦均匀进了这个偌大的客厅中，便呈现出一种混浊不清的视觉状态：这客厅中的一切，连同雨萍自己仿佛都在这片混混浊浊之间飘浮了起来。她预感到，这将会又是一个寂寞而孤独的晚上，但她已经很习惯了，她从没想过要去埋怨谁或埋怨什么。

她朝着那张贵妃躺椅走过去——它在客厅中的一个幽暗的角落里伸展着修长的身躯等待着她。每逢这种孤独的黄昏，那张躺椅便成了一个港口，一个可以让她那艘孤寂疲惫的身心的航船泊锚的港口。她舒展双腿，略略侧着身，躺在躺椅上。总是那么个姿势，她将头靠在躺椅柔滑而又富有弹性的拱手背上；一只手枕在头下，另一只搭放在腿胯之间。她的眼睛向着天花板凝望，仿佛那儿正在放映着一幕幕会令她出神的影戏一般。

此一刻，客厅天花板呈现的是一种幽暗的灰白色。她听见菲佣在房里打开了电视机，是英文台，好像是一出好莱坞的情爱片，咽泣声呻吟声笑声叫声，之中，还时常会夹杂着一段非常抒情的音乐，飘逸得好像是掠过湖面的微风，经过了长长的厨房间和备餐间的甬道，传入客厅，传入她的耳中来。雨萍想起自己还没吃晚饭呢，但她现在不想吃，也不想动。每次，在这种时候，整个大宅就变成了这个模样。我俩没孩子，我一离家，家中就剩下了她和菲佣两个女人，毫无生气可言。菲佣是到香港来赚钱的外籍人士，老实说，过一天就算有了一天的进账，其他的都不关她事。但有时，她也会蹑手蹑脚地走进客厅中来，问雨萍说，“DINNER, MADAM?(要准备晚饭吗，太太?)”但她见到女主人在黑暗中向她摆摆手，然后又挥了挥手，意思是叫她回房去，不用管她。次数多了，菲佣也索性不再出来问什么了，她想，假如太太有什么需要的话，她会来用人房里唤她的。

事实也是这样。于雨萍，首先，她真也不觉得肚饿；就是有点食欲感了，时间可能也已经很晚了。再说，她也喜欢自己到厨房里去弄点儿简单的上海菜来吃。诸如炒一两样肉丝肉片，炒一碟素什锦，再将其一并倒入一锅已煮沸了的粗面条的汤水里，笃烂了，这便是上海人叫做的“烂糊肉丝面”，她最偏爱这道食品了，既方便又可口又点滴入肚，不会造成任何浪费。她还经常会预先包好一大盘的菜肉馄饨，搁在冰箱里；到了有需要时，顺手拿十个八个出来下一碗，吃了，非但对付了晚饭，而且还热肠热肚的，十分舒坦。她不喜欢菲佣搞的那套食谱，什么芝士汤什么周打鱼汤，味道浓得都有点发臭了，而且还稠，稠得让人咽不下去。牛排更糟，煎得半生不熟的，切开了还带些血丝，见了都倒胃，别说吃了。就算勉强吃上几口，也会弄得她整晚整夜疑神疑鬼的，老感肠胃不适。

雨萍觉得，自己可能是永远也不能适应某种生活方式了。

现在，她还是躺在躺椅上，眼望天花板出神。她又回到了时光隧道的某个部段去了。刚到香港后的一段时期内，她很迷恋电影。她看过好多部电影（这些美国好莱坞拍制的影片在她的童年与少女时代简直是一些连想象都不敢去想象，想了都怕自己会犯错误的东西），其中有一部最叫她心动的影片叫《时光倒流七十年》。她喜欢影片里的那种古典的、浪漫的气氛。她同时也喜欢影片中的男女主角的形象和其背景音乐。那位生活在 20 世纪 70 年代的英俊小生，就是靠了几枚古钱币的法力回到了世纪初去，与生活在那个时代的绝美的女主角展开了一场感天动地的生死恋。一种多么奇妙的时空构思啊——艺术的永恒有时源于它对于某个现实中的某个极其细微而又平凡生活细节的处理，有时则因了它纯粹的异想天开。

她，于是又想起了那件毛衣。

有几次，雨萍甚至也可笑地尝试过：她用手紧握住了那件毛衣，也是在那么样的一些黄昏天，光线稠暗。她暗暗地盼望自己也能像电影里的那位男主角一样，开始一段时光隧道的旅行。醒来，她是不是又重新回到了那个早已逝去的时代？回到了四五十年前的上海的那条虹口老街上？——哪怕仅是一场半睡半醒的梦，也好。她又闭眼又憋气地坚持了好久，又做了一些冥想和意念集中的工夫。但，睁开眼来一看，她还不一样是留在香港，香港东半山那座豪宅，豪宅的那个客厅，客厅角落里的那张贵妃椅上？她感到一种冷冷的失落感在心中弥漫开来。

她在躺椅上稍稍翻动了一下，将整个人都躺平、躺直了。天色愈来愈黑，露台敞开了的趟门中有凉飕飕的晚风灌进来。天花顶上灰白色的反光逐渐消失，变成了一种晦涩的混浊之色。自从那次我在无意之中发现了那件毛衣，并向她问起这是谁的东西后，她便在考虑如何将毛衣的收藏换个地方了。谁知后来还让我瞧见她枕毛衣而睡的一幕，于是她便立即行动了起来。她将毛衣与她的那些已经用过时了的旧衣裙叠放在了一块，还有一些她从上海家中带来的纪念品，父母亲的遗物之类。这是她最私人化的一块空间，一般不会有人去动到它们。

现在，她能很细节化地想象出这件毛衣叠放在衣柜里的模样：双袖是折拗在一起的，下摆与后领处有几个线头露在外面。她兀自笑了，很想起身去把它再找出来，摸一摸，摊在床上摆弄一番。但她仍懒得动弹，她只想再多躺一会儿，让一个念头熄灭，另一个念头升起。她感觉这是一种享受。再说，她还有一个预感，且颇强烈：表哥这两天会有电话给她。有些事情，说困难相当困难，说简单也很简单。假如表哥这次来电话，她打算在电话中就把这件毛衣的事同他说了，假使他表示有兴趣的话，她可以将事情的前因后踪再多说一些；而假如没有，她也就一笔带过。这么多年了，她想，现在应该是将它物归原主的时候了。

至此，我们不妨将雨萍的这一头按下不表。就像现代话剧中的场景，强光灯暗了下来，我们见到躺在贵妃椅上的雨萍从生活的舞台上隐退而去。

而与此同时，其他几个方位上的灯光放亮了。它们照射下来，照亮了这个时光横断面上的同一个时刻。在这同一刻，兆正，湛玉，还有我自己都在哪里？在干些什么？想些什么？

兆正正将自己固定在一家叫美美百货公司的大玻璃的橱窗外面。美美百货公司在淮海中路靠西端，那一带环境很优雅，高级公寓，英式法式西班牙式的各款洋房精致错落，糅合着街边的和从花园围墙内伸展出来的树枝和枝端上的莹莹的绿色，将这里的市容景观打扮得情调十足。兆正有一种飘飘然的感觉，仿佛自己的心魂都在与这周围的环境发生了感应，然后互相渗透，然后便融化成了一体。他一动也不动地站在那里，不断有行人从他的身前身后或身旁经过；他想到了一位作家的一篇关于城市人面具感的随笔。作家认为每一个城市人都备有好多副面具，而一个城市最日常的生活内容便是举行假面舞会。每天，城市人都要在不同时段和场合掉换不同的面具。这就消耗了城市人的绝大多数的精力与时间，待到一日完结，熄灯上床，除下了所有的面具之后，人便自然会感到疲惫不堪了——是这样吗？就像此刻，他站在这里，面对着橱窗里的一个个衣着华丽的木制的模特儿，他有戴面具吗？还是没有？他想要干点什么呢？他感到心中有一丝无名的焦虑正在膨胀之中——因为，直到这一刻为止，他还没能真正决定他该去干一件什么事。

湛玉的注意力正集中在麦当劳餐厅里那位用肥皂水拖塑胶地板的年轻的侍应生身上。侍应生很勤快，也很有礼貌。他请坐在排座上的顾客们都帮忙缩缩腿，然后，他再用拖把将弃留在椅凳下的垃圾一一钩捞出来，扫走。之后，再把地板拖得干干净净。秀秀坐在母亲的对面，她望着母亲，她不知道这拖地有什么好看的。她希望母亲能留意到她们邻桌上的一家三口间的动作、神情与对话。其实，母亲早已留意到了，但她不会去留意太久的，她很快便将注意力转移到了那个拖地板的大男孩身上，看着他如何来来回回、一下又一下地重复着那个单调而又机械的拖地动作。她甚至觉得这个大男孩的本身也很有看头：十九二十的光景，一脸肉红色的青春粉痘，生气勃勃。还有那套条纹的餐厅制服和那顶纸质的橄榄帽，穿戴在他身上也别有一番异国风味。——当然，这一切远不是在这个年纪的秀秀所能够理解的。还有一盏舞台灯是照射着我自己的——不是那个作者的自己，而是那个小说人物的自己。

那一刻，我正打大坑道黄泥涌道的交汇处经过。我见到一个年轻女人正伸展着双腿坐在二楼露台上的一张沙滩椅上。一只长毛的宠物狗正乖乖地横卧在她的大腿上。她神态倦慵，披肩的长发显得有些蓬松、凌乱。她穿一套浅色得几近于泛白的薄质睡衣。其实，那时候的天空光线已经是十分晦暗了，我之所以还能清楚分辨出这些细节的原因有二。一是露台的位置距离路面相对较近；二是这是个青年女性，而且是个如此衣着打扮、惹人遐想的青年女性。在路灯愈显愈明亮的橙色的光亮里，她那套飘飘然的睡衣以及睡衣里裹着的肉体自然而然成了这片昏暗夜色中的一个注意力的亮点。我装作行色匆匆地从她坐着的露台之下通过——我记得，我曾在这部小说的哪一章哪一节里提到过这么一个细节。其实，在当时，我还有一些其他的心理蠢动。我感觉，自己似乎就成了那头长毛狗，正被它的女主人一下又一下地抚摸着呢。我骂自己道：操你的蛋，你在那儿胡思乱想些什么呀？这便是生活，真实无比的生活。一片时代，几个角色,沿着同一时空坐标的纵横标轴叉丫着地分流开去,又收拢回来。当它们在某个横向面上相遇相逢相交时,它们的纵面往往是平行而过的。让我们再回到香港东半山的那座大宅里来。舞台聚光灯再次亮起的时候,我们见到动作以及表情又重新回到了雨萍的腿臂间和脸上。但她还是拒绝起身。她暗暗换了个睡位,以使肌肉间的紧张与松弛能相互调剂一下。她的两眼仍然望着天花板出神。

东虹中学坐落在东上海的一条偏静的马路上。她的前身是一所教会学校,日军侵沪时期,那里曾改为日军的军官宿舍;以后,当然又改了回来。东虹中学的正式命名是1950年年底的事,那时,陈毅还在上海担任他的第一任上海市市长。据说,学校的名称当年还是由他亲自批核的。如今,陈毅元帅已铸立成了外滩步行江堤上的一座历史铜像,而东虹中学的校名却一直沿用至今,且被生活在那个地区的青少年学子们仰望成了一所高不可攀,而一旦攀入便也意味着一只脚已经跨进了名牌大学门槛的中学名校。

这些年来,我常回上海。当然也就常会有去东虹中学附近走走瞧瞧的机会。于我,母校的记忆印象的拼合图十分奇特:她像个曾经是美丽、温柔、循循善诱的母亲;爱惜过我呵护过我,并还让我爱她,分分秒秒都牵肠挂肚惦记着她。但突然有一天,她疯了。她披头散发,她六亲不认,她的眼中闪射出绿色的凶光,她会向任何企图靠近她向她表示抚慰和爱意的人拔刀斩来。她变成了这么样的一个疯女人;有人被她伤害了,有人则避过了。人们只敢站得远远地望着她,望着她疯癫发作时的胡言乱语和怪异举止。当然,几十年之后,她又恢复了平静和常态,她又变回一位慈祥善导的母亲了,变成了新一代学子们的仰望中心。讲起当年,她说,她连记忆也都是一片空白了呢——当时会不会是中了什么邪魔了?不过没事,没事,她说,现在,我不已痊愈了吗?

但我还是心有余悸,仍然只敢站在隔开一条马路之外的地方偷偷探望她。如今,偏静的马路不再偏静(可能,全上海再也找不到一条偏静的马路了);学校的围墙都已拆除(有一句专门的市场用语,曰:破墙开店,创造效益），三五米进深的小店铺开得一排溜的。有一家气派与装潢都有那么点档次的饭店则占据了四五家门面，又砌了几级大理石的石阶。从大玻璃窗望进去，能见到几水缸游动着的海鲜。胡伯的传达室早已不见了，有一个穿着一身脏兮兮白大褂的新疆汉子站在那儿烤羊肉串。东虹中学的那块校匾倒还在，只是淹没在了这些商旗飘飘的五颜六色之中，让人不易发现。现在，我的担心是：再过几十年后回首，母校不要说当年她中了的又是另一类邪——会不会呢？我看又有点像。

自然，这些绝不会是雨萍记忆里的场景。因为自从她来到了香港之后，她便再没回过上海。她一直让上海存活在她的那一片一点不受污染的记忆里。她喜爱这种怀念上海的方式。

那是20世纪60年代初的上海。

东虹中学的校墙是用红砖砌成的，每隔几米就有一根水泥的柱子，水泥柱的顶端有一盏戴奶白罩的墙灯。校墙一排延伸过去，转一个弯，便能见到一条河流。河流是苏州河的一条支流，它的远端与东上海的一大片公园相连接。主校墙临街的一面是一条数米见宽的人行道，人行道用水泥板铺成，而跨下人行道便是马路了。那时候在那一带，几乎没有什么车辆通过，连行人都很少。只是偶尔有三三两两的自行车，响着车铃，在树荫之下一路踩过去。而在那条马路上栽种的也不是上海最常见的法国梧桐，而是一种属白杨科目的树种，树叶墨绿色，呈鸡心形状。还有几棵盘根错节的老榆树，形态龙钟，多节的树枝伸向街心，雨萍想，它们长在那儿，大概已不下一百年了吧？

雨萍对东虹中学周围的环境细节十分熟悉，那里曾是当年的她经常会偷偷去逛圈的地方。她常去那儿的缘故有二。一是就读东虹中学本是小学时代的她的最大梦想，二是表哥就是那所学校的学生。她至今还能背得出表哥在初一那年写的一首叫《东虹——我亲爱的母校》的诗作。

（她躺在躺椅上，眼望着天花板，想，隔了那么远久的事她倒能记忆如此清晰；怎么近在眼前的日子反而变成了模糊一片了？人是不是愈老就愈这样了呢？）

诗作发表在当时由东虹中学校部编辑的一份油印刊物《东虹文艺》上。该刊物发表的全是东虹学生的优秀习作，以资鼓励的同时也作为学生间的交流之用。能上榜这么一本刊物的作文自然是一种莫大的荣耀，尤其是对于一位初一年级的学生来讲。雨萍记得那天姑妈是专程将刊物拿过来到她家给她的父母亲看的。姑妈的脸都兴奋得通红了，她说，你们看看，你们看看，我家兆正写的文章都印上书啦！

那期的《东虹文艺》上发表出来的学生习作有很多，就是初一年级的，也有好几篇。其他的，雨萍一概连留意都没有去留意一眼，她一眼瞄准的就是表哥的那首诗。诗的第一节是这样开场的：一条笔直的柏油路/好像为了躲避北站的嚣喧/故意让它的一端伸向东郊/那儿，人影稀少/绿荫满道，一旁/大楼环抱/红旗高飘/这，就是我亲爱的母校！……

雨萍将诗歌读了一遍又一遍，那年她只有小学五年级。她想：这样的诗句，这样的韵律，就是让俄国大诗人普希金或当年在青年学生中最走红的诗人芦芒来写，写出来也不过如此吧？她将诗歌又在她的女同学中间传阅了一番，大家也都钦佩得不得了；而她，更是常常独自一人上东虹中学的附近去溜达。好像如此一来，她便会离她渴望的目标更近些。

从她家去东虹中学约需二十来分钟的步行路程。沿着河边的一条小道一路走去，还要经过一座小桥。她记得，在20世纪50年代初的她的儿童时期，小桥还是木结构的，全身上下都让柏油油成了个乌光玲珑。到了20世纪50年代的“大跃进”年代，木桥拆了，换成了一座用粗糙的预制构件建造的水泥桥。桥中央的那个凹拱处还刻有一枚红五角星，下边一行字，曰：建于1958年×月×日。

就这么一座桥，雨萍经常走过，然后便走上了那条“笔直的柏油路”。

仲春的黄昏天，空气中浮动着一片蒙蒙的赭黄色。雨萍从白杨树黝黑的树冠下一棵棵地走过，她能闻到一种树叶散发出来的新绿的清香。校墙水泥柱上的顶灯全亮了，给人行道投下了一圈圈暗淡的光晕。不知怎么地，她感觉自己的心开始轻轻地跳荡了起来，像荡秋千一般，一上一下一前一后的，让她的步履都有些不稳，呼吸都有点急促起来了。

远远地，她望见了那块黑字白漆底的校匾，一盏薄边斜罩的裸露灯泡照着它，在刚刚降临的夜色里显得格外明亮。天色已经不早，学校大门早已上了锁，就连传达室的小门也已关闭了。她像一个普通过路人一般地从校门口若无其事地经过。但想想，又觉得似乎有点不太甘心：自己来来回回花费了大半个小时，难道就是为了这一分钟的经过和瞧一眼？她再从河边的那条小道上拐了回来。这一回，她见到传达室的门打开了，一男一女，两个戴红领巾的中学生从小门里走出来。然后，就在那块被灯光打亮的校牌跟前站定了，他们像在说些什么。雨萍的心的秋千荡得更高了。但她很快便发觉，那个男的并不是她的表哥（她说呢，天底下哪来这么凑巧的事?），而是另外一个男生。但当下里就将她的目光吸引了过去的则是那位姑娘。这是一位长得很美的姑娘，精致的五官，匀称的身材，白皮肤，鹅蛋脸，细而密的刘海。但这些都是一般的描写，太一般了，似乎都不太能很准确地表达出这个姑娘的美的实质。

雨萍再多望了她一眼。她发现那位姑娘身上弥漫的是一种气质，一种贵而傲的气质。贵中有傲，傲中有贵；因贵而傲，因傲更贵。而且它们的流露还是那么地自然，没有一点故作矜持的意思。仿佛这种贵傲之气是和她与生俱来的，是自其骨髓里互相缠绕着向外满溢出来的。

雨萍已经在往回家的路上走了。当她经过这对男女生边上的时候，她见到他们面对面地站立着，那个男生正使劲地拍打着自己袖口边上的粉笔灰。他们正准备分开。

后来，她见到那位姑娘独自离去，就在那条柏油路前方的一个岔路口上拐了个弯，便消失了踪影。而那位男生则横过马路，朝着道路的另一个方向走去。不知是为什么，雨萍突然感到一种冲动，她也想过到马路的对面去，跟随着那位并不是她表哥的男孩子一路而去。也许是因为那个男孩曾与那位美貌少女做过伴？或者至少来说，他是表哥学校里的一位同学，所以便对她构成了某种吸引力？

她一步跨下人行道，一辆自行车正好从幽暗的树冠下向她驶过来，摇响了一长串铃声。于是她又急忙缩回腿来。她终于还是没过马路去，没去实现她的那股莫名的心理冲动。

雨萍拖着腿回到家中，心情沮丧得几乎有点儿想大哭一场了——于她，这是很少有的事。多少年后，当她第一次隐隐约约从姑妈那儿听说兆正表哥最近与他同班的一位女同学有如何如何往来的时候；或者是那次街道学习班上，我俩板凳并排板凳坐在一块，她主动问起我些什么，而我又做了些不着边际的回答时，她都几乎能够在第一时间里就肯定：所谓她，就是她。就是那位仲春之晚与一个男生一同站在东虹中学的校门口的漂亮的姑娘，她们是同一人。当然，后来当雨萍在表哥家中再遇见这位少女时，那已经是过了好多年后的事了。少女的面貌免不了又有了不少的改变，但那股子诱人的气质仍在，而且仍很美。

雨萍从小到大都没这么做过，但这次她忍不住这么做了。她跑到换衣镜前，在镜中很仔细很仔细地看起自己来。她必须承认的事实是：除了两粒可爱的唇角涡之外，她从哪一点上都无法与那位少女相比。于是，她便立即理解她的表哥了。她甚至觉得，以表哥的才华是应该与这么样的一位少女相配的。但她恨，恨她自己；她赌气，她同她自己赌气。她愈想愈气恼，她再不愿在心中去将那位少女想象得太美了，她抗拒这样做。她告诉自己说，其实，那个女的，也“并不太怎么样”。

从此，“那个并不太怎么样的女的”便成了雨萍口中对湛玉的称呼。

是的，存在在雨萍遥远记忆中的那个站在黄昏校门口的男生很可能就是我。几十年后，当我们面对面地坐在我们香港住宅的露台上时，我俩不止一次地谈及过此事，但总会在到达某一条界线时，止步不前了。我俩心照不宣，也从没互相说穿过，却让各自的心中都保存着同一个谜语的不同答案。

这样做，我倒是觉得蛮有味的，有一种含蓄人生的意思。至于雨萍怎么想的，我就不知道了。当然，作为小说的作者，我绝对有权对她的内心进行某种心理探讨，我经常这样做，经常对我小说中的人物的举止行为与心理状态做出类似的处理；但在这件事上，我不想。

现在，我们终于能见到我们的雨萍从屋角处的躺椅上起身了。全屋里都乌沉沉的，连天花板上的灰白反光都消失了。落地的趟门仍然敞开着，夜风愈来愈大，两条给拴住了的白色的尼龙纱帘被鼓吹起来，像两片不安的灵魂，在这黑夜的背景上，忽忽地飞舞。

但是，露台之外的天空还是有亮光的。非但有亮光，而且还有色彩。这是一种橙红色的云层反光。因为此一刻的港九市面正处于一天中最辉煌的时分，在距离露台几百米之下的整座香港岛和海对面的九龙半岛上火树银花，车流滚滚，就像刚出炉的沸钢水，流淌着，在这片土地上，从四面八方枝丫般流开去。

但这种都市的繁华只是一种景观，一种流动的却是无声的景观。至少对于这么一座位于山势顶端的大厦来说，它们便是这样的。宁静统治着这里的一切，除了风声，还是风声；其中夹杂着的是几粒秋虫唧唧哦哦求伴的叫唤声。

雨萍在躺椅的边沿上小坐了一会儿，她还没想出现在她应该去干些什么。菲佣房中的电视机声已告平息，想必人也上床睡去了。都什么时候了？或者她该去厨房弄些东西来吃了，但她暂时还没饿的感觉。

雨萍靸上拖鞋，走下躺椅来，她慢慢腾腾地向房间走去。她还是克制不住地想去干一件事。摆放在酒柜上的镀金台钟开始用清脆的敲打声歌唱了，它唱来唱去，还是那两句法国童谣，它告诉雨萍说：现在的时间是晚上的十点四十五分。

她走进主卧室，打开了一盏床头灯。卧室很大，微弱的灯光只是更显出了它的大和幽深。她又去将那件毛衣找了出来，她先将它摊在手掌上端详了一会儿，里里外外地摸了摸，然后就把脸蛋凑了上去。每次都是这样，她还能在毛衣上嗅到那股残留的气息：这是家乡的气息，这是童年的气息，这是他以及她自己的气息——唯这最后一点，可能只是一种幻觉而已。

她好像听见客厅里有什么动静了。她放下了手中的毛衣，细细地辨听了一下。是电话铃在响——是的，是电话铃。她三步并作两步地跑出客厅去，除了两片隐约飘动的白纱窗帘之外，客厅里一片漆黑。她向电话机的方位摸索着地走过去，但她想，对了，我不是应该先去将大灯打开吗？于是，那座六十盏烛头的巨大的水晶灯便刹那间大放异彩了，让整座客厅于突然的一刻沉浸到一片光明的海中去。强烈的光线刺激得雨萍的眼球都有些疼痛，但她全然感觉不到这些，她眯起双眼，望着那架电话机，不错，它正响个不停呢。在这座隔世的大宅里，它似乎是一种来自外太空的讯息。电话机摆放在一张半月形的精巧的机桌上，机桌靠墙而立，机桌的一旁摆着一张专门给接听电话的人坐的丝绒的靠背圈椅。雨萍走过去，在椅子上坐了下来,她拎起了话筒。她的心脏怦怦地跳个不停,她对话筒说:“喂——”

后来,真的,所有这些场景都在我的想象之中再现过,我甚至还将它们当做是我亲眼所见的一桩桩真实生活里的细节,这里那里地利用来装点我的小说。而且情形也都大同小异。可见,人生的有些场景是绝对可以被复制的;有时,赝品人生比真实人生更具有保存价值,这便是小说这种文体和小说家这种职业之所以能长期存在下去的理由之一。

贰拾柒

宝大西餐厅里的白老师以及谁

Mr. Bai in the Bao Da Restaurant with somebody else

湛玉与莉莉那次在出版社的会议室里意外重逢后，又经过了好几年。于是，时光便流到了那个麦当劳餐厅之夜了。

母女俩从餐厅出来后，便走上了复兴路，现在她们又从复兴路拐上了一条偏静的横街，她们居住的那座公寓就位于这条街上。她俩经过一个街角位，黄澄澄的路灯的灯光照射下来，灯光里站着几个从农村来上海的小女孩，她们各自的手中都握着几枝带塑套的玫瑰花。每次见到有一男一女形同恋人的路人经过时，她们便会一齐跑上前去，纠缠着兜售她们手中的玫瑰花。这也算是20世纪末上海市容的一道风景线了。如今，户口制度已名存实亡，只要有生存能力，谁都可以盲流进大城市里来一试机遇。男的女的，年轻力壮的可以干地盘干散工干饭店女招待干脚底按摩室的指压小姐，小一点年纪的就干这一行。一般说来，她们都会有一个成年人的头领，她（或他）就藏身于一隅不至于会让这些小女孩逃逸出其视线范围去的地点，等待着她们将乞讨或兜售所得的利益一一上缴来。

母亲站定了。这是秀秀已朝前走出了相当的一段距离后才发现的。她又掉转头走了回来，她发觉母亲正在留意其中的一个小女孩。秀秀站在母亲的身边，望着母亲在望着那一个女孩时的专注而投入的神情。

这一刻的湛玉，其实，又有些在梦里的感觉了。在梦的那一端，她也还原成了那个七八岁的小女孩了。她一个人站在淮海路上，四下里环望，周围车来车往，行人匆匆，但她却如此恐慌，如此彷徨，如此孤单无援！她大口大口地喘着气，眼前隐隐地又出现了那种深棕色调的护墙板和幽暗灯光了。这回她看清楚了，这是宝大西餐馆的咖啡情侣座。莉莉不在她的边上，不在。有一两对男女挽着臂膀从她的身边经过，进店里来或从店里出去，走到了外面阳光充沛的淮海路上去。穿黑色外套黑西裤和戴黑领结的餐厅侍者托着托盘走过，他梳着一头乌黑溜光的发型，雪白的府绸衬衫被熨烫得一丝不皱。他在一张卡座的方桌跟前停下来，端放下了两杯咖啡后便离去。她于是便见到白老师了，他正背对她而坐。这是一张高背的棕皮双人座位，白老师坐外座，他的一条胳膊和少许背部露出在座背之外。但湛玉一眼就认出了他来。

他没见到她。他当然见不到站在他背后的湛玉。事实上，湛玉与白老师也刚分开只有一会儿，这天她和莉莉从舞校离开时，白老师已借故提前匆匆先走了。而自从白老师带她来过这家西餐馆一趟后，她便记住了这个地点。她自己也悄悄地到这里来过好几回，她不吃西餐也不喝咖啡，她只是来看看，她很喜欢店里的那种情调。每回，都是莉莉先下了车，她再叮当多一站下车来，这次也一样——她不愿莉莉知道她的秘密。

湛玉朝着白老师的背影走过去，她也说不上她想干吗。她看见白老师的另一条胳膊是朝里伸出去的，好像在内座位上搂抱住了什么人。他整个人的重心都朝那个方向上倾斜了过去，他的脸以及脸上的一切器官：眼、鼻、嘴和唇也向里侧着，像是在与谁全情投入地干着一件什么事。

她想再看清楚一点什么，甚至在四十年后的现在，当她与秀秀一同走在回家去的那条横街上的时候，她都努力想做到这一点。但她什么也看不见。内座上的光线很暗很暗，有一条湖绿色的泡泡纱长裙的裙边在飘动。但立刻，她前行的步子停住了，然后，她畏缩着地朝后退去，仿佛占据那张棕皮的高背卡座位的不是两个人，而是两条巨大的蟒蛇！她后退的脚步愈来愈快，愈来愈急了，她感到她的背脊重重地撞在了谁的身上，是那个乌发光溜、手顶托盘的侍者，他大声地“哦！”了一句，而她连看都没看对方一眼便索性奔跑了起来，这一次，她是朝着西餐馆的那转环形的大门口的方向跑去的。

她从大门间旋转了出去，外面的街上，夏日的阳光明亮而猛烈，她却站在街道的中央，望着人熙人攘的马路呆住了。一个男人向她走过来，他约莫三十多岁，一张望着她的脸几乎都让一种笑眯眯的表情给占据了。他的双眼眯成了一条缝隙，他向她走来的时候，身体已在开始朝前倾斜了下来,以便当他来到她的面前时,就能弯下腰蹲下身来和她一般高低地对话了。

湛玉早就认得这个男人了——以前曾有过一两次在街上遇见她,他也会蹲下身来,逗她,与她说些无关宏旨的孩子的话题。在她生命的那个阶段中,这类说不太清动机的陌生男人曾出现过好多个。但她都能清楚地意识到:他们其实并没有什么邪意,他们只是禁不住地喜爱她那模样而已。她并不害怕他们,不害怕他们就如今日的一只广场白鸽不会害怕前来给它喂食的人会捉它去或者伤害它一样。但这一次,当她一眼见到了这个男人时,她就被一种突如其来的恐惧感给攫取了;她望着他一步一步地向她走近来的模样,突然高声尖叫了起来——连她自己都不知道当时她叫了些什么和为什么会叫的。她只见到周围的路人都转过脸来,更有几个人朝她这边跑过来。她见到他——那个男人——的脸色骤然转成了煞白,他一脸惊恐地向四周环望。

就剩下这么一瞥之间的记忆了。这是一片梦的黑白背景,有一些什么在晃动,而她只记得,她飞快地掉过了身去,朝着马路的一个相反方向,没命似的向前奔跑了起来。

那天,当湛玉回到自己虹口的家里时,母亲已经在家中了,她的那件湖绿色的泡泡纱连衫裙就搁在椅背上。父亲也在家,夏天的傍晚,他刚洗完澡,吹着口哨从浴室里走出来。他满脸红光,裸露的肩上搭着一条宽大的白浴巾,身上还散发着一股五洲牌药皂的余香。他问湛玉说,你怎么啦,孩子?脸色这么差,病了吗?他用手探了探她的额头,说,啊,真有点发烧了呢……

于是,便接上下一个场景了。她已经躺在她自己的那张小床的朱罗纱的圆顶蚊帐里了。她已忘了,这是她在半夜里醒来的呢,还是那晚她根本就没有睡着过。夜已很深了,周围一片寂静,只有楼下花园里的一只蟋蟀在响亮地歌唱。二楼卧室的窗户全打开着,有一轮圆镜似的明月挂在天鹅绒一般的深蓝的当空,它乳白色的光辉洒下来,照在花园里的那棵夹竹桃的叶梢上,一晃一摇的。

蚊帐的一角被轻轻地掀开了,一身睡衣,摇动着一把蒲扇的母亲的身影钻进帐子里来。湛玉迅速侧过身去,佯装睡着,她感觉到母亲扇出的那股扇风一下一下地扑打到她的背上来。她坚持着那种僵硬的睡姿，一种尖锐的痕痒感在她全身的这儿那儿闪烁不定；她觉得她全身都滚烫得可怕，还有喉咙，汗和眼泪同时淌下来，热热痒痒地从她的皮肤上经过，流到草席上去。她想：怎么这个世界突然就只剩下她一个人了？她是那么地孤单那么地无助啊！她在脑海里飞快地闪过了所有的人的形象：母亲，父亲，莉莉，郝伯伯，琴阿姨，还有白老师，但，她能向谁去无所顾忌地倾吐一切呢？她突然一个剧烈地转身——她还是决定选择母亲。

她紧紧地抱住了母亲，将头埋在了母亲的软软的怀里，她放肆地抽泣——应该说是一种尽量压低了音量的号啕——她边哭边向母亲讲述了那个可恶的陌生男人的事，她说，她害怕极了，她以后再也不想去那儿学跳舞了——再也不去了！母亲搂着她，一只手抚摸着她的背脊，另一只手则大力地替她扇着蒲扇，她说，不去了，不去了，咱们以后就再也不去那儿了，嗅？……

再以后，又过了好多年。有一次湛玉在街上，迎面向她走来了一个头发都有点花白了的男人，他走到她面前迟迟疑疑地停下了，他向她凝视着，她也有点惊奇地回望着他。那时的湛玉早已成长为一个成熟的少女了，她只觉得他有那么一点点面熟。花白头发说，小妹妹，你认不出我了吗？她便立即记起了他是谁。

他说，想不到那一次的事件竟然成了他生命的一个转折点。他当时就被人团团围住了，并扭送去了派出所。当大家想到了她，那个曾尖叫“救命”的小女孩时，她早已不见了踪影。他被判了两年劳教而后又群众管制两年，罪名是坏分子。在当时的那么个社会风气和道德规范的年代里，这么一个人的这么一种遭遇也算不了什么。但那男人说，当年，他其实也是一个有着正当职业的正派人啊，在一所学校教数学。当然，那次之后，他便被开除了公职，现在他在一家街道厂当临时工。他一直都在盼望哪一天他能有机会再见到当年的那个小女孩，这是他的一个深深埋藏着的心结。他说，如今，一切反正都已成为了定局，别人都可以误解他——事实上，他再怎么样来解释也不管用——但他就一定要让他的那位当事人明白，他从来对她就没有任何坏意、恶意和邪意的，他甚至都不晓得她姓什么，叫什么；他只是，只是……湛玉不敢看他的眼睛，她感觉到了这个花白了头发的男人正在她面前掉泪。他说，你理解我吗？你原谅我吗？她点点头，她当然原谅了他，但她怎么能原谅得了她自己呢？

而有关白老师以后的事，她也是从莉莉那儿得知的。就是在出版社会议室里的那一次。她们俩谈着谈着，湛玉突然就想起了什么来，便问：后来，田老师和白老师他们……她故意将田老师提在了白老师的前面。莉莉说，田老师以后怎么样了，她就不清楚，兴许也出国找她那外国丈夫去了吧？她只知道田老师与白老师后来分了手，缘故不明。而白老师则在“反右”运动后的那一年里卧车自杀了。其实，“反右”不“反右”与白老师他也没什么太大的相干，再说，那时的人不是跳楼就是跳黄浦江，而他偏偏就选择了那么一种残酷的自杀方式。就在复兴别墅弄堂口对面的那条马路上，他被一辆带拖斗的公交车碾死后，又拖行了好长一段距离。湛玉突然就“啊！”地失声了一句。莉莉停下了叙述，用眼睛望着她，说，是啊，一件很惨的事啊，当时还蛮轰动的。之后，私人舞校也就关了门，她们那一班学生中的好些个，比如莉莉自己，就被刚创办的上海舞蹈学校吸收进去做了学员，这是一所政府办的芭蕾舞艺术的专科学校，设备与师资条件当然都要比从前她们学舞的舞校好多了。——就是在虹桥路靠程家桥那一端，附近不是还有一个农展馆和一所聋哑人学校吗？湛玉点点头，表示说，我知道，我知道。莉莉说，后来，她就是从那儿毕的业。

就这样，湛玉讲完了她想讲的。她转过脸来看着正全神贯注望着她的女儿秀秀说：“不就是在那次之后吗？从此，我便停下不学芭蕾舞了。”——这，便算是一种交代了。当然，她是不会告诉女儿关于这个男人的故事之外的其他一些什么的。她说，那时的她自己不也是与这个小女孩一般大小？别说年龄，就连模样，她猜想，也都有几分相似。

母亲指的是卖玫瑰花的女孩中的一个。她约莫八九岁，也是一截小小的可人儿，皮肤细白，身材匀称，样貌漂亮可爱得都带点精致了。

但小女孩却拙笨于(还是羞耻于?)花的兜售。她手握一枝花，老在墙的一边畏畏缩缩地站着。一旦有希望的目标出现，她也总是犹犹豫豫的，比别人慢了半拍采取行动。母女俩远远地站着，观察了她差不多有个把时辰，就从没见她能成功地推销出一枝花。有时，一对过路的恋人恰好打她身边经过，她紧跑两步，将花递了上去。但立即，还没等那男主人厌恶地做出一个大幅度的挥手驱赶动作之前，她已预先识趣地退缩了，她又退回到了那个墙角的老地点上站着，一副战战兢兢的无奈样。

本来，这就是一项需要自动自觉奉献上自尊心让他人来践踏，从而获取利益的差事，显然，这个小女孩做不到。秀秀听到母亲在一边说，人，或者是一样的人；灵魂，也是同一种灵魂，只是生错了时代和地点啊。

湛玉走过去，去到一处隐蔽性比较好一点的店铺的廊檐下。她向小女孩招招手。她向她走了过来，她以为她要买花。但她却问她是哪里人，又问她几岁了，为什么不在家上学念书而一定要来上海卖花，等等。小女孩都一一作了答，但答得断断续续，答得吞吞吐吐，答得忸忸怩怩。之后，停顿了一下，秀秀见到母亲从口袋中摸出一张红色的百元纸币来。小女孩兀地惊讶了，她瞪大着两眼，说，阿姨，这花只卖两块钱一朵啊。但湛玉摇摇头，将花推还了回去。她说，她不是来买花的。她轻轻地将那张人民币压在了小女孩的手心中，又说道，这给你，你喜欢吃点什么就用它来买点什么吃吧。但记住，千万别让你的头儿见着了。小女孩开始变得慌乱不堪起来，她显然没有任何思想准备。她的脸涨得通红通红，眼中也变得泪花花的了，她只是机械、反复地说道："不！不！——不！"但手却死死牢牢紧紧地握住了那张百元面钞。她前后左右地环顾着，又向对面街角处的某个方向望了好几回，突然，她说了声（声音似乎也是带有一种尖叫的腔调）："谢谢您，阿姨！……"便拔腿奔跑了起来。她也是朝马路的反方向跑去的，迅速穿过马路，逆过人流，跑进了对街的一条弄堂里，消失了踪影。

小女孩再没有出现。而整条马路，就像这件事压根儿就未曾发生过那样，同从前一样地人来车往。一切湮没了，那么一个记忆的细节在浩涛的生活海面上划过，沉下，而水面又迅速地合拢过来，让人无迹可寻。而母女俩继续走她们的归家路，并又重新进入了那种并肩却无言，各怀各心事的状态之中去了。

当她们一前一后地从宽阔的水磨石扶梯一路登上楼去，最后终于站到了自家的大门口前时，公寓之外的天色已经消失了一切黄昏的余韵而完全进入了彻底的夜的统治领域。公寓的走道里不见半个人影，周围静极了，静到连她俩登楼之后的粗重的呼吸声都能被她们自己听得清清楚楚。走廊顶灯幽暗的光线从高处罩盖下来，在她俩的肩上和身上划出了一圈杏黄色的光晕。就在这一刻，湛玉蓦地进入了一种行为连续上的断层状态，她中断了所有的动作，仿佛她的思想体系在这一刹那间突然向它们切断了电源供应似的，她整个人站在了自家的大门前，愣了（这令在一旁的秀秀又有点惊讶）。而与此同一刻，兆正恰好从淮海路上的一家中药店的自动玻璃门间跨出步来。他在街上站定，辨别方向，他决定向西，继续向西。也与此同一刻，我正好从上司徒拔道口转到山顶道上去。飒飒的山风从正前方向我吹过来，我紧了紧披在身上的那件薄薄的外套，之后，又朝远远山脚下的那一大片的璀璨的港岛夜景瞥了一眼，继续赶路。雨萍呢？雨萍仍躺在她的贵妃椅上，她感到颈脖有些酸痛，微微地侧翻了一下身体。客厅里漆黑一片，深沉得像一口不见底的井；而天花顶上的那种浅浅的灰白色高高远远的，恰似井口上方的一片褪了色的天空，雨萍是一只井底之蛙。

就这么个生命的瞬间，永恒在这里滞步了半拍。而湛玉终于举起了手来，按响了装置在家门口前的那只音乐门铃。

贰拾捌

同是那个晚春的黄昏天:时空的另一个切面

The same dusk in late spring: another side of the Time and Space

从香港回到上海家中后,兆正和湛玉的本来还不能算是太差的关系便开始莫名其妙地转坏。

人,是常会拥有一种叫第六感的东西的(心理学家称之为“潜意识”)。你不一定会也不一定能意识到它的存在,但它确实存在。而且,最有效最成功的人生耕作,往往又是凭借着这种第六感来完成的。

应该就是从君悦酒店那次下午茶起的头。当时不知是谁同谁说起了些什么之后,雨萍便再一次地提起了我常回上海去一事。而且,她说,我还老喜欢在上海一待就是一长段时间。兆正无意之中计算了一下在这段时间内自己在生活和创作上的时间安排,似乎略有所悟。

他们便接着谈下去,谁也没有向对方表露点什么。在这样的一种社交场合,这样的音乐背景,这样的窗外景色,这样的咖啡桌上面对面地谈话,而且还是这样的一男一女,谈话的主题往往会变得十分散漫和随意。

雨萍说,掐指算来,她与我在香港度过的那段婚姻生活连头带尾也都快十五年啦。兆正便说,噢,是吗?——时间过得真快。雨萍又说,就某种标准来说,这段生活过得应该还算是可以的;一切没什么特别可言,又像是满足又像是永远缺乏了点什么。

难道是因为他听到她说了这些话,或者说,类似于这么个意思的一些话的缘故吗?兆正想是的——至少有点关联。

兆正记得雨萍当时是接着他的那个有关生活的话头说下去的。她说,什么叫生活?生活不就是“活着”的另一种说法?她并没有说他们夫妻间究竟缺乏了些什么，但听此话的兆正的心中却很明了。就像小时候，识字还不太多的年龄去啃一本厚部的小说。在那种情节与气氛的上下文中，一两个生字是挡不住一个兴致勃勃的小读者在全文理解上的贯通力的。雨萍说，责任在于她，可能是她在那方面总是存在着点什么的缘故吧？因为，她对某类生活始终兴趣不大，她更注重人的精神沟通，其中包含有信任、理解、尊重、崇拜，当然更有爱——那种广义上的爱。这都是一些可蒸馏的人性物质，一旦从两人的关系之中升华后，在锅底还留剩下什么？没有了，她说，就剩下些大家可以平静地坐下来，面对面地谈谈——就像我们这会儿一样。这，不很好吗？

就这一点，兆正觉得他很认同她，也很理解她。平衡，本是宇宙万物运动遵循的基本关系原则，人生也一样。祸福悲喜，爱恨得失，狂热过后是失落是更空虚，就如狼吞虎咽了一桌酒席后的结果可能是醉倒与呕吐。而生活之中的有些不足和空白是绝对不能单靠追求一次又一次的肉体欢乐便能填补的；中庸之道之所以永恒的原理就是因了它两头都不偏。

是的，一切就从这一次开始了。

兆正像是若有所失又像是若有所得地离开君悦酒店，离开雨萍，离开香港。他回到了上海，回到了他的那幢位于复兴路淮海路之间的一条横街上的公寓里，回到了湛玉的身边。

湛玉站在家门口迎接他的表情多少有点儿异样——不知道这是兆正事后回忆时的肯定呢还是他事前心理上的假设？虽然那一个时期的我也常回上海来，但后来，当我在湛玉的生命中真正再现，那也是要推迟好几个年头后的事了，但万事会不会都有个预先的征兆？

那时的湛玉四十刚出头，窈窕的身材与嫩泽的肤色使她走在大街上招惹的目光决不少于那些三十岁上下的女人。她一生顺利，她从来就自信十足，自尊高傲。在她任编辑室主任的那家出版社以及其他兄弟出版社中，她都是个出了名的人，为她的容貌、为她的能力、为她活跃的社交圈子，也为她有一个名声正如日中天又才华横溢的作家丈夫。

在他人眼中的这几条统一的理据来到了湛玉的理解之中却分解成了两个截然对立的部分：前三条她会欣然接受，至于那最后一条，她从很早开始,便已有了某种心理抗拒。

而兆正,其实也早有察觉。20 世纪 80 年代初,他刚步上作家道路时那种每星期六的晚上在咖啡馆里给她念一段新作,之后沿着午夜路灯下的空寂街道相依回家,之后再缠绵上床去的日子维持了没几年后就开始退潮。他的作品开始走红,愈来愈多的评论与报道令他声名鹊起。但她却反其道而行之,开始显露出某种冷淡与不屑。她喜欢滔滔不绝谈论的是那些一早已被人公认了的文学大家,谈论他们的作品,谈论他们的人格,并以此来暗藏进一份暧昧的泛指。

他有些痛苦,但他装得一无所知。他将自己新近完成的一部书稿交给湛玉,希望能在他们的那家出版社出版。但后来遭了退稿。事后他得到了证实:签发退稿决定的正是湛玉。对外,她表示说,尤其是他的稿子,叫她怎么个处理法?她必须做到公私分明,要求更严;其中有一种大义灭亲的气概。而对兆正本人,她则找了个机会旁敲侧击。她说,那些三四十年代的文学大家就是不同,中英文两杆枪左右开弓;哪像有些他们那一代"知青"出身的作家,唉,古文外文两头不着岸。她提议他去补上英文这门课以及至少能熟背出唐诗宋词和《古文观止》中的全部经典文篇,她说,这将对他今后的创作产生莫大的裨益。他望着她,惘然了。

他并不质疑她观点的正确性——如此观点的如此提法之本身就不存有一点可被质疑的余地。但他清楚自己实际的创作泉源流自何处。

他仍然按照自己的方式去生活去观察去思考去创作。他默默寡寡的一个人,不太合群也不太想合群,他沉浸在他自己想象的世界中。然而,通往文学成功的道路虽然各异,但也都是殊途同归。文学成就的长远和终极的回报始终将证明是着眼于那些远离炒作和功利的作家和作品的,他,于是,便成了又一个默默耕耘的得益者。他的作品受到欢迎和肯定并不在乎哪家出版社出不出他的作品;而人到了名声与成就都渐成气候时,那已是各家出版社争相都要来找你,包围你,不再是要你拎着一摞稿件逐家出版社去试探、去请求那回事了。这便是出版社众编辑对于眼下出版物的辨别标准,也是当今中国文坛的价值观特征之一。这有点像买保险,出一位已有名声和影响的作家的写得并不怎么样的东西与出一名名不见经传的小人物的写得有创新和建树的作品的风险比率恰好颠倒。(其实,兆正是没做过股票生意，尤其没在香港做过股票生意。假如他做过，他便会明白：人生的任何行业多少都带些投机的性质。在香港，股市场里流行的两句几乎无人不晓的行话是：一、“跟红顶白”，意即：抛出大家都在抛出的那只股票而买入人人都在抢购的另一只股票。二、赶买“当头起”：踩就要恰好踩在那条界线上；之前的风险不必去冒，而之后的机会又不能失。——难道，这不就有点像当今中国的出版业的业规与现状吗？任何事，一旦论及赚钱，便再没什么个性和品位可言了。）幸好，兆正的作家生涯已经熬到了这片云开日出见青天的局面的到来。

但与此同时，湛玉的幸运与顺利似乎正从高峰下滑——这是在她生命的前半部分从不曾遇见过的事。

20 世纪 80 年代中后期，文科大学的毕业生大军开始源源不断地流入各出版机构，“文革”造成的知识断层正被迅速填补。他们的优势不仅在于年龄，更在于他们带来的新的文学观和文化观。隔绝了几十年之后，欧美的新的文学流派和创作技巧开始在中国的文艺河床中迅猛潮涨。

但湛玉，却不太能适应这一切。即使是她当头头的那个编辑室，她的那套关于 20 世纪 30 年代和苏俄作家与作品的老生常谈也引不起他人的兴趣了，这令她有些失落。她尝试去出版社的资料室找些欧美现代作品来读，但硬是读不进去。即使勉强读完，也头昏眼花地绝对谈不出个什么建设性的心得来，她第一次感到有一种自卑感从她的心里冒出来。

但她仍然是个性格倔强之人，一生顺境没能让她养成认输的习惯。她的认输方法是要别人在她认输之前先向她认了输。她觉得自己至少还把握一点什么，她还不至于失去她往日的生存重心。比方说主持某类会议，比方说部分员工的工作安排福利分配，她还有她说话的权力。而即使在纯专业的范畴内，人们还一样对她客气、尊重和刮目相看——当然，其中的一大部分缘故还是因为兆正。

有一次，一位新来出版社不久的年轻编辑希望通过她向兆正约稿：“放着这么好的身边资源——不，应该说是枕边资源不用，多可惜！……”他嘻嘻嘻地打趣着，正打算将俏皮话说得再出格一些时，她勃然大怒起来：“闭上你的狗嘴，好不好？他是他，我是我，懂吗？”她骤然一刻的失态令她的那位嬉笑的同事瞠目。之后，出版社便开始流传起一些对她不利的说法来，其中之一是：她不会是到了女人的那个什么期了？

这，令她更加恼火。

事实也是这样：正流溢着一身诱惑的她，热情、欲望以及抱负都由灵魂之内燃烧到灵魂之外，女人的什么期？笑话！在她面前不还有一段长长的桃透梨熟的女人最流金的岁月在等待着她吗？

但，没几个星期之后的出版系统中层干部的升迁宣布给她带来的却是一个相反的信息。明摆着的事实是：他们的那个行当中，像她那么个科级职务的中层干部假如过了四十五这门槛仍然升职无望的话，便意味着一到年龄便要退下那唯一一条后路了。在位上是在位上的风光，下位后又是下位后的狼狈与失落，这很无情。每一种制度都会生产出一种特殊的心理产品，在之前，她也见多了，尽管扮潇洒扮无所谓扮大智若愚，但每一个退位者都逃不过这种心态的折磨，这种失落感多少年之后都还未必能找到一个摆脱的方法。

是的，秋风已经扫上落叶了，但这与仍在她心中盛开的心态的夏季是格格不入的。

或者，她真已到了一个人生转折点上了，她也应该找一个适当的切出口，好让自己从目前这圈事业的圆周范围之内飞出去——你不承认也不行了，老，真已在不知不觉中将至了。

有好几次湛玉也很冷静，客观地评估了自己仍然拥有的不少优势；至少，她认为这是她在这几十年的生活中累积的某种资源。资源无价，她对自己说，人怎么可能白活一场呢？在这里有所得了必在那里有所失，而在那里有所失了又会在这里有所得。时代在转变，它像一台无情分可讲的离心分离机，它要将不适应它运作规律的那层人的泡沫撇除出去。而她，决不能做成他们之中的一个！

她觉得自己眼下的生存优势至少包括如下几个方面。一曰：社会关系与网络。在中国完全进入那种国际社会通用的纯市场运作的模式之前，旧的官僚架构还得至少发挥它相当一段时期的支撑作用。有关这种官本位的钢架结构的力的承受与分压流程，她已十二分地了如指掌，并在每个螺丝的卡帽位上，她相信，她都有她直接或间接的人脉关系。二曰：人生经验。倒不是说她四五十年的生活经历与经验真有什么了不起，人活到这个份上，都会累积这样那样的人生经验。重要的是：她的那些经验是与这个特定的时代、国家、地区和行业相联系的，而模式的转变又恰好从这里起步，于是，她便预先占定了一个有利的地形与位置了。三曰：文学品位和文艺素质。当然，这一点就表面上看来，似乎与她目前正打算转型的人生事业并不存在太大太多的流向上的关联，但毕竟，她在文艺单位里浸泡了这么些年，连看门老头子都会沾上些文艺细胞了，更何况是她？而再怎么样的市场不市场规律，社会仍会以一个有文艺素养的人为器重和敬慕的对象的。这些，大致对她都有利。最后，当然，还包括她的那份至今仍未完全褪色的花容月貌和贵族化的气质——她相信，她还拥有。但，就凭这些“优势”，她又能，她又该，干些什么呢？

一旦想到这一点，湛玉的思路便又会不由自主地滑进那条固有的河床中去：她想过完全由她自己来承包、主持一家出版社，一切选题都由她来决定，再没有领导不领导的压在她的头上指手画脚、拉屎拉尿那一回事了。她第一次在想象中感受到了做个没人来管头管脚，同时也没有人再会来管你吃管你住的自由人的可贵（她甚至想：假如哪一天真让她当了社领导，当她不再受人气的同时，她也永不会让他人受气——她要做成一个最受人称颂的出版社领导）。可再想想，又想到去办一本杂志了，选题、选目以及编辑方针她都花花绿绿地占满了一脑子。再想下去，便又变成了一家咖啡屋书店之类的了——而所有这些，她几乎都可以肯定是行不通的，不因为什么，因为已经有人用公款去尝试过了。

她烦闷不堪，她又想到了自己的父亲。她当然不会像他一样去开一家“打铁铺子”。但父亲毕竟是父亲，这世间只有一个父亲啊——至少他可以教你，可以全心全意地教你，毫无保留地教你，毫无私心地教你，他可以让你拥有一个最可靠的靠山；而且还因为，只有父亲，他才懂。

但再想想，又觉得自己有点可笑。即使父亲还活着，就凭他那张定期单上的一万若干千若干百若干十若干元若干角若干分若干厘的银行存款就能玩得转？还是领导说得对，领导永远是最有远见的：钱，才是当今世界的主宰，是你要干成点什么的那块最起始的踏脚砖。但钱呢？钱从哪里来？

每次都是这样，当她的思路在做这种永无出路的痛苦的探寻时，她都会想起(她不想想起,但又不得不想起)那位影星来。她又将《从丑小鸭到女明星到超级富婆》自书架上取了下来,胡乱地那么翻阅一通。经常,她已把这本书当做某类工具书来查阅了。她极想从书的字里行间找出点什么新意来,能对她产生一种豁然开朗、茅塞顿开的启示作用。但书毕竟是小说,是基于现实生活材料上的某种虚构之作,每次读来,她的感觉都似是而非或似非而是;叫她不像是完全失望又不像是完全不失望。而书,除了能让她获得些情节与人物的拼串印象外,也提供不了她更多的什么。

读了一会儿,终于,她还是再一次地将它插回了原位上去。是的,就是在那个春末的黄昏天,她拿着一本 1956 年人民文学版的《安娜·卡列尼娜》重新回到自己的床上,躺下。她想,毕竟这才是一本真正属于她的书。就当她百无聊赖地翻动着书页,情绪还没来得及完全进入其中时,她听见,门铃响了。

贰拾玖

独行，在香港太平山顶的山道上……

Walking alone along the path on the upper Peace Mount in Hong Kong...

我们常说的一句口头禅是：人生无常。

其实，这是一句从佛学引入俗世的用语。人生奇妙、神秘、莫测；人生复杂、精细、缜密。人生恰如一种编织，这是一件上帝的手工艺品，每一个线头的留存都藏着一份悄悄的用意和心思。它们会在适当的时机口上重露端倪，然后重遇重逢重新接上，让人生完整为一个缘分意义上的因果故事。

从这种意义而言，人生这幅画，从不存在有多余的一笔。当一个人从临终的高度俯瞰这一切时，所有的人生脉络都会显得清晰而易解。这证明着：当他的境界离尘脱俗，更接近他的造物主时，他也正趋近于无穷智慧的边缘状态了。

但我相信，对于这类宗教智慧的理解也不一定非要到了人的那个终极时刻不可。就当我逆着山风向着山顶的最高处前进时，一些思绪隐隐约约，一些形象浮浮沉沉，一些理念支支吾吾，一种大智大慧大彻大悟的气场遥远而恢弘地包围着我，让我觉得自己理解力的刃面变得无限锋利起来。

可能，这是因为人与大自然太贴近了的缘故。此时，圆而白的大月亮挂在深蓝的天穹之上，周围有树有草有山崖和峭壁有泉水沿着山壁徐徐滑下时的滴答声，也有山风路过崖草时的嘶嘶声。路灯成了这里唯一的人造品，它们橙黄色的光芒投射在山道的柏油路面上，再被幽幽地反射出来。没有一个人影，就这么样的一条人生通道，预留给了我，让我往前走去。它的尽头有一座亮着白色日光灯的加油站——这一切不都很有些象征意味吗？香港昼夜不肯熄灭的繁华就在这深夜时分的山道间也找到了回归宁静的理由，任何躁动的心灵其实都有它的另一面。

我是十分熟悉这条山道和这个加油站的。以前，我都是开车途经。有人在加油站的这头做手势，将我的那辆奔驰车引进站去，停到加油表座的跟前。加完了油，再有人在另一头用手势和动作挡拦住过路的车辆，让我再驰回山道上去。加足了油的车的感觉就像是一辆充满精力的车，只需你脚尖部位一个轻轻的按踏动作，它便风驰电掣起来，两边翠绿的山崖沙沙向后退去，大约再经过若干拐弯和二十来分钟的车程，我便能抵达山顶最高处的那片休憩的绿地。这是香港市政局在太平山顶用现代设施和布局设计围建起来的一片小公园，从那里可以俯瞰到整个港岛南北区域、九龙半岛以及掩映在烟雾灰霭之中的大片的新界土地。那时，我还没回上海去过，寂寞了或者思乡了，就喜欢一个人开车来这里，将车停在道边，静静地一连坐上几个钟头，享受这没有一丝噪音的宁静以及风声以及鸟啾以及这亚热带的明晃晃的阳光。

这些，我以后都同湛玉说起过。我说，那片山顶的小公园真是我的世外桃源呢。因为位置太高，一般人上不来，有车的开车上来后大都在旁边的空调餐厅里边喝咖啡边欣赏窗外的景致。唯有我，喜欢孤独一个人在这片人迹杳然的公园里踱步沉思。

有一次我问湛玉，还记得我写过的一首叫《都市流浪者》的诗吗？你社出版的那本诗集也收了进去。她想了想说，有点印象，好像是写一个云的意象的。我说，嗯。枕颈在一条墨绿的椅柄上/仰躺一个遮额眯眼的遐想/云，自蓝空上飘呀飘地飘过/远方，它又有家吗？这首诗就是在这里写成的。有时，我说，站在那个凉亭的位置，我便一直能眺望见大陆。人家告诉我说，西北天边的一线灰灰青青的山脉便已经在深圳宝安境内了。说着，就听得她在一边嗔道，那就没再望得更远一点？——我转过脸去望着她，她也含笑地回望着我。我终于笑而答道：望到啦，都望到啦。望到了上海，望到了东方明珠塔的塔尖，望到了复兴中路的梧桐树影，望到了树影里的一幢白瓷面砖的公寓，望到了公寓露台上站着的一个美人儿……她咯咯咯地笑着，用几根纤长的手指封在了我的口上，说，不许你再讲了，不许……她挽紧了我的胳膊，进而更将她那截玉颈都靠到了我的肩膀上来。

我记得那一回。当时我俩是在复兴公园里散步。一样的公园条形椅，墨绿色的椅柄，一样可让你枕颈仰望；一样的蓝天，一样的浮云，一样在摇曳着树梢的顶端，悠悠然地飘浮而过。我说，这儿，不已经是云朵们的家了吗？但不成，它们还在继续飘游，它们还在流浪。它们是没有家的，或者说，它们永远在思动，永不想真正安下家来。湛玉边走，边看着脚下用碎鹅卵石铺成的小路。这是一条林间小径，穿越一片灌木林而过，灌木林之外是一大片宽阔的草地。小径的两旁有石凳，所有的石凳都已被一对对的恋人占据了。湛玉说，家的感觉是要有另一半的。我不语，继续走我的路。她又道，缺乏了另一半的家的感觉是不完整的。其实，两句话就是同一句话。我说，我们不是都有自己的另一半吗？离开大草坪只有一步之遥了，但她却在鹅卵石小径的端处猛然站住，不动了。她转过脸来望着我，她的脸微微地涨红了。我第一次见到了那种兆正经常会在她眼中见到的逼人的光芒。不管怎么说，我也有些胆怯了。我尽量地打着哈哈，将气氛缓和。我说，其实，云也是有家的——不是吗？云的家在深山的山谷里，她从那儿诞生，而有一天，当她又回了她的诞生地的时候，她便会在那里停留下来不动了。她会下雨，她会哭。

但湛玉转过脸去，笑了。也许，我的这种童话式的想象感动了她；也许，也不一定是那么回事。反正，气氛的一部分已经回来，回到了她用四根手指封住了我口的那一刻。我们继续走路，我们从小径里走出来，来到了大草坪上。这儿的视野很宽广，光线也感觉特别明亮。湛玉在我的一边走着，一言也不发。在阳光的直接照射下，她那张秀美面孔的侧面的轮廓线显得异常清晰，太清晰了，清晰得都带点儿残忍的意思了。

远远矗立着的，俯瞰着这片草原的那座巧克力色的大厦就是雁荡公寓，在下午近晚的阳光中，它的每一个窗口都闪烁着金色的光芒，看上去就像是一座童话里的宫殿。雁荡公寓是上海早期盖建的少数的外销大楼之一，湛玉向我提起过好多次，说我不是想买楼来自住吗？雁荡公寓应是一项不错的选择：地段好，景观也好，住客的层次也都相当高尚，还有不少老外住在里面。但现在她不提了，事关上海现在所建造的类似的，甚至不少条件都优佳过雁荡公寓的高层多的是。我说,从我们年轻的那个时代开始,中国社会分别经历过对于权力、才华和金钱崇拜的三个历史阶段。你与兆正的结合是在第二阶段,而如今,我们正身处这第三阶段中。很难说,当这一循环完成后,社会的注意力又会再度转向权力或其他的什么。假如真是这样的话,我还会是现在的我么?我不又打回原形,还原成了最无能一族中的某一个了吗?

我终于还是把话说了出来——这是我性格的组成部分之一。但我还是有我充分的心理把握的:至少到目前这一刻为止,我还是个所谓的第三阶段上的绝对的优势者,而且这种形势的继续还不知道会延续到几时终了。我的话或者说得出格了些,但我想,她能想通。

湛玉望着我,不置可否。她的表情沉静,目光暧昧,她已完全恢复了对自己的情绪的控制。她什么也没说。后来,我俩走出公园去;我们是从复兴路上的那个门口离去的。公园门外是一条宽阔的、很有风情的林荫大道,法国梧桐的枝叶修剪得一排溜,整齐而美观。我们一路朝西走去,我知道,这是她家的方向。湛玉说,你知道吗?四十多年前,这里行走有一种公共汽车,车顶上装有两只巨大的沼气袋,供以行车时的动力。而主车之后还拖着一辆拖斗车,拖车行驶起来颠簸不堪,假如你情愿乘坐那辆拖斗车的话,你还可以为自己节省下来一分钱的车资。就是这样一种车,每天在这条马路上来来回回地行驶。我嗯了一声,开始想象起这条林荫道四十年前的种种情景来。远远地,快到一个十字路口了。两旁人行道上的景致更显优雅,新铺砌的彩绘街砖上晃动着梧桐树投下的碎屑的树荫,让人有一种在梦里的感觉。人行道的一边是一幢接连一幢的别墅式公寓,赭红色的屋顶,赭红色的花园矮墙。这片市中心的著名别墅区从前是整个儿地由一大圈赭红色的高墙围护起来的。近两年来,在市政府"开墙献绿"的市政规划下,才将围墙全部拆除,换上了一排排铸铁的栅栏墙。每一片铁栅墙的中央都焊有一块长方形的铜牌,上面"复兴别墅"几个苍劲的楷书在阳光中闪闪发亮。而铁栅栏一根根也都乌黑光洁得来油水十足,纤细而挺拔,每根的顶端都嵌有一副金色的铜帽倒钩。从它们宽大的缝隙间望进去,能见到复兴别墅中的家家户户都是一幅草茂花盛的景象,而且绿地一块衔接一块,砖坪小道,曲径通幽,整个社区看上去就像是个大花园。

临近十字路口的时候，我感觉湛玉的步行速度愈来愈慢了。她不停地隔着铁栅栏向着别墅区内张望。我知道，这片铁栅墙是一路延伸而去的，一直到了十字路口才拐过弯去，那儿便是别墅正弄的进口处了。处在现在的位置，我们不能望见。但我们能望到十字路口的其他三个转角点。其中与弄口成对角位的那个街口，有一家餐厅正在装修，门口围着蓝白条形的大幅尼龙布。有一个工人趴在房顶上敲打什么，另一个则将一块圆头圆脑的硕大的英文 M 字母的灯光招牌吊挂上去。

我听见湛玉又开始说话了。她说，大概是在三十多年前吧，有一个人就在这条马路上被一辆一拖一的公交车给撞死了，还被拖行了好长一段距离后才停下。她说着，眼中就闪动着泪花了。她突兀地说了这么个事，前不搭头后不着尾，又像是一个故事，又像是一桩孤立的交通事件，教人听了不禁起了点毛骨悚然的感觉。此后，她就又不再说什么了。她抬起头来，向上望去，那一排又一排的梧桐叶丛随着我们前行的脚步向后退去；仿佛，那个被车撞死了的亡灵至今仍未离去，它仍躲藏在那些树丛间向我俩窥视。

我也跟着她抬起头来。但我什么也望不见，只有傍晚时分的夕晖从树叶丛中斜射下来，仿佛是谁的一束目光。

再后来，她就提出，她今晚不想与我一起在外面吃饭了，她想早点回家去。那时，我俩正站立在十字路口，她的意思是就要在这里与我分手，她打算往另一个方向去了，至于我去哪里，她就不管了。就这样分的手，她全盘打乱了我俩事先的约定和安排。我突然就记起了几十年前我俩在东虹中学门口分手的那一幕，我想，这其中会不会又是隐喻了点什么呢？但事后证明，一切如常，也没什么太特别之事发生。反倒是我自己，那一晚睡得特别地不安稳。先是辗转反侧，迟迟无法入眠，后来迷迷糊糊地睡去了，又突然醒过来，老感觉她就睡在我的边上。

记忆讲的故事就是那般地散漫和凌乱。其实，那一天全部的生活演出过程可能只有一小部分是真实的；其余的都是想象和他日记忆的掺杂。但在小说中，它们却连贯成了一段有始有终的下午时光。

但这一刻就绝对地真实，这一刻我正一个人行进在这条通往香港太平山顶的山道上。路上不见一个人影，是深夜，我一定要牢牢记住这一时刻，有圆而白的大月亮挂在天际，有嘘嘘的山风从耳畔吹过，有山泉从岩壁上滴答而下，而两旁的陡坡上，有豪华级的住宅大厦稀疏地间隔开来，矗立在迷蒙的夜色里……多少年后，当它们又走进了我的记忆时，至少，我可以为自己多提供几条可靠的追寻线索。

后来我才发觉，原来在潜意识中，那一晚我的山道之行的终端目标还是山顶上的那片公园，公园里的那座凉亭。这个朦朦胧胧的潜在的心理目标是直到我在那山道上愈行愈久愈远愈晚，才慢慢变得清晰和立体起来的。我开始想象那座孤亭傲立在苍白而美丽的月色之中的那幅画面，我觉得它很像谁——像谁？不可思议的是：阳光中的凉亭，月色中的凉亭，凉亭还是凉亭，但我却可以用驱车和步行的方式来经历同一程的人生，体验不同的人生滋味，而又达到同一个人生目标。

更不可思议的是：那一晚，兆正也正在经历从复兴中路到莘庄的一次步行人生，路经繁华与冷清，还三番五次地登上立交桥向着他的来路回望，但始终孤独、始终寂寞、始终深藏、始终不露、始终无人可以理解他，也始终无法向任何人真正打开他的心扉。而正当我在这山道上做着那些不着边际的胡思乱想时，兆正正向公路边的一座半开放式的电话亭走去，他在幽暗的光线下吃力地辨认着那一方块一方块的按码数字，拨了个长途出去。

这个电话是打到我香港家中去的。与此一刻我正步行而过的山道两坡上矗立起来的大厦一个模样：从露台望进去是宽敞的客厅，客厅的中央吊着一盏水晶大吊灯，有人影在灯下晃动，人影在电话机座前坐了下来，是她，是雨萍。当她拿起了听筒的刹那间，血液涌上了她白色的双颊。这是港岛东半山坡上的一座大厦，大厦中也有这么个单元，单元里也有这么一盏吊灯以及她。而我，我不在家。

这些臆想有梦的成分也有现实的成分。不因为什么，只因为我又一次地混淆了自己的角色和立场：我究竟是“他”，还仍然是我自己？我生活在之前，之中，还是之后？我在记录着一个真实的事件，在讲一个故事，在继续着一篇小说的创作，还是……

我又记起了我曾经向湛玉提起过的一个奇特的生物界的现象来。那个时期,我俩几乎一有机会便混在一块儿,颇有点疯狂得不顾一切的味道。也不太像一对已年近天命的婚外情的男女的人生世故与经验所可能规范他们的那样。之所以事态会发展到如此地步的一大原因是:偷偷摸摸地干那事,每回竟都能顺当得几乎令人不能相信,久而久之,似乎当事人的那种提心吊胆的心情都显得有些多余起来了。没有人去想过其中可能隐藏的危机与后果,也没有人问自己或者对方:为什么这种危机始终就没有显露过,这正常吗?事实上,谁都抗拒在这条思路上做任何假设或者推想。总认为今天之后还有明天,明天之后还有明天。明天,明天,明天。

于是,在某个今天已事毕明天还未来到的当口,我向她说起了非洲干旱的沙原上的一种红蜘蛛来。这是一种毒蜘蛛,它们繁殖后代的方式很奇特,也很残酷,但富有原始哲理。原始哲理?湛玉问。是的,我说。一对雌雄蜘蛛一生只做爱一次,但却异常热烈疯狂。事成,大腹便便的雌蜘蛛便会爬到已筋疲力尽到毫无反抗之力的雄蜘蛛的身上,张开大嘴,将它一口一口地吞噬下去。雄蜘蛛虽然痛苦,但也不得不接受如此结局,因为要生下小蜘蛛的额外能量就是要靠消化了这只雄蜘蛛的躯体之后来获得。

大自然就如此地不可思议:爱之极恨之端都是杀戮、是消灭、是本能,也是重生。

这一次,她很有耐心地,而且笑眯眯地听我说完了这个残酷的故事。她的两颊红晕得都有些醉意了,她用两条粉嫩的臂膀缠住了我,也张开了一张精致的小嘴巴来,说:啊呜——我也吃了你!但事后证明是又一次火热的长吻。

所不同的是:这一次的记忆场景又换成了另一个:好像是在湛玉的家里(还是房中?),又好像是在哪一家酒店的套间里;好像是在某家餐厅的包房里,又好像是在公园的一隅没人能见到的角落里。我的思想混乱了,太多的记忆细节,太多的人生色块;像这,像那,又彼此都很相像。我不能再多想下去了,我甚至感觉,再想下去,我会精神错乱。

但我还是感到有些莫名的惊恐,有些寒冷的感觉从脊梁上滚动下来,在这深夜的山道上,我为什么会想起这样的一件往事来呢?但很快,这种感觉便消失了。有一股暖暖融融的气息弥漫开来,死死地纠缠住了我的嗅觉器官。这是一种与山中清醒的空气毫不相干的气息,这是我的幻觉。记忆告诉我说,这是从她那丰腴的肉体上散发出来的一种特别的气味,我觉得自己的血脉又亢奋了起来。

叁拾

算不上是真相的真相

The truth untold

在我代替了他的位置之前的一段很长的时期内，他俩已渐渐步入了那种完全没有性爱的生活阶段了。

事情也就是这么自然而然地发生了：兆正总在想他的文章；而湛玉，则对他瘦骨嶙峋的躯体产生了反感。还有他的那股淡淡的口臭味，尤其当他一天埋头于稿笺上的时间太久后，这种自肠胃道传递上来的，被她形容为类似于小菜场里“烂菜皮”的气味，就更浓烈，这令她反胃。奇怪，这在之前为什么就没有感觉到呢？她答不出这个问题来，其实，这种事是没有人能答得上来的。

当然还有，还有那个窗帘静垂的深夜。一切都在屏息，一切都在倾听，只有沉重的喘息声和他俩动作时的那种窸窣声。就是那个深夜，他会羞愧一辈子，后悔一辈子，他当然不会忘记。而她，也不会忘记。创伤的裂口已经形成，从生理到心理，且一世都会张开着一张丑陋的嘴巴。这是一处红肿且带溃烂的心理伤口，每当他俩之中的谁企图去接近它时，都会被它那可怕的模样给吓得退缩了回来。

一切就这样慢慢地发生了，且变得日胜一日，无可挽救。

但想深一层，这种变化多少还与他的创作也有点儿关联。本来，搬来了复兴路的房子后，对他的创作应该是很有利的。白天，家中没人，用人将屋子收拾干净后，早晨的太阳便将金辉辉的阳光铺满了整间书房。街上很安静，上班的已经上班，上学的已经上学，偶然有一两声自行车铃的碎响自街上飘进屋里来。兆正半躺半坐在暖融融的阳光里，他手握一册书，时阅时翻，有一叠空白的稿笺摊开在桌面上，透过窗台上放着的绿色盆栽的垂藤，他能望见街对面洋房赭红色的尖顶。就这样，即使写不出什么来，他的文学感觉也好极了。童年离他很近很近，这是金色中年里的童年幻影的凝聚，名成利就，他感到很满足。

下午，他上街去。在这片半个世纪之前就以它独特的繁华、风采和文化闻名于世的法租界的原址上逛荡，让心中充满了怀念与想象。无论是雨天还是阳光天，他都这样地在街上漫无目标地游荡。霏霏雨日，他会撑一把伞，伫立在纷纷的雨丝里，面对着一座殖民色彩浓厚的建筑发呆。每一根门柱，每一块花园墙砖，每一方剥落了油漆的窗框，每一扇百叶落地长窗都会给他注入感觉，注入想象，为他讲述一桩久远了的、飘忽不定的逸事。他想起了父亲，想起了母亲，想起了自己的童年和那些遥远了年代的亲人们的影子。他很悲郁，但这是一种混合着快感的悲郁，就像是一种苦涩退尽后出现的甘甜，他觉得享受更甚于忍受。他知道，这是创作灵感降临前一刻的心理氛围的凝聚与成熟，一篇好的作品的神韵正在他心中慢慢地深浓起来。

这是他创作的黄金期，很多优秀的文字作品都是在那个时期里完成的。或者，这正是当年作协领导分配给他这么一套居所的目的和用意所在？他觉得他很感激他们。

但，渐渐地，兆正发现他们这套新居的环境还愈来愈不如他们当年住在黄浦区旧屋里的岁月。就是当年女方的工作单位分配给湛玉新婚之用的那套旧式工房。

当然不是指家居设备，而是指他与她的关系。

每天，只要湛玉一下班回来，写作的宁静气场就会立即遭到破坏。有时，她请病假在家，情况当然更糟糕。她在浴室里哗哗哗地放水洗东西，然后又厕所出厨房进，或厨房出厕所进地大声说话。她指令小保姆去菜场买这买那，又说，最要紧的是，硬壳类的水产品千万别买回来——最近甲肝流行，这种病一旦传染到后遗症十分严重，弄不好还会死人！记住，硬壳类的水产品不要买回来，听到了吗？千万记住！在小保姆反复而又反复地担保说一定记住了一定记住了之后，她才放心地将公寓套间的大门砰地关上，然后再去浴室取了一盆洗净了的衣物，端着，穿过他正在工作的书房，肆无忌惮地拉开落地趟门，上露台晾去。

诸如此类，诸如此类，搞得他思路断了又接上，刚接上又断了，不胜其烦，但也无可奈何。他只能上街去走走，或者去附近的复兴公园，望着起飞降落的鸽群，坐在一条长椅上，用一张纸一支笔地记些感觉和思绪的碎片。他觉得这样还自在些，这是他与他自己的对话。但每一次，就当他穿好衣服，打开了公寓的大门准备外出时，不论湛玉在干什么，在公寓的哪个角落，她都会停下手中的活儿，站到一个显眼的方位上来望着他，无言，但却又用无声代替了有声：怎么，又出去啊？只要我在家，你老出去——我有什么好怕的？

他当然不承认自己是怕。但也不能说他真是连一点儿惧内感也没有。这与一只圈养在铁丝笼里的雀儿，整天都有一只大花猫围着铁丝笼打转的形势相类似。她天生有一种气势，一种指鹿为马的气势。有时，这种气势还逼真到让你怀疑：鹿会不会真是一匹马？她的征服性是天生的和绝对的；她绝不允许，至少她的自尊心和好胜心绝不允许她允许，她目光所及的一切可以超越某个可被她容忍的标准。她的这种性格富有侵略性但也曾经很迷人。迷人，在他将目光偷偷地裁成两截来留意她的时候已经存在。

只是到了今天的年龄段，兆正发觉他已愈来愈无法再很“迷人”地生活在这种气势之下了。再说，这冲击他的创作情绪，因为说到底，他最关心和最希望能保持的就是一个作家的创作状态，这是一种脆弱而又珍贵的精神存在状态，来如影去如风，是在特定的湿度、温度和光线的配合下的虹的形成。太充沛的阳光和雨水都可能使它消失。

他说不上湛玉是属于阳光呢还是雨水。他所能做的只有逃亡到街上、公园里，或索性找一个开笔会的借口，待在某风景点的某个面湖的房间里躲避个把或两个礼拜。

曾经，他也考虑过要同她认认真真谈一谈。他准备了很多条理据，也设法从不同的角度突围进她的内心去。他想对她说，你是个编辑，半个作家，你难道不理解，对于一个感悟型的作家，什么样的创作环境才是他最渴求和必需的？但他让话头在舌尖上打了好几个转，最后还是放弃了。有一次，他其实已经说出了口来，但他在突然之间便将话题一转去谈天气、孩子，或今天的小菜给小保姆煮得太咸太淡了，让她望着他的那副紧张、严峻并带点儿慌乱神情的面孔大感不解。

他迟迟没法触及这个话题的另一大缘故是:他觉得其实她压根儿就不喜欢他继续创作下去。于是,她便下意识地破坏,或令一切有利于他创作的环境与氛围都无法在他的周围形成。他大汗淋漓,他让自己的想法给吓了一大跳。他努力不让自己再朝这条思路上想下去,他甚至觉得自己都有点罪疚感了,但他就从此失去了再在这个话题上向她开口一谈的勇气了。

其实,兆正的心中也很矛盾。他很想恢复他俩过往的那种生活——倒不是指性,只要能充满浪漫以及情趣的一切生活方式都行。他甚至偷偷地去到虹口的那条沙砾地的弄堂里去溜达过好多回。他一早已经知道,那幢红砖的法式老洋房已粉饰一新,改为了一家海鲜酒家。但那扇拱形的窗口还在,木质窗和四周围的木框都已经拆除,换上的是两扇铝合金的新式趟窗。弄堂已经变为马路,马路连着马路,马路的对面还是那幢三层高的灰水泥的厂房,厂房废置已有很长一段时间了,一截铁皮烟囱锈烂不堪,垂下半段来,仍不停有麻雀在上面降落了又起飞。

那曾是个什么样的上午啊,在人的一个什么样的年龄段上!像一朵猛然开放的五彩缤纷的烟花,蓦地点亮了他生命的全部灰暗的天穹!他很想主动提出,哪天叫她一同出来去那家海鲜馆吃一餐,而且就拣那张临拱窗而放的双人餐桌,但他的预感是:她不会有兴趣。

他又听到湛玉在盥洗间里边洗涤边唱歌了。他琢磨着:这似乎是很久很久之前才有的事了。她的《深深的海洋》或《红莓花儿开》或《喀秋莎》或《宝贝》是他最喜爱听的歌了。每回都是这样:只要当她哼出一首歌的一个起始音时,他便已情不自禁地竖起耳朵来盼待了:“深深的海洋,你为何不平静?不平静就像我爱人那一颗动摇的心……”

他很赞赏她的歌喉和音色。其实,他自己也很想唱,但他只能跟着她的歌声让旋律在心中盘旋。一旦唱出来,便立即会唱成了一句五音不全的走音句,让人窘迫。但她不同,非但音准的调控技术很高,咬字也十分清楚和准确。尤其是那首《深深的海洋》,这是首女中音的两重唱歌曲,她竟然可以在第一声部完全缺门的情形之下,单独地将第二伴唱部哼唱得浑厚而有色彩,仿佛她能幻听到第一声部正在与她同时行进着一般。

还有就是那些滑音和半音，当它们贴切、准确而又及时地在调门中出现时，他似乎又能透过她那振动着的红润的唇片，再一次地呼吸到来自她胸腔之中的芳香气息。

他从书房中走出来，在盥洗间的门口站着听了一会儿，再慢慢地踱到客厅中去。秀秀刚放学回家，坐在餐桌边，手握一罐可乐边喝边翻阅刚送上来的当天的晚报。见他出来，照例地唤了他一声“爸”，便站起身进入自己的房里去了。兆正走近餐桌，将女儿翻阅过的晚报再翻阅一遍。在今天的文学版中有一长篇关于他的一部近作的评论文章。于是，他似乎又明白了点什么，他感觉到心的那一处又有一丝隐隐的作痛感了。

他侧耳听听，盥洗间的那一边，歌声还在继续。评论是本市的一位颇有学术功力和影响力的中年评论家写的。但湛玉对所有这类人都有些不以为然。她说，如今的文学评论不也都沦为一种商品了？评谁不评谁，评什么不评什么，其中的奥妙难道还能逃得过她，在这个圈子中混了这么久的人的眼睛？然后，她又在这个主题上加以深化和发挥。她说，当今世界，根本就是个文学以及一切艺术都再也按捺不住寂寞的年头，一切作家、艺术家、评论家，甚至是从前最易安于书斋生活的教授和学者们也都无法抵挡这一股名利欲的洪水所卷起的浪潮的冲击，这让今日之文坛变得畸形、变得无耻、变得不择手段、变得不成方圆，同时也就更加热闹和繁荣。

这些话，当然说得都很有道理。但通常，她都是即兴式地说那一大段话的，不需要他人作答，她也不准备回答别人点什么。而兆正听了之后，只是觉得难堪、觉得惺惺然、觉得无从表态，事实上，他从来就没有吃准过到底其中会不会是藏了某些暗指的。歌声停止了，盥洗间的门打开，湛玉端着一盆衣物走出来，两袖捋起，露出半截肉白的手臂。她今天的心情相当不错，他也不知道为了什么。他不记得自己曾做过了些什么令她满意或者高兴的，他只记得昨天他又是一整天不在家。吃了晚饭很久才回家时，便见到她心情不错了起来。

他有点儿沮丧地离开了。

但她却向他递送来了和颜悦色的一眼。作为回报，他也朝她笑了笑，说了句诸如“今晚上不知道有些什么小菜吃噢”之类的无关痛痒的话。再深入下去似乎就有点难度了。她走过餐桌边上的时候，朝着乱糟糟摊开了的晚报瞟了一眼，但他发觉，她柔和的脸的侧面线条似乎并没有任何绷紧起来和残忍起来的意思。他松了口气，甚至还有些感激的心情生长出来。

这种心情很奇特，很有点儿深层次的蕴藏。但他从来拒绝去深究和解析它们。他只知道轻松了就是了，感激了就是了，心情愉快了就是了。至少在这个问题上，他喜欢让自己停留在这种惰性的思维层面，找寻一种相对的情绪安定。他读过不少宗教书籍，再晦色和深奥的理论不都平淡地道出了一个人生哲理：快乐与满足都是人制造的感觉，没有绝对的，只有相对的。他望着她的目光，不知道从什么时候起，又开始变得剪裁起来。他回避与她的目光对峙，哪怕只有一瞬，他都害怕那对望的目光会互相透露些什么，会让某个隐藏得很深的刺痛点一不小心又给捅破了。

但，毕竟还是捅破了。这是一年多前的有一次。

那一次，兆正又去太湖湖畔的创作之家写东西。一个多星期下来，就发现自己老摆脱不了一团记忆影子对他的缠绕。经常会有这种情形的，他将之称为“记忆失禁症”。有时，当创作的思路回眸并全情投入时，往昔日子的感觉就会将你重重包围，让你沉浸在一个真实而又虚幻的“过去”之中。

他突然决定提前回上海去。这回，他是下定了决心要向湛玉说点什么了，他想，他不能再一次地临阵脱逃，他要先与她推心置腹地谈谈，然后再度与她回到昔时的那个温柔乡中去。

兆正突然就变得有点激动不已起来，心中充满了各种奇妙的预感。当他自淮海路方向朝那幢公寓走近时，他已情不自禁地向那扇属于自家的窗户望了望，有半截窗帘拉遮着，午后的阳光照射在内衬有白纱帘的窗玻璃上，闪闪发亮。

他沿着宽大的水磨石扶梯一路上楼去。下午的公寓里静悄悄的，每家每户的大门都紧闭着，扶梯宽绰的拐弯处，阳光从大幅弧形长窗的厚粒毛玻璃中透射进来，光线一片柔和。五月天，有一种潮湿温暖的气息充斥在空气中。

兆正来到自己的家门口，发觉铁闸只拉上了一半。他急急地掏出钥匙来开门，但打不开：大门是从里面上了保险暗掣的。他当然觉得有点异样，心情反倒冷静了下来。他开始仔细观察。首先，这确实是他家的门口，他没走错地方；其次，总是留放在大门口小方毡上的那双安徽小保姆的白色旅游鞋不见了，这表示：小保姆已经外出，女儿还没放学，谁在里面？当然是她。还有谁？他感觉到自己的呼吸有些急促起来了。

他本来可以很方便地按一下门铃，让他家的那只一旦唱开头便有一大段的圣诞歌要唱完的音乐门铃停下之后，再辨听屋内那熟悉的脚步声一路嗒嗒地向大门口跑过来。但他没有这么做，他有一股说不出来的紧张、好奇和激动，他感觉自己正踩在一桩大事件的门槛上。仿佛，他走进了自己写的或者是他曾经读过的一部别人写的小说的情节里。

他设法先让自己镇定了一下，他记起了他家那套公寓的那一扇边门。

他沿着走廊拐了个弯过去，然后在边门口停了下来。那儿光线暗了许多，他在暗淡的光线之中从自己的匙圈中找出了一把都已经有些长铜锈的钥匙来，心想，会不会就是这一把呢？塞进去一拧，门果然打开了。

他很小心地将边门推开一条窄窄的缝道来，侧着身子挤了过去，以防把堆放在这暗廊里的层层叠叠的物件碰跌了下来。现在，他已进入到公寓中来了，但，这儿是他的家么？他感觉周围的环境陌生得连他自己都有点怀疑了。

他在原地站立了一会儿，以使自己的瞳人能适应这里的光线。然后，他才轻轻地关上了门。他小心翼翼地从堆物的隙缝之间通过，辨认着：藤圈椅、方书桌、分层式的杂木开放式书架，这些都是他与湛玉在旧居居住时使用过的物件。还有母亲用过的那只大花彩格的帆布箱，搁在很多的杂物之上，显得有点头重脚轻，不很平稳的样子。这是不久之前由他亲手从众多的杂物堆里抽出来，搁放在这里的。那次，他急于想找一件年代久远的失物，他将箱内的东西大翻特翻了一通，但结果，他还是一无所获。

刹那间，时光便有了些倒流的感觉。

他蹑步进入公寓的正间。没人。午餐结束后的桌面还没有全部收拾干净，有一份报纸和几只碟子什么的散乱在桌面上。晌午的阳光耀眼而安静地铺展在客厅的地板和沙发上，沙发上放有几只软垫，其中一只蓝白方格图案设计的便是多年之前湛玉老喜欢在热浴后用它来垫靠在腰隙间，然后再舒展开来双脚的那一只。

后来，他便听到有些声息，是从他与湛玉的那间卧房中传出来的。像是一种喘息之声。他轻轻地走过去，从没来得及关闭上的小半扇门缝中望进去，他见不到什么，除了床前地板上一正一反斜躺着她的那双银色肚里的轻质泡沫拖鞋外。他将目光再平移了几寸过去，他见到了一双圆头圆脑的翻毛皮的男鞋的鞋头。他的第一反应是这鞋他有点眼熟，他曾在哪里见到过；但紧接着，他便记起来了。

真相，就离他一步之遥。

他站立在原地犹豫了有两三分钟。但他完全没有像他常在他人的小说中或在他自己写过的小说中所描写的那种血冲脑门或大汗淋漓或心动过速或手脚冰凉之类的生理反应发生。他平静，平静得出奇；也很理智，理智得出奇；就像一个第三者在观看一幕与己完全无关的电视连续剧中的高潮戏一样。他想，他也没什么，他不只是将一件他在三十多年前偷抢来的物品归还了原主？

他选择退回客厅里来。他为自己的疯狂结论大吃一惊！他突然感到有点神经紧张了起来，倒不是为事件本身，而是为了自己对于事件的反应。他再一次要自己确认，但他告诉自己说，不错，这正是他心底的感受。

他打开了大门的保险掣，打算从正门离去。离去，然后回到他的太湖度假村继续他的写作。他只想让这点小小的细节的变动来留下一个谜语般的伏笔，仅如此而已。但就在这时，房中传出来的呻吟声突然响亮了起来，这是她的声音，他太熟悉这种声音了。他把刚打算跨出门槛去的一只脚又收了回来。这一次，他觉得有点不行了，他好像有点受不住了。他告诉自己说，快走，你要赶快走！但他忽然觉得他还应该再做点什么——而不仅仅是开了大门的保险掣离去那么简单。因为，他此刻的感受已非他在轻轻地从房门前离去，然后回到客厅里来的那一刻时的感受了。他在客厅里左右环顾地寻找了一番，发现了一份挂历。他掏出笔来，他要在上边做个记号，一个很明显的，只有他兆正才有可能留下的记号。在那一天的那一个时刻。

在挂历上密密圈圈写满的都是湛玉的手迹，这是她记备忘录的一种习惯。诸如：某天上午去局里开会；某天下午职称评议会；某星期六下午全社同事去佘山天主教堂半日游;而从几号到几号又有哪位京都文化名人来沪,由她负责全程接待等等。他从不在上面写一个字,偶尔一次,她总会在某一天认出这是他的笔迹来的。

就这么个亮点,或者说是黑洞,构成了兆正对于事件的全部反应与报复。

从此之后,他便不需要再去理会些什么了:究竟知不知晓?何时知晓的?知晓了有几成?他觉得他已完成了他那一头全部的操作程序,他可以心安理得地去做一切自己想去做的事。比方说,与香港的那头的雨萍通通电话;又比方说,在他实在不想在家待下去的时候,不需要提出任何理据地,默不作声地,整整一晚离家不归——就像今天晚上。

叁拾壹

尾声

The coda

天快放亮的一个多小时前，兆正是站在莘庄的某座行人天桥上放眼这一大片黑意迷蒙的景色的。

新建的天桥上仍有一股强烈的石灰水的气味散发出来。他已不知不觉地步行了六七个小时，几十里路程地来到了上海的这片西南角的城乡交接处，但他竟连一点儿困倦的意思也没有。这是一片正在兴建中的别墅区，晦涩阴沉的别墅群的水泥楼壳子与仍然袒裸平展着的田野、河流和树木在这黎明来临之前的黑暗之中互相错落割据。远远的天边，矗立有一两幢孤零零的高层，五更时分，没有一个亮灯的窗口。在这广阔的天地间仿佛只剩下他一个生灵。

他站在天桥上四周张望的另一个目的是希望能再找到一座电话亭。几个小时前，当他将那座路边电话亭中的那个金属话筒往机座上啪地挂断时，他答应过雨萍，他还会在今夜晚些时候再给她一次电话，他相信，直到此时此刻，她仍在电话机旁守候着。

但“他”呢？他想。他突然联想到我，这是他在这种思路的上下文中的习惯使然。那晚，他是从电话里知道我在天还没有完全黑下来之前已出门溜达去了。会不会在这第二天的黎明来到时仍未回家，就像他自己一样？他在电话里问过雨萍，雨萍说：很可能。而他也想，这很有可能。

只是在当时，不知怎么地，他在电话里立即脱口而出地紧追了一句：难道……难道他又去了上海不成？话一出口，他就有些后悔，也有些心虚，总之，有些异样感。电话机那头的声音沉寂了一下，答道，不，他还在香港。语调有些冷淡，也有些惘然。那……他出去了，雨萍说，偌大住宅中，现在又只剩下了她孤零零的一个人了。于是，他便立即附和着说道：我会再给你去电话的，就在今晚，真的，一定会再给你电话……

雨萍果然在话机旁一直等到现在。

大露台之外的香港夜景已掉换了几幕场景，从满目璀璨到灯火阑珊再到月沉星稀。她等得不耐烦了，就跑进房里去看电视。时装的电视连续剧播完后，便轮到那一出出老掉了牙的古装粤语黑白片。再之后，屏幕上便出现了电视台的那个结束播出的彩条屏标。她只能转台去看 CNN，她听不太懂英文，傻傻地，望着金发美貌的美国女播音员叽里呱啦地讲个不亦乐乎，好歹鬼静的屋子里头也可以有点儿人的生气。

有时，好好在看着电视的她会突然地奔出客厅去，她好像又听到了点什么，是电话铃响还是门铃响？但最终什么都没有响。她站在大客厅的中央，垂着手，任凭卧室中有朦朦胧胧的播音声传出来。周围很静，酒柜上的那只仿路易十四时代的镀金台钟叮叮地摆个不停。一会儿又唱那童谣，唱了一回又一回。她望了望露台之外黑糊糊的天空，都快四点了，他还会来电话？但他答应过她的，她相信他不会食言。还有那件毛衣，她还没来得及提一声呢，他便已经一下子收了线。等到她“喂！喂喂！”地还想说上两句时，电话听筒里只剩下一片嗡声了。

她也想到了我。只要我留在香港的日子里，这类傍晚出门后便通宵不归的情形也有过好几回了。她很担心，于是打我的手机，但关机。有时通了，但她发现，原来手机只是在我睡床边的床头柜上鸣叫呢。我不想在那段时间内被人骚扰的意思明确而坚定。于是，她便只能在家等门，或索性独个儿先睡觉去。一直到了第二天一早，有几次，她接到的是我从机场打来的电话，说是我这就不回家来了，我已订了机位，直接搭机到上海去了，叫她不必挂心，云云。她感觉到我语调的轻松，似乎有一种豁然开朗的意思。

她从不想去察觉我些什么，但总也能察觉到我些什么。

很久很久之后，当我将那晚的时间、地点和人物再逐一溯源而上地做一番核实时，才发觉人生的缘分有点像七巧拼板，盈缺凹凸，这一个人此一刻的镶入处正是那一个人那一刻的凹缺处。

苍白的月亮已经西沉。山风很大很大也很冰凉。我站在山顶凉亭的高处，向北偏东的方向眺望。我只大概地知道，那儿可能是上海的地理位置所在。整个小公园里没有一个人影，树木黑耸耸的顶端映托着天空幽黑黑的空旷与辽阔，只有一处亮着灯光的地方，那是一幢提供通宵服务的公厕兼洗澡房。又有手电忽闪忽闪地从山道那边过来了，我知道，准又是那几个军装差人（警察）。他们已盘问过我一回了，午夜刚过后的不久，我突然发现自己被几个黑糊糊的人影团团围住。他们查了我的身份证，问了我的住址和职业之后，便告诫我说，最近治安转差，你难道不知道吗？我说，怎么不知道？报纸电视的报道无日无之。他们又说，知道便好。这山顶一带是非法入境者经常出没之地，两日前，布政司的官邸刚被人撬窃。一旦碰上这批亡命之徒可不是闹着玩的！我说，是，是。就盼望他们能早点离去。现在，他们又循着原山道回巡过来了，他们一定早已看到我了，假如他们再来问长问短的话，我将告诉他们说，至少，布政司的官邸今晚还没被盗。但他们一定会想，这人也真怪！摆着这么大这么好的家不回，偏要到这山上来挨整晚的野风，还说，他是有这种癖好的，他经常这样做。但我却觉得自己直想发笑：难道这也不是报上常在做报道的事吗？回归五年，尤其是亚洲金融风暴后的香港，精神病的疑似病例比以前猛增了十多倍，如今，百分之二十到二十五的港人据说都有这类病症倾向。或者，你们也大可把我当做是他们中的一个，这，不就行了吗？

手电筒又沿着山道沙沙地走远去了，没有再过来找我的麻烦。周围又恢复了一片寂静。突然，有一只大鸟在山林的深处婉转地啼叫了一声，叫声有些凄厉，也有些悲壮。接着，就陆陆续续有了山谷之中的它的同类的回应与对答。这是一种启示，一种令人心颤的启示：漫漫长夜已经到头了，黎明迫在眉睫。我记起了一位诗人的一句诗：我们经历过无数个黑夜，我们才因此拥有了无数个黎明。然而，曙光到此一刻为止仍然没有一丝出现的迹象，鸟，只是一种先知先觉的动物而已。开始出现的只是我自己的一连串想象。我想象着自己已在一路往山下去了，我搭上了第一班去赤猎角机场的机铁快线，而在机场的停机坪上有一架标有燕子标记的东航航班等候着。我想象着候机大堂里的宁静、高耸以及明亮，有过夜的旅客在那里打了个盹之后醒来时的隐隐约约的谈话和咳嗽声。我想象着空巴 330 的舒适的靠椅,想象着椭圆机窗外的白色云海,想象着上海虹桥机场入境厅里的长长队列以及机场自动玻璃门外,一辆红色的桑塔纳的士平滑地驶向前来,然后停下。我想象着街道,想象着公寓,想象着阔把扶梯,想象着铁闸,想象着一扇老式笨重的柚木大门,大门转动着,打开了,门口站着她。

那时,应该是一幅金灿灿的朝阳正照耀在复兴中路梧桐叶端上的上海的晨光图。我的思路停顿下来,喘定一口气,接着便开始想象起有关她的种种和种种来。

湛玉是在半个小时之前突然惊醒的。她发觉她当时只是和衣睡在了床罩上。那一刻,她还没从梦的氛围之中完全摆脱出来,她感觉她还是梦中的那个自己。梦中的那个自己坐在一张长方形的桌子后面,桌面上竖立着一块镶有她名字的有机玻璃的立牌。她的左手边堆垒着一叠新书,而长桌的跟前排列着一条长蛇形的读者队伍,每人的手中都拿着同一本书。书被迅速地交递到桌面上来,一个接一个,一本接一本;她龙飞凤舞地在书页上签上了她的名字,她只听得一声声的"谢谢"在耳畔响起,随即消失;她甚至都无暇抬起眼来望一望这些说"谢谢"的都是些谁。

这种签名售书的活动如今很流行,这是各家出版社促售作家产品的一种营销手法。她太熟悉这一种场景了,她曾组织和主持过不少这一类的文化活动。只是平素搞这些活动时,她一般都是负责活动程序的安排以及活动秩序的维持,这一次,她怎么自己也成了作家,坐在长桌后,替读者签起名来了?她觉得这事有些疑惑和迷糊。

又一本书递送了上来,她没有立即签上自己的大名,她迅速地翻转到书的扉页去瞥了一眼。她发觉,一个完全陌生的名字印在了作者的那行栏次中。她想喊叫说,你们是怎么搞的?怎么连作者的名字都印错了呀?她在出版社工作了这么多年,还从未听说过有这样的失误。这可是一项不可原谅的大错误啊,你们出版社的老总是谁?谁又怎么会如此混账?在她的意识中,她仿佛觉得自己一定会认识那位老总的,而且还可能是一位很熟悉的朋友,她想当面去质问他。

一个读者将一只手从人群的无数双手的缠绕之中向她伸过来，手中握着一本书。一个声音高声问道：某某，是你呢，还是你丈夫的名字？而某某书是他写的，还是你写的，还是你们俩合作写的？她觉得这话问得很荒唐很无聊，甚至还带上了点挖苦的味道，但她又不得不面对。她将对方要她签名的那本新书再一次地翻到了扉页去，赫然见到那个所谓的陌生者的名字原来就是兆正的名字！而这时，她才意识到：原来，那个声音所说的某某就是他新近刚完成并出版了的一本新书的书名。这是一部最近在读书界和评论界都造成了巨大轰动效应的长篇续卷，续卷与它的那本在十年前面世的上卷互为姊妹篇，这部皇皇百万字数的巨著画轴式地展开了百年上海的历史场景，而一条贯串始终的情节主线是一个已年近百岁的欧裔殖民者的私生子是如何与上海，这座原和他有着相似身世的中国大都市，一起经历了这整整一个世纪动荡岁月的离奇故事。她从没读过此书——凡兆正写的书或文章，她都不读——但她却知道该书的书名以及内容。又有读者在向她提问题了：某某某（在梦的潜意识里，她认定：某某某应该就是书中的女主角）的生活原型是否就是某某某？而某某某与某某又是什么关系？她的那段刻骨铭心的情爱经历是真实的或是虚构的，还是……问题愈提愈深入，愈提愈尖锐，也愈提愈细节化。她有些害怕了，她觉得一切都有点在开始失控，她极想摆脱这种形势。

但麻烦的是：不知何时，签名售书会已经变成了一场类似于新闻发布会形式的什么会了，她的手中握着的不是一支笔，而是一只麦克风。再没人前来请她签书了，倒有好几个记者在向她发问。她认识他们中的一些，这都是些报社电台和电视台专跑文化圈的记者。有一台电视台的摄像机推上来，将镜头对准了她。她突然感觉到恐怖起来了，这种恐怖有点像八岁的时候在淮海路上的那一回：她觉得周围的人对她都有点不怀好意。她将麦克风用力一摔——她在再怎么样的场合也都必须保持她的那种身份、人格和傲气——然后抽身就想离去。但她发觉，她双腿沉沉地根本迈不开步，她回过头来，向着不知是谁猛喝一声：“你们让我走！”接着，便一甩袖一抬腿一用力地朝前冲去。

她将自己惊醒了：就这么样的一场梦。她在原处翻了个身，人软绵绵的，然后便撑坐了起来。她使劲地揉揉眼眶，脑袋瓜感觉很沉。她迷迷糊糊地记起了些什么来。昨夜，她很晚才睡。之前，她与秀秀一同上过一回街，吃了一餐麦当劳，然后便回家来了。整个晚上，她的心情都很焦躁，而且还充满了各式各样稀奇古怪的预感。她走进书房，漫无目的地在书桌前坐了下来。她想，她一定要做点什么，但，她能做什么呢？她摊开了信笺给我写信，她第一次那么直率那么失态那么不顾一切地给我写了一封长信，她将她这么些日子来一直埋在心底的积言突然一下子都喷发了出来。她问我什么时候能再回上海来，她想死我了——都快想死了！啊唷，现在她记起来了，她的那封还没写完的信现在还摊放在书桌上呢。不行，她得赶快去把它收起来。

于是，她便起身，先去书房收拾了信，再去幽暗的客厅里走了一圈。一切如常。另一间房间的房门没有完全关上，有轻轻的鼾声从房内传出来。她再走到饭厅里，饭桌上摆放的物件就与昨晚上它们被撂下时一个模样。饭桌的上方有一只石英挂钟，挂钟的长针每隔一分钟都会向前跳动一小格。挂钟的边上是一份月历，月历面上密密麻麻地填满了字迹与数字。她只知道，所有这些字迹和数字都是她自己写上去的。还有谁写了些什么？隔了这么些距离，又是这样的光线条件，她看不清。而她，也不想看清。一切都是静止的，但一切都心机暗藏，一切又都声色不露。

她查了查大门锁的保险暗掣，没上，这表示着，假如兆正昨夜里回来，随时都可以进得来。

但他并没有回来过。

关系以及立场，便这么地相互对峙着。在这夜的黝黯里，他、他、她、她，四个人，各自占据着各自目前的生存位置，组成了一个等边的几何图形。就如转动着的万花筒中的图案，虽然每一刻都在改变，但却始终对称、平衡。

唯光阴，在这人与社会的帐篷之外兀自流过，不急不缓，一点一滴，一分一秒，虽然微不足道，但万古洪荒之中的斗转星移也都拗不过它的日积与月累，更何况是苦短的人生呢？她朝挂在墙上的钟望了望，黎明将在半个小时之后重临人间。但再过十二个小时，夜幕又会重新拉拢。如此周而复始，一切都不变，一切又都在改变中。

我已在开始下山了，虽然一夜没睡，却觉得格外地精神饱满，充满了向往。天色仍然漆黑漆黑的，一条山道铺展在我的眼前，有一种微白的反光。它的两端都隐藏在黑暗里，唯那截断面被一盏高压水银灯打得通亮。我觉得这一刻自己的感觉状态好极了，我很想即兴写一首喟叹人生无常题材的诗，但我摸了摸口袋，发现原来自己昨夜在出门时，忘了带上纸与笔。

几乎与此同时，兆正也正忙忙乱乱地从下口袋掏到上口袋。他早已走下了人行天桥，行走在一条窄窄的郊外泥路上。他并没有在这一带发现有电话亭，但他还是不肯放弃希望。他发觉自己又在暗暗地下定某个决心了（他感到好笑：他是个总在下决心，但又总害怕去实现决心之人），他想再多走一段路，到了莘庄市内，他想他无论如何都能找到一个电话亭的。而现在，在经历了整整一个不眠之夜后，他突然很想记录点什么，但他发现，他在昨晚出门时也忘记带上纸与笔了。

2001 年 8 月 21 日　初稿于上海西康公寓寓所

2002 年 5 月 31 日　二稿于香港太古城

2003 年 10 月 31 日　定稿于香港—上海的往返间

爱的反面

（偶阅旧作，摘诗一首，权充本文后记。）

究竟有些什么
在爱的反面？

我不相信纯粹到只是
怨、恨、妒，或
冰点以下的某种
固体

镜的反面是水银
剥落时仍能
照见个
支离破碎的
自己。画的反面是一片空白的
未曾落笔
色彩不曾
春天不曾
断桥上许仙、白蛇娘子、篷船与
油纸伞的不曾

共枕的反面是梦，还是
醒？昨夜曾漆黑，漆黑间

偏有一具裸白,不信邪　扭动、喘息
具体到丘谷分明
抽象到一层云烟,雾散
如手握一把
虚无

生的反面是死,是
百思不得其解的神秘
是假如根本从未来到过这个世界
从未爱,未因爱而产生出了
那种种、种种的
割舍不了
放心不下
遗忘不掉
欲罢不能
的话

假如这是一种今世
一种牺牲
一种忍受
一场马拉松——

冲刺过后，会不会
心脏扩大而死
而因之成名，而从此发明出了一项
称做为“爱”的
环球运动？

究竟有些什么
在爱的反面？

昏暗，似午夜。
一更、二更、三更、四更，五更之后
再没更可敲，除了
晨钟，除了
霞光万道，除了爱
又新鲜，出炉如
再世旭日

（原作于1989年12月）

几句赘言

生命是一段漫长漫长的过程:恩爱情仇,悲欢离聚;而创作之于作家,又是另一段漫长漫长的生命:焦虑舒畅,喜愁交织。故,相对于一位非作家的生活者而言,作家们经历的似乎有两条平行的人生:一个之中隐含着另一个。

谁叫我们选择了作家这个职业的呢?我们活多了一回,我们必将死多一次;我们愉悦过人,我们也将承受额外的困苦。然而,我们因此攒积多了一份生命的财富,那便是我们的作品。

这种被我等视若比生命更宝贵的作品,其实只是一种轨迹的记录,是一个从镜面中映现出来的时代与你自己,是作家在生命的征途上艰难跋涉时留下的串串足印。他将它们逐只逐只,逐片逐片,逐个细节逐个细节地模刻下来,留给社会,留给历史,留给后人。好让千百年后的他人运用更新的思维技巧来对它们进行某种考古式的探研。于是,一个已逝去了的时代的精魂便又在阅读者的想象中重新鲜活了起来。而这,又是一件多么奇妙、多么有意义的事啊!我们爱我们的职业,正因为了上述之种种。

这便是我在这套《吴正文集》问世之际的心情,以及对其出版意义的理解了。感谢所有那些在我创作道路上相助过我的文友和学者。他们之中,有些是我的前辈,有些是同辈,有些,我还能斗胆拍拍其肩,将之唤作为"晚辈"者。他们分别是:顾骧先生,贺捷生女士,王巨才先生,陈建功先生,叶梅女士,贺绍俊先生,徐小斌女士,唐金海先生,何孔周先生,褚钰泉先生,石一宁先生,夏烈小弟,等等。在他们身上,将寄托着我永久的感恩与思念。至于我自己,该文集的出版,只是一个逗号,我期盼着我文学生涯的新的一句又将从这里起步。因为,一个真正意义上的作家,是永不会有歇息之时的,直到他肉体生命的句号,由上帝亲自来圈止。

作者

2010 年秋冬之交识于上海寓所

图书在版编目(CIP)数据

长夜半生 / 吴正著. —杭州:浙江文艺出版社,2011.1

(吴正文集)

ISBN 978-7-5339-3059-2

Ⅰ.①长… Ⅱ.①吴… Ⅲ.①长篇小说—中国—当代 Ⅳ.①I247.5

中国版本图书馆CIP数据核字(2010)第173049号

特约策划:夏 烈

助理策划:李伟为

责任编辑:鲍 娴

封面设计:后声设计工作室
hopesound@163.com

责任校对:杨爱英

长夜半生

吴正 著

出版 浙江文艺出版社

网址 www.zjwycbs.cn

经销 浙江省新华书店集团有限公司

制版 浙江新华图文有限公司

印刷 杭州广育多莉印刷有限公司

开本 640×960 1/16

字数 246千字

插页 2

印张 16.5

版次 2011年1月第1版 2011年1月第1次印刷

书号 ISBN 978-7-5339-3059-2

定价 **38.00**元